「忠誠を誓うかと
問われれば現状は
保留とお答えします」
「誰にも屈しない力を
手に入れることが全て」
アーノルド・ダンケルノ
ダンケルノ公爵家の三男。
前世では他者に裏切られ惨めな人生だったため、
今世では圧倒的な力で
誰にも屈しない人生を送ることを誓う。
クレマン
アーノルドの世話役であり
屋敷の執事長。

まるで漆黒の
黒衣でも身に纏っているかのように
アーノルドの体の周りで黒いオーラが
ゆらゆらと揺らめいているのである。
アーノルドが指を動かしてすぐ、
地面に広がる漆黒から騎士達を貫かんと
蒼黒の槍のようなものが生成された。

「――剣を取れ。
人を人とも思わぬ貴様が上に立つなど私が認めぬ。
貴様のその命、その取るに足らぬ
虚妄に満ちた泡沫の夢と共に消えていくがいい」

「私が望むのは魔法の発展よ。
あなたには無限の可能性が垣間見えた。
だから私が導いてあげようと思ってね」
メイリ
クレマンに
連れてこられた謎
荒事は得意であると
言えます」
マードリー・レイラーク
世界に四人しかいない神人級《テオス》の
魔法師であり別名原罪の魔女《エルブズンヘックス》。
アーノルドに魔法を教えている。

Contents

公爵家の三男が征く己の正道譚

虚妄公

[Illustrator] 真空

［ Illustrator ］真空

第一章　誓いと転生

私はもうすぐ死ぬだろう。

私の人生には何の意味もなかった。このクソみたいな人生を何度呪《のろ》ったことだろうか。

大学院を卒業し、新卒として大手企業に入社した。それから一年後に大学生の頃から付き合っていた彼女と結婚し、子供も生まれた。そこまではまさしく我が世の春とでも言うほど満ち足りた人生だっただろう。

そんな順風満帆《じゅんぷうまんぱん》な生活を送っていたが、その人生の歯車を狂わせたのは己《おのれ》のただのくだらない正義感だった。

キッカケはたまたま見つけた上司の不正だ。

曲がったことが嫌いだった私はすぐさまその上司に諫言《かんげん》しに行った。

だが、いま思えば性善説などというものをよく信じていたものだと自分自身を嘲笑《ちょうしょう》する。

誰かが人間は皆、善性に満ちていると言った。だが、そんなものは幻想に過ぎない。人間の本質とはむしろ悪性に近い。

それが今ならばよくわかる。

案《あん》の定《じょう》とでも言うべきか、その上司は悪びれる様子もなく鼻で笑い、私をあしらった。

それに怒りを覚えた私は更に上司の不正の証拠を集め、上層部に告発しようとしたのだ。不正をするような者が自身の上にのさばっているという不条理が我慢ならなかったのだ。

そして徐々に証拠を集めていくと、その上司の犯罪にもならない些細《ささい》な不正だけではなく、会社のお金の横領《おうりよう》等、様々なことが明るみに出たのだ。明らかに犯罪行為である。

だが、いま思えば調査することに優れていたわけでもない、ただの一人間に過ぎない私がこれほど簡単に不正の証拠を次々手に入れられたことからして明らかにおかしかったのだろう。

私は手に入れた証拠を全てまとめて会社の上層部に提出した。このときの私は正義感にでも浸《ひた》っている顔をしていただろう。これで悪を一つ成敗《せいばい》できたと。

上層部の人間は私の話を真剣に聞くと〝任せろ〟と神妙《しんみよう》な表情を浮かべ、全てのデータを持っていった。

それで全て片が付くなどと当時の私は本気で考えていたのだ。この時の私は世間知らずの阿呆《あほう》だったのだろう。

なぜ私はデータのコピーも取らずに提出したのだろうか。なぜ一人ではなく複数人に対して提出しなかったのだろうか。なぜ外部に通報するという手段を取らなかったのだろうか。たった一人の仕業などと、あの時はなぜ信じていたのだろうか。たった一つ、たった一つ歯車がズレていれば私は……。

この世には善人ばかりで、証拠さえ提出すればあとは正義の鉄槌《てつつい》があの上司に下《くだ》ると、本気で思っていたのだ。悪人というのは自分とは接点のないテレビの画面の向こうにしか存在しないものだと思っていた。あれらは自分とは住む世界が違う人間だと、そう他人事のように考えていた。

しかしこの世には悪人など、その実どこにでもいるのである。いま隣にいる者とて、善人の皮を被った悪人かもしれない。それをついぞわかっていなかったのだ。

次の日会社に出社すると早速とばかりに社長に呼び出された。

あの上司の件に関する聴取《ちょうしゅ》か、はたまた上司の処分に関することを聞かされるのかと思い、まるで初めての恋人とのデートに行くかのように浮き立って社長室へ赴《おもむ》くと、部屋に入って聞かされた第一声は〝五億もの横領金をどこにやった！〟という罵声《ばせい》であった。

だが、そんな言葉など予想もしていなかった私はそのまま思考が固まってしまった。もしや社長は私を上司と勘違いしているのかと思考がグルグルと回る。何が何やらわからず動揺しているうちにどんどん話は進み、最終的には〝訴えてやるからな！　今すぐ出ていけ！〟と言われたのだ。

そこでやっと正気を取り戻した私は、しどろもどろになりながら〝そんなことはしていない〟〝私は上司ではない〟ともはや文にもなっていない言葉で弁明したが、証拠は揃《そろ》っていると聞く耳を持ってもらえなかった。

それもよくよく聞けば社長はそれらの不正を上司ではなく私がやったと思っていることが理解できた。

その場にいる上層部の人間に助けを求めるように視線を向けるが、その者達は何も言わず、まるで自身の監督不行き届きだとでも言わんばかりに沈痛《ちんつう》なる面持《おもも》ちで黙すだけ。だが、少し俯《うつむ》きながらもその口元はニタニタと笑っていた。

しかし、私はそんなことにすら気が付かず、とにかく必死に弁明し、それは私ではなく私の上司の仕業だ、と声を荒らげながら訴えたが、社長の中ではもはや何を言おうと私がやったと確定していたのだろう。〝あとは裁判で決着をつける〟と取り合ってすらもらえず、そのまま帰宅することとなった。

いま考えても、あの時点でもう私の運命は決まっていたのだろう。

私はそんな状況になってもまだ何が起こっているのか正確には理解できていなかった。ただ、社長や上層部の人間が勘違いをしているだけなのだと、いまは怒りで声が届かず聞く耳を持ってもらえないだけで、ちゃんと説明すれば大丈夫であると本気で信じていたのだ。

だが、頭ではそう思っていても不安で仕方がなかった。

このような状況を妻に隠しておくことなどできないので、家に帰ってから言い淀《よど》みながらも訳を説明した。

妻は私の、焦っているような、慌てているような、順序だってすらいない説明を何も言わず最後まで聞いてくれた。

それを聞いた妻は怒るでも嘲《あざけ》るでもなくこう励《はげ》ましてくれたのだ。

――ちゃんと証拠があるなら大丈夫よ！　やってもいないことを立証できるはずないわ！

それだけで不安で眠れないような落ち着かない心が一段階晴れた気がした。

しかし罪悪感からか、ただのくだらぬ見栄《みえ》からか、証拠を全て渡したという馬鹿げた行為を妻に言うことはできなかった。

その行為が自らを窮地《きゅうち》に陥れていることは馬鹿な自分でもさすがに理解できていた。大丈夫だと自分に言い聞かせながらも不安で仕方なかった。

その後、あれよあれよという間に裁判の日が来た。結果は有罪。当然控訴《こうそ》したが、決定的な証拠があるとかで棄却《ききゃく》された。

全てが終わった後、私は世間に犯罪者として認知されていた。有罪なのだから当然だろう。それだけでなく、額が額だけにテレビでの報道も多かったのだ。

私に残ったのは莫大《ばくだい》な負債《ふさい》と妻子だけ。ああ、それと犯罪者というレッテルだけだ。

妻と子供にこれ以上迷惑をかけるわけにはいかないと考え、別れ話を切り出したのだが、それでも妻はこれからも支えると涙ながらに言ってくれた。

それは絶望の泥沼に沈んでいた私にとって一筋の光芒《こうぼう》とも言えるほど眩《まぶし》く、私の心を満たしてくれた言葉であった。このような馬鹿な私にまだついて来てくれるのかと。

だが、それでもなんとか説得して離婚した。妻を想う気持ちも本物ではあるが、想うがゆえに自分自身がこれ以上は耐えられそうになかったのだ。人生への絶望と妻への罪悪感の狭間《はざま》でもはや押しつぶされそうであった。

それだけでなく自分が徐々に壊れていく感覚があった。それならばせめて妻とまだ幼い子供にだけはまともな状態の姿を記憶に留めておいて欲しかった。もし、二人に手を上げるようなことになれば、もはや私が私でなくなってしまうだろう。それだけはダメだと。だからこそまだ理性あるうちに別れたかった。

だが、私の人生は何もそこで終わりではない。犯罪歴がついた私を雇ってくれるところなどなく、フリーターとして日雇いのバイトなどをして食いつないでいた。

まともな企業などは当然ながら雇ってなどくれない。実際にはやっていないことであるが、私がしたとされる犯罪は会社の金の横領だ。誰がそんな奴を雇おうなどと思うものか。一度付いた印象というものは並大抵では剝がれない。

だがそれでも、私の唯一《ゆいいつ》の矜持《きょうじ》として汚いことにだけは決して手を染めないと誓っていた。犯罪者と罵《ののし》られようと本当の意味で犯罪者になることだけは私の矜持が許さなかったのだ。

あれから何年経ったか。私がバイトとバイトの間に休憩《きゅうけい》しようと公園のベンチで横になっていると突然話しかけられた。

話しかけてきたのはあの不正をしていた元上司であった。昔に比べれば老《ふ》けていたが、それでもその顔を見ればすぐにわかった。

私の人生の歯車を狂わした全ての元凶《げんきょう》であり始まりの男。怨敵《おんてき》とも言えるほど恨《うら》めしい男だ。間違えるはずがない。

だが、自分でも意外なほどこの男を見ても私の心は冷静であった。

私がそのまま黙っていると、その元上司はこちらを見下すような目で見てきながら当時のことをまるで物語でも話すかのように声を弾ませながら話してきた。だが、その声には明らかに私に対する嘲笑の色が含まれている。

元上司は聞いてもいないのにまるでマジックの種明かしをするかのように、あの横領は上層部もグルであり、そもそも提出した相手が間違っていたのであると得意気に話していた。

社長は上層部のことをまるで家族であるかのように思い、信じているから疑うことをしないのだと。入社してたかが数年の平社員といままで長く付き合ってきた上層部の人間の言葉など比べるまでもなくその上層部の人間を信じるのだと。

その後もいかに社長がお人好《ひとよ》しで私が馬鹿であったのかを嬉々《きき》として語っていた。

そして私を嵌《は》めたのは、ただ単に私が優秀であったために気に入らなかったからだと元上司は嘯《うそぶ》いた。

たかが、たかがそんな理由で人を陥れたということが私は信じられなかった。それだけで人一人の人生を壊せるということが赦《ゆる》せなかった。そして何よりここまできて、それを〝そんな理由〟だと考える自分の馬鹿げた人間性に絶望し、呪った。どこまでいっても人間の本質というものは変わらないのだと。あれほど様々なことを経験しておきながらまだこのざまかと。

この男の言う通り私は馬鹿だったのだろう。どれだけ勉強ができようが、仕事を上手《うま》くこなせようが、社会を渡り歩く能力はなかったのだ。

私はもうどうでも良くなり元上司に摑みかかった。

だが、碌《ろく》に寝てもいない私にそんな力などあるはずもなく、揉み合いになった末に突き飛ばされた。

揉み合いになっている内にいつの間にか公園の入り口辺りまで来ていたようである。そして運悪くとでも言うべきか突き飛ばされたのが道路であり、そこにもはや止まれない速度の車が私に向かって突っ込んできていた。まるでスローモーションのようにその様が見える。

元上司の顔を見ると真っ青な顔をしている。ざまぁみろと鼻で笑ってやった。もはや自分がこれから死ぬなんてことはどうでもいい。元上司がそれで破滅《はめつ》してくれるならそれでいい。これからはお前も犯罪者だと。

私はこの人生で学んだ。

薄っぺらい正義感など力なき者には語ることすら許されないのだと。そして正義などというものは全く無価値なものであると。力なき者には理不尽《りふじん》を跳《は》ね除《の》ける資格すらないのだと。この世で信じられるのは自分のみであり、自分の意見を押し通す力や地位のない者は何もできないのだと。

そして私は車に轢《ひ》かれたのだ。

消えゆく意識の中、世を呪うかのように声にもならぬ慟哭《どうこく》を天に向かって吐き出す。

――次があるならば絶対に間違えない、と。


――▽▽――


どこからか聞こえてくる赤ん坊が泣いているかのような声。

それをただただぼんやりとした頭で聞き、再び意識が落ちていく。


数年の月日が流れ、私はいま、日本とは似ても似つかぬ部屋で小さい手を駆使して本を読んでいる。

子供のような丸い手。いまの私は三歳である。

生まれた当初、動くこともできず言葉すら理解できなかったときは脳が損傷《そんしょう》でもしたのかと思っていたが、数ヶ月もすれば状況も理解できてきた。

いまの自分はかつての自分ではなく、全く新たな生命に生まれ変わったのだと。

言葉すら違い、明らかに地球とは違うどこかにいることは、この世界を学び、地図を見ることで理解できた。

私の名前はアーノルド・ダンケルノというらしい。

部屋に置いてある鏡を見ると、私の容姿は前世と変わらぬような黒い髪に、前世とはまったく違う宝石のように金色に輝く瞳。そして日本人の容姿とは全く異なり、あえて言うならば西洋系の顔だろう。

そして、私の姓《せい》であるダンケルノ家はなんと公爵家《こうしやくけ》であり、私はその貴族家の三男であるのだそうだ。

公爵家といえば一般的には王族に次ぐ地位である。

この公爵家が一体どれほどの権力がある家門なのかはまだわからないが、生まれながらにほとんど頂点に近い地位を手に入れたことで内心かなり喜んでいた。

そしてここ一年間の間に様々なことを教えられてきた。この国の地理や歴史、算術に言語等、とても三歳児がやるとは思えないハードな内容である。とはいえ、私にとっては好都合。

二度目の人生を生き抜くにあたって大事なのは力だ。誰にも屈しないほどの強大な力。

それには当然勉学も含まれている。どれだけ武力や権力といった力が強かろうと頭が悪ければ――いや、世の中というものを知らなければ簡単に騙され淘汰《とうた》されてしまう。知識というのはときに武力以上にものを言うのだから。

そして聞けば、この世界には魔法という概念や、騎士というものも存在し、さらには魔物なるものまで存在しているのだとか。

それを聞き、私は物理的な力でも今世では強くなると心に決めた。

どれだけ地位や権威があろうが、所詮《しょせん》は圧倒的な力の前には平伏《ひれふ》さないといけないだろうと思ったからだ。

人間というものはたった一つの些細なミスで簡単に死ぬ。たとえどれだけ権力で抑えつけようと、周りにどれだけ自分を護る騎士がいようと、結局信じられるのは自分だけであり、己の力でしか己は護れない。

それは過去の歴史でも証明されている。どれだけ清廉潔白《せいれんけつぱく》であろうと、暴虐無人《ぼうぎやくぶじん》の暴君であろうと、力なき者は暗殺という手段によってその人生を閉じることが往々にしてあるのだから。

他者に頼るなどということは凡夫のやることだ。私は二度とそのようなことはしないと誓った――もう間違えない。

この公爵家に生まれたことを感謝しつつ、私は次の目標を立てた。

一　誰にも侵されない知性を手に入れる
二　誰にも屈しない武力を手に入れる

まだ漠然《ばくぜん》とした目標ではあるが、今世では二度とあのような惨《みじ》めな人生を送りたくない。それゆえ、公爵家に生まれたことに慢心《まんしん》するなどありえぬし、ぬるま湯に浸かって暮らしていくつもりもなかった。

時間は有限だ。それゆえこの時期から勉学を教えてくれるのは本当にありがたい。

そしてさりげなく剣術や魔法の鍛錬をしたいと言ったのだが、それは五歳になってからだと困ったような顔で言われてしまった。

仕方がないので知識だけでもと思い、いまいる屋敷の書庫で剣術や魔法関連の本を探したが一冊もなかった。五歳になるまでは学べないように徹底されているらしい。

だが、そのおかげで勉学に一際《ひときわ》励めたと言えるだろう。

元々前世でも勉強は苦手ではなかったし、この体が優秀なのか子供だから吸収が早いのか四歳になる頃にはもう初等部卒業レベルまで学び終わってしまった。

しかし私は浮かれていたのだろう。出る杭は打たれる、ということを忘れていたのだ。あれほど自戒《じかい》したというのに……。


――▽▽――


もう少しで五歳になるという日まで月日は過ぎていった。

剣術や魔法はやはり教えてもらえなかったので、ひたすら勉学に打ち込んだ。そして武に関することができないならと、せめて体力だけでもつけようと走り込みを始めた。

毎日同じことを繰り返す日々。勉強もメイド達が心配になるほどののめり込み具合だっただろう。かつての大学受験よりも必死に打ち込んだ。

だが、それでも私にとっては何の苦でもなかった。あのような惨めな人生を再び歩むくらいならば、もはや死んだ方がマシである。あのような空虚《くうきょ》に満ちた人生には何の意味もないのだから。

だが、その生活を続けていて気づいたこともある。

やはりこの体は前世よりも格段に優秀で一度読んだ知識はほぼ間違えることはなかった。それに子供だからかもしれないが、思った以上に体力が付くのが早い気がする。といってもまだ所詮は子供であるので、それほど長時間走ることはできないが……。

そしてこのダンケルノ公爵家についても教えられた。ダンケルノ公爵家は『誰にも屈さず、誰よりも強くあれ』という旗幟《きし》を掲げ、強くあることを義務付けられる実力主義な貴族家だと。そして弱きことは罪ですらあるという。

何者にも傅《かしず》かず、王家ですらダンケルノ公爵家には強く出られないらしい。

それを聞いた私は内心ほくそ笑んだ。実に理想的ではないかと。

私はもはや誰にも傅くつもりなどない。それは王族だろうと例外ではなかった。貴族制度などという生まれによる理不尽に縛られるつもりなど元より毛頭なかったが、それが元々ないのであるならば好都合である。

しかしそれほど権威が大きくなるとそもそも排除に出られるのではないかとも思った。武力なき者にとって力ある者は恐怖の対象だ。それも権力ある力なき者ならばなおさらだ。

近くにいたメイドにそのことについて尋《たず》ねてみると、やはり実際かなり昔に、その当時の王が他の貴族を率いてダンケルノ公爵領に攻め込んできたことがあったそうだ。

一〇倍以上の戦力。いかに精強で知られるダンケルノ公爵家であろうと、抗《あらが》うことなどできないだろうと。

だがその結末はダンケルノ公爵家の圧勝で幕を閉じることとなった。

こちら側の被害が軽微なまま、ダンケルノの騎士達、そしてその当時の当主が王や王に与《くみ》する貴族の部隊を半数以上撃破したのだとか。事実上の壊滅状態だ。

この出来事はこのダンケルノ公爵家を語るときに誰もが口にする偉業《いぎょう》のようなものだ。

そして元々あった王家とダンケルノ公爵家の条約に、様々な条項を付け加えたいまの不可侵条約を結んだのだとか。

更にはその戦いによって疲弊《ひへい》したこの国を狙って攻めてきた他国の軍もそのままダンケルノ公爵家が撃退したことで、もはやダンケルノ公爵家の権威は誰にも侵すことができないほど強大になった。それこそ王家が一切口出しできないほどに。

それを聞いた私は、やはり力を追い求めることは間違いではないと改めて認識した。

そしてこのダンケルノ公爵家に属する者は使用人ですら屈強さが求められ、公爵家の者は他に付け入る隙を与えない精強さを要求されるのだとか。強くなければ存在することすら許されない。それがこのダンケルノ公爵家なのである。


それから数日後、私は座学の授業を受けていた。

その授業の終わり際にいつもと違い、どこか煮え切らない様子の教師が真剣な表情を浮かべて告げてくる。

「……いいですかアーノルド様。五歳になれば教会に行き、神官に潜在能力を見てもらう儀式《ぎしき》を行うことになります。そしてよほど悪い結果でなければ、そこでやっと公爵家の者として認められます。そうなれば、本格的な後継者争いというものが始まるということを覚えておいてください」

厳密には私はまだ公爵家の人間として認められていないのだという。

そしてこの公爵家では代々後継者争いがなされており、それに勝ち抜いた者が真の強者として公爵の位を継ぐことができるのだとか。

わからないことも正直多いが、この教師も詳細なことまではわからないらしい。

しかしそれを聞いても私のやることは変わらない。自分の目的のためにひたすら勉学に励み、自身を高めていくだけだ。

それに私の三男という立場から考えれば後継者争いというのはむしろ万歳《ばんざい》ものであろう。

もし長男が爵位を継承すると決まっているのならば、凄惨《せいさん》なる出来事を起こさざるをえなかっただろう。それを思えば、私にも最初からその権利がある状態というのはありがたいことである。

そして五歳式と呼ばれるそこで初めて自分の母親や父親、他の兄弟達に会えると聞いた。

兄弟がいることは聞いていたが、その兄弟にも父母にもいまだ会ったことがない。だがそれすらどうでもよかった。母親も父親も兄弟も私の人生にそれほど必要ではない。

だが予想外だったのは他の兄弟も同じ母親だと思っていたのであるが、実際にはそれぞれ母親が違うらしい。

他の兄弟達の母親は元々は公爵家と侯爵家《こうしやくけ》の人間らしい。だがどうやら私の母親はそれほど身分が高いわけではないらしい。教師が言い淀《よど》んだことからそれが理解できた。

それからも変わらぬ日々を過ごし、五歳になってからしばらくしてついに五歳式の日がきた。

その日は朝早くから使用人総出で慌ただしく、私も風呂に入って入念に磨《みが》かれた後、今までに着たことがないような豪華な正装を着せられた。

青黛色《せいたいいろ》のベストに膝辺りまである黒漆《こくしつ》のコート、それと表面が黒く、裏地が赤い小さなマントのようなものを着けられる。さながら物語の中にでもありそうな服装だなと心の中で自嘲《じちょう》の笑みを浮かべていた。

だが、前世の自分ならば全く似合わなかっただろうが、いまの自分はそこまでおかしくも見えなかった。

その後、馬車に乗せられ数時間後にやっと近くにある教会に到着した。

着いてすぐに式が始まると思っていたが、そのまま三時間くらい控え室で待たされていた。

おそらくこれも公爵家の人間に相応《ふさわ》しいかどうかの試験なのだろう。なにせ私を常に監視している人間が何人かいる。一見無表情であるが、時折こちらを評価するような目で見てくるのだ。

昔なら他人の視線など気にもしなかっただろうが、人生の歯車が狂ってからは他人の視線ほど怖いものはなかった。そして人一倍他人の視線には敏感《びんかん》になったのだ。だからこそわかる。あれは人を値踏みするような視線だと。

「アーノルド様、準備が整いましたので講堂の方へお越しください」

居心地の悪い控え室で大人《おとな》しく待っていると、ついに神官の一人が私を呼びにきた。

立ち上がろうとしたそのとき声をかけられる。

「アーノルド坊っちゃま。いつも通りにしていれば大丈夫ですよ」

自分でも気づかない間に震えていたみたいで、赤ん坊の頃からずっと世話をしてくれていた乳母《うば》が手を握ってくれた。

私は僅《わず》かに自嘲の笑みを浮かべる。

そしてずっと手を握ってくれている乳母の方へと振り向いて礼を言う。

「ありがとう」

子供らしく、にへら、と笑みを浮かべた。

私はもう人を信じないと決めた。信じられるのは自分だけだと。

だからこそ、こうした純粋なる好意にさらされたときにうまく笑えているだろうかと不安になる。

他者を信じることなどなければ、人付き合いがなくなることはないだろう。そして好感の持てる人物と持てない人物、上に立った時どちらに仕えたいと思うかなど考えるまでもない。

ゆえに表の顔と裏の顔を使い分ける必要があると考えている。今は子供の無邪気《むじゃき》さと聡明《そうめい》さを見せることで乳母や使用人には、多分好感度が高いと思う。

力を手に入れたからといって元上司や上層部のような人間になるつもりはないが、もはや昔の自分みたいにもなれないだろう。

かつて世界の残酷《ざんこく》さを知った。だがもはやその残酷さに翻弄《ほんろう》されることを許容することはない。全ては自らで切り開く。

私は乳母に再びお礼を言った後に講堂に向かった。

小さな私には講堂までの道がとても長く、そしてとても大きく見えた。私が小さいからではなく、大人になっても大きいと感じるであろうくらい道幅が広く、キラキラと光り輝く何かが散りばめられたとても豪華な廊下《ろうか》であった。

(たしかブーティカ教って民に寄《よ》り添《そ》い質素《しっそ》に暮らしているって話だったけど、これを見る限りそうとはとても思えないな。まぁ貴族は見栄えにこだわるだろうし、ここだけは豪華にしているとかもありえるのだろうけど……)

大きな扉の前まで来ると、数人の騎士とその騎士達に守られるように大人しそうな男の子と傲慢《ごうまん》にふんぞりかえっている男の子が二人いた。

だいたい私と同じ年齢くらいだろう。

男の子を見ていたせいか偉そうな態度と見下すような視線で睨《にら》みつけてきた。そしてお付きの騎士であろう人物がこちらを睨み、腰にかけている剣を鳴らし威嚇《いかく》してくる。

呆《あき》れたように小さく鼻を鳴らす。

(なるほど。あれが私の異母兄弟《いぼきょうだい》か。あれだけ敵意剥《む》き出《だ》しだとむしろわかりやすくていいな。それに五歳の子供を剣で威嚇するなどなんとも器の小さい騎士だ。自分の騎士を持つのならあんなのは絶対ごめんだな。いや、でもそのくらい陋劣《ろうれつ》でないと生き残れやしないのか。他者を蹴落《けお》とすくらい平気でできる精神がなければこれからは話にならないだろう)

「それでは皆様揃いましたので、これよりご入場していただきます。騎士の方々はこれより先、武器の持ち込みは禁止となりますのでこちらにお預けください」

待機していた神官の一人がそう言った。

他の二人には騎士が付いているようだが、私にはいないので関係がない。

「なんだと！　これは我が主人から賜《たまわ》った大事な剣である！　預けることなどできぬわ！　中で何かあったらどうしてくれる‼」

そう怒鳴り声をあげたのは先ほどの威嚇してきた騎士であった。

それに対して神官は怒りや怯《おび》えで表情を崩すこともなくただ淡々と告げる。

「規約ですので例外はございません。従えぬというのであれば控え室の方に案内させていただきますが」

「っく！　……フン！」

その毅然《きぜん》とした態度を見た騎士は悔《くや》しそうな声を上げながら渋々《しぶしぶ》といった感じで武器を預けていた。

（あれがうちの騎士だと思うと恥ずかしくなってくるな。私が公爵になったらまずはその辺の粛清《しゅくせい》からか。……ん？　いや、あれはダンケルノ公爵家の家紋《かもん》ではないな。たしか……、ヴィンテール侯爵家の家紋か。……ああ、次男の母親の実家か。なるほど。もう既に後継者争いの牽制が始まっているのか）

「レイ様、ザオルグ様、アーノルド様の御入場です‼」

私がそんなことを考えていると、神官が長男、次男、三男の順にそう大声を張り上げた。

講堂に入ると思っていたよりもそこにいる人数が多い。

親類一同が揃っているのかもしれないが、私はこれまで誰一人としてダンケルノ公爵家に名を連ねる人物に会ったことなどないため顔など見てもわからない。

この中に私の母親と父親がいるのだろうけど、正直これまで会ったことがない母親と父親などどうでもよかったので、特に捜すことはなかった。

そして前を進むザオルグの後について講堂を歩いていき、祭壇《さいだん》の手前で三人が横並びに並び跪《ひざまず》いた。

「それではこれより神眼の儀を執り行います。本日、神の敬虔《けいけん》な僕となる者達に祝福があらんことを！」

司祭らしき人物がそう声を張り上げると、三人の前にそれぞれ一人の神官がやって来た。

その神官に視線を向けると、こちらに対する嫌悪感とでもいうような嫌な視線で口元に薄く嘲るような笑みを浮かべ、それが前世の元上司が私を馬鹿にするように見ていた表情にそっくりだった。

（こいつ――敵の手の者か⁉）

咄嗟《とっさ》に声を上げようとしたが、相手の方が早かった。

「目を閉じて頭を下げてください」

目の前の神官がそう言い、頭を押さえてきた。

傍目《はため》にはふわりと乗せられた感じであったが、そこにかけられた力はいまの私では到底振り払えないものである。そしてなぜかそれと同時に声が出なくなっていた。

（ツグ！　こいつ……ッ！）

私は心の中でその神官に怨嗟《えんさ》の声を上げるが、それが口から出ることはない。

それから頭の上がほんのり暖かくなり眩い光が起こった。何が何やらわからないうちに押さえつけられていた手がどかされる。

「神眼の儀、恙《つつが》なく完了いたしました」

私の前にいる神官が皆に向かってそう宣言した。そして私にチラリと侮蔑《ぶべつ》を滲《にじ》ませた笑みを向けて、先ほどまでは持っていなかったはずの一枚の紙を覗き見るかのように見ていた。

だがその神官はその紙を見て、驚いたかのように目を少し見開いていた。

それを見て怪訝《けげん》そうな表情を浮かべている私に忌々《いまいま》しげな目を向け、一枚の紙を少しばかり乱暴によこしてそのまま去っていく。

私は何が何やらわからなかった。だが、おそらく良くないことが起こっているのだろうことだけはわかる。あれは悪意だと。

そして私は渡された紙に目を落とした。そこに書いてあったのはおそらくは潜在能力とでも言うべきもの。


＝＝＝＝＝＝＝＝＝＝＝＝＝＝＝＝＝＝＝＝

名前：アーノルド
性別：男
レベル：一／一〇

HP　G／G　MP　G／E　EP　G／E
力　G／F　体力　G／G
知力　G／F　精神　G／F
敏捷《びんしょう》　G／G　器用　G／G
火　G／G　水　G／F
風　G／G　土　G／F
光　G／G　闇　G／E
＝＝＝＝＝＝＝＝＝＝＝＝＝＝＝＝＝

（クソ！　やられた‼　あの神官を買収してやがったのか！）

この世界で潜在能力の平均は平民でEからD、貴族でCからBと言われている。

一番高いものでも平民の平均があるかといった私の結果は明らかに貴族としては落ちこぼれと判断されるだろう。

だが、私の知力からいって潜在能力がF止まりというのは考えづらい。特に知力に関してはもはや常人の域を超えているのではないかと思うほど物覚えがいいのだ。それがFなどというのは考えられない。

それゆえこの結果は私にとっては明らかに改竄《かいざん》されたもの。到底信じられるものではなかった。

おそらくはあの屋敷に他の兄弟達の内通者でもいたのだろう。そして私の知力の高さなどの能力を危惧《きぐ》し、前もって潰しに来たと。

ダンケルノ公爵家は実力ある者は優遇されるが、そうでないものは捨て置かれる。ここで無能だとみなされればさぞ愉快《ゆかい》な扱いが待っているだろう。

（今から不正だと喚《わめ》くか？　……いや、それだと前世と同じだ。それにいま喚いても結果通りにならなかった子供の癇癪《かんしゃく》にしか見えないだろう……。クソ！　本当に私は無力だ‼　子供だから仕方ない？　そんなものは甘えだろう！　これまでの二年間で色々なことを学んできた。そして人の悪意は前世で嫌というほど経験してきた。後継者争いが始まるということも聞いていた。今回のような妨害も想定できたはずだ！　そもそも能力あるものが疎まれることなどわかっていたことだろう。前世で一体何を学んだ！　……これは私の無力さ、そして無能さが招いたことだ。まだ心のどこかで人の善意というものを信じていたのだろう……。くだらぬ。馬鹿げている。そんな甘えた心などさっさと捨てろ！　何も、誰も信じるな。もはやこの世界で敵に容赦《ようしゃ》はいらない。敵だと判断したなら確実に排除するということを心に刻め！　……だが、そうは言っても今は力がないこともまた事実だ。力のない者の理想論など世迷《よま》い言《ごと》でしかない。自分の我を通すために誰にも屈することのない圧倒的な力を……力を手に入れる‼　そしてまずはお前だ！　神官！　顔は覚えたぞ‼）

私を陥れようとした咎《とが》の代償《だいしょう》を必ず支払わせると心に刻む。

（取《と》り繕《つくろ》え。牙を剝くその時まで警戒されずに着実に力をつけ敵を排除する。これ以上警戒されるのは得策ではない。今はしてやられた姿を見せるしかないだろう。あとはあの神官がどっちに買収されたかだな……。もはやレイだろうがザオルグだろうが敵であることには変わりないが、汚いことには汚いことを、正々堂々には正々堂々と。もう躊躇《ちゅうちょ》はしない。この世界では、いやこの世界でも躊躇した方が喰われるだけだ）

内心ではどす黒い感情が渦巻《うずま》いており、もはや司教が何やら話している言葉など全く聞いていなかった。だが、私が聞いていなくとも式は続いていった。

そしてついに公爵に結果を渡すときが来た。

「それでは神眼の儀の結果をお渡しします」

司教が厳《おごそ》かな声色《こわいろ》でそう言い、神官が父親と母親であろう三人に紙を渡しにいった。

すると突然この講堂がまるで熱を持ったかのように感じた。

「三人の子供達よ、こちらを向け」

そう言われ振り返った私はそこで初めて父親と母親三人の顔を見た。

父親は一人しかいないためすぐにわかる。視線だけで、か弱い生物など殺してしまいそうなほどの鋭い冷めた視線。とても自分の子供を見るような目ではないだろう。歳は三十代ほどか、貴族としては若い部類であろうが、まだ武を修めていない私にもわかるくらい圧倒的な存在感を放っていた。

そして三人の母親達。どの人物も優美《ゆうび》な装飾品やドレスを身に着けているが、一人だけ明らかに地味、とは違うが黒をベースに大人しめな女性がいた。

おそらくその女性が私の母親であるのだろうと思った。あのとき教育係が口ごもったことから私の母親が一番身分が低いことは想像できる。この三人のなかでもっとも身分が低そうなのは誰かと問われれば、誰もがその控えめとも言える黒いドレスの女性を挙げるだろう。

そして私はその横に座る女をチラッと一瞥《いちべつ》した。

（あいつか）

一人の女が侮蔑のような、勝ち誇ったような目でこちらを見ていた。おそらくあの神官を買収したのはあの女だろう。

（あいつが敵だな）

私はそう心に刻み込んだ。

並びの順からしておそらくは次男の母親。名前はたしかオーリ・ダンケルノ。

表情は変えず、心の中で睨みつけた。

「それでは裁定《さいてい》を言い渡す」

本来ならば緊張の一瞬といったところだろう。だが私は焦《あせ》りの感情など微塵《みじん》もなく、不思議なほど心が凪《な》いでいた。

「――三人の子供を公爵家の人間として認める」

「なっ‼」

公爵がそう告げた瞬間、思わず声を上げたのは先程こちらを見ていたオーリだった。

おそらくオーリは私の潜在能力を低く見せることによって、公爵家の後継者争いから早々に脱落させる計画だったのだろうが、今までの授業で伝え聞いたあの男ならばそのような小細工《こざいく》を見抜けぬわけがない。少なくとも私はそう信じたからこそ、そこに焦りはなかった。

むしろ焦ったのはそれに対する対処が全くできていなかったからである。嵌められるなどと考えることもなく悠々《ゆうゆう》とただこの式に臨《のぞ》んだ。

――してやられた。

公爵家の人間としてはあってはならないことである。何者にも屈せず、弱みを見せるなど論外である。

五歳児にまでそれを求めるのならアウトだっただろう。まだ正式に公爵家の人間ではなかったので見逃されたのかもしれないが、その理由はどうせ公爵にしかわからない。

だが、なぜかはわからないが私は認められないという焦りは不思議なほどなかった。

(とりあえず一命は取り留めたな。これからは気を引き締めなければ。たった一つの油断で簡単に喰われてしまうのだから。今から五年、五年の間に力をつける‼)

私はそう心に誓った。そしてそれまでは牙を隠し、爪を研ごうと。

たった五年で誰もが逆らえぬような力を手に入れられないのはわかっている。だが、少なくとも容易に手を出そうなどとは思わぬほどの力は手に入れるつもりだ。それくらいできなければ所詮自分の誓い、そして望みの成就など夢物語に過ぎない。

私がそんなことを思っていると、体を震え上がらせるような厳粛《げんしゅく》で鋭い声が聞こえてくる。

「――私の決定に何か文句があるのか？」

公爵は射殺《いころ》さんばかりの眼光で、先ほど私に侮蔑の視線を送っていた女に冷たく言い放っていた。自分が言われたわけでもないのに身が縮こまるほどの重圧を感じる。

「い、いえ。ございません」

オーリは体を震わせながらもなんとか声を絞り出していた。その有り様からも力関係が読み取れる。

公爵はもはやその女に興味がなくなったのか再びこちらを見てその口を開いた。

「我が公爵家に弱者は存在しえん。何者にも屈せぬ者だけが真の公爵家の者であり、我が跡を継ぐ者になれる資格ある者だと心に刻め」

公爵はそれだけ言うと、もはや用はないとばかりに去っていった。

だが私は、まるで自分の心臓を矢で射貫《いぬ》かれたかのような感覚に陥り、息が荒くなっていた。

それは他の二人の子供も同様であるみたいだ。

公爵の言葉はただの単純な言葉などではなかった。それ自体が何かの力を纏《まと》っているかのように私達を締め付けてきたのである。

あれが公爵か、と私は苦悶の表情の中に嬉しげな笑みを浮かべた。己の父親にしてこの世の頂点に最も近しいと言える者。なるほど、それも道理かとほくそ笑む。あれこそが自らが越えるべきものと。

それに公爵の言葉はまるで纏わりつくかのように心に残った。あれは全員に向けた言葉であったのだろうが、まるで私への訓戒《くんかい》のように思えたのだ。弱者である者はこの世で生きてはいけないのだと。

第二章　怨嗟と韜晦

「ふん！　娼婦《しょうふ》の子が穢《けが》らわしい。娼婦の子というだけでなく、お前のような無能が同じ空間にいるなんて耐えられないわ⁉　その女とそこの子供をさっさと別邸《べってい》に連れて行きなさい！」

本邸の前でヒステリックな声が響き渡る。

教会から帰ってきたアーノルドは最初、今日の朝まで過ごしていた屋敷《やしき》に帰るのかと思っていたが、その予想に反して公爵《こうしゃく》が過ごす馬鹿デカい本邸に連れて来られていた。ここでこれからは三人の子供とそれぞれの母親が暮らすのだと。

だが、アーノルドが馬車を降り、屋敷に入ろうとするなり、ズカズカと音を立てながら近づいてきたオーリが、突然その手に持っていた扇子《せんす》でアーノルドの頰《ほお》を殴ってきたのである。そして言い放ったのが先ほどの言葉であった。

オーリの子供であるザオルグもアーノルドを見下すような嫌な目を向けていた。その目はもはや人を見る目などではなく、そこらにいる虫を見る目と変わらないほど侮蔑《ぶべつ》に満ちていた。

レイとその母親であるハーミディアは我関せずといった態度でアーノルドを見もせずに本邸へと去っていく。

アーノルドは殴られたこと、そしてまたしても自身の尊厳《そんげん》を踏《ふ》み躙《にじ》られたことで殺意に似たドロドロとしたものに感情が支配され、頭がどうにかなりそうだった。

アーノルドとて家族などというものに期待していたわけではない。だがそれでも、後継者争いになったとき、曲がりなりにも家族である人間を積極的に殺そうなどとは考えていなかった。だがもはや、いまのアーノルドの心の中にそんな甘い感情など一片たりともなかった。家族などという他人など、そして敵であるならば誰であれ、殺すだけだと。

だがそれでも、いまここでこの者達をどうにかする力も、たとえどうにかできたとしてもその後のことに対処する力もない。

頭の中で渦巻く憎悪とも呼べる猛《たけ》りとは裏腹にアーノルドの心は凪《な》いでいた。

（どうせ後々あの女もその子供も全員殺せばいい。力をつけるまでは耐えるんだ）

感情に流されるだけではかつての自分と何一つ変わりはしない。たかが公爵家に生まれたというだけで、己の力などまだ何一つないということをアーノルドは理解している。弱い自分を変えるには、もはや喚《わめ》くだけではどうにもならないのだと。何一つ憚《はばか》ることなく、全てを手に入れるというのなら強くなるしかないのだと。

その後、アーノルドとアーノルドの母親はオーリの指示に従った使用人によって一台の馬車に乗せられて、そのまま別邸へと連れて行かれていた。

この公爵領の領地はかなり広い。それこそ小国並みの広さを誇っていると言ってもいいほどだ。

そして公爵やその騎士達がいる、いわゆるまとめて公爵城とでもいうべき領域もそれこそ広大である。

元々アーノルドが暮らしていた屋敷もここから馬車で一時間は離れたところにある。この領域に一体いくつの屋敷があるのかわからないほど数多くの屋敷が建てられている。

その中でも先ほどの本邸は中心部にあり、訓練場やその他の施設が近くに揃っている。

レイとザオルグはあのまま本邸で暮らすのだろう。それらの設備が使い放題だということだ。

アーノルドはどんなところに連れて行かれるのかはわからないが、同じ環境は期待できないだろうと内心嘆息した。

馬車で揺られること約八〇分。ついに別邸とも呼べる場所に着いたのか、馬車が止まった。

アーノルドがそのまま待っていると、馬車の扉が開けられる。僅《わず》かながら警戒して馬車から降りると別邸であろう屋敷がアーノルドの目に飛び込んできた。

別邸といえどさすがは公爵家というべきか、それは前世の庶民《しょみん》感覚では豪邸などという言葉では収まらないほど大きなお屋敷だった。思わずアーノルドの表情が驚きで引《ひ》き攣《つ》ってしまうほどだ。これが別邸かと。

そのまま屋敷の敷地内に入るための門を潜り、庭園とも呼べる中庭を抜けると、使用人と思わしき者達が屋敷の前に勢揃《せいぞろ》いしていた。

「お待ちしておりました。この別邸の執事長を務めさせていただいております、クレマンと申します。よろしくお願いいたします」

真っ白な顎鬚《あごひげ》を蓄えている、いかにも執事といった感じのクレマンと名乗った執事長が一礼をした後、後ろの使用人一同も同じように一礼した。

「よろしくお願いします」

「そう。よろしくお願いしますね」

アーノルドが丁寧に挨拶し、母親の方は心なしか気落ちしたような平坦《へいたん》な声でそう言った。

アーノルドはそこで初めて自分の母親の声を聞いたと言える。

先ほどの馬車の中では、アーノルドはこの先どうするか、そして憎らしいオーリを一体どうやって殺してやろうかなどと考え、母親にまったく注意を向けていなかった。そのため話しかけることもなかったのだ。

また、母親のほうもアーノルドにはさほど興味がないのか、それとも考え込むアーノルドに配慮したのか自ら話しかけてくるということもなかった。

そのままアーノルドと母親はクレマンに屋敷の中へと案内される。

（しかし娼婦か。身分が低いことはなんとなくわかっていたが予想以上だったな。所詮《しょせん》身分が低いといっても男爵《だんしゃく》や子爵《ししゃく》出身程度だと思っていた。公爵ともなるとそれでも身分的には一般的にありえない婚姻《こんいん》だからな。しかし、あとの二人は公爵家と侯爵家《こうしゃくけ》の者なのになぜ娼婦を……？）

普通、公爵令嬢や侯爵令嬢と婚姻して、愛人とでもいうならばともかく、娼婦などという存在とわざわざ婚姻することは考えづらい。

そもそも一般的に言うならばそんな婚姻、王家や娼婦と同列に扱われる他の二人の貴族家が許さないだろう。にもかかわらず、愛妾《あいしょう》どころか第三夫人。

（公爵の様子からして別に溺愛《できあい》しているから、などという理由ではなさそうだが……）

アーノルドは共に歩く母親の顔をチラッと盗み見る。

たしかに美人だろう。爛漫《らんまん》とした美人というよりは、冷めたような雰囲気を伴ったいわゆる近づきがたい高嶺の花とでもいうような雰囲気を持っている。娼婦の頃にはさぞかし人気であったのではないかと思わせる典麗《てんれい》さと豊麗《ほうれい》さを併せ持っていることは間違いない。

（だが、何にせよ圧倒的に不利な立場に置かれているということはわかった）

公爵が何を思って娼婦と婚姻したかなどアーノルドにとっては正直どうでもいい。重要なのはいまアーノルドがどういう状況なのか把握することだ。

また自分の知らぬ間に全てが終わるなどということを許すわけにはいかないと、乱れた心を整えるかのように息を一つ吐いた。

「こちらでございます」

クレマンについていった先で通されたのは客間だった。

アーノルドは母親と対面になるように部屋の中央にある高級そうなソファに座った。

それからメイドが紅茶を持って来て、クレマンがメイドを部屋から出した後、何やら神妙《しんみょう》な表情を浮かべながらその口を開く。

「お話を始める前に無礼を承知でお聞かせください。――アーノルド様、貴方様にとって公爵になるとはどういう意味を持つのでしょうか？」

クレマンから見えない圧のようなものがアーノルドの体全体にのしかかってきたかのように感じた。

だがもはや、その程度の威圧で揺らぐほどアーノルドの心は弱くなどなかった。

これよりも凄まじい重圧を教会で既に感じた。この程度の恐れなど消し去れるほどの嫌忌《けんき》の念をその心に抱いた。誓いはいまだその魂に灯を宿している。

ゆえにこの程度で屈するなどありえない。

それゆえ問われたことに対しても焦《あせ》ることなく冷静に答える。

「私にとって公爵になるとは何の意味もないことだ」

心なしか低い声色であり、ある意味ダンケルノ公爵家自体に喧嘩を売っているとも取れる言葉である。

だが、アーノルドにとってこれは本心であった。公爵にならないというわけではない。だが、公爵になることには意味など何一つない。そんなことでアーノルドが望むものが全て手に入るわけではないのだから。公爵になっても手に入るのは所詮権力だけだ。権力だけでは安寧《あんねい》などとは程遠い。

アーノルドは、無意識に語気が荒くなっていたな、と思い一旦心を落ち着かせ、補足するかのように言葉を付け加える。

「私にとっては誰にも屈しない力を手に入れることが全てです。それ以外のこと全てが些事《さじ》に過ぎないのです。誰よりも強くないと手に入らないというのなら必然的に私のものになるもの、という程度の認識でしかありません。……以上です」

アーノルドは淡々とそう述べた。

そこに見栄も虚勢も何一つない。ただ眼前たる事実を述べるかの如《ごと》く自らの想いを口にしただけである。

「お答えいただきありがとうございました。また試すようなことを申しましたこと、深くお詫び申し上げます」

　そう言ってクレマンは深く頭を下げた。

「別に構いませんよ」

　そう言ったアーノルドの声は先ほどとはまるで別物のようであった。ただの年相応の子供の声といえるものだった。

　その言葉を聞いたクレマンは下げていた頭を上げた。その顔は、先ほどまでとは違い、穏《おだ》やかなようにも見えた。いや、別に元々穏やかでなかったわけではない。クレマンの醸し出していた雰囲気が一段階和《やわ》らいだと言うべきだろう。

「アーノルド・ダンケルノ様。この度、正式に公爵家の一族となられましたことお祝い申し上げます。早速ではありますが、これからの後継者争いの注意事項等を述べさせていただきたく存じます」

　そして一枚の紙を丁寧《ていねい》に手渡される。

　アーノルドは早速とばかりにその紙に目を通した。


＝＝＝＝＝＝＝＝＝＝＝＝＝＝＝＝＝＝＝＝

一　後継ぎ争いは一八歳で終了とする
二　自らの力を誇示《こじ》せよ
三　誰かに屈することを禁ずる
四　他の候補者を直接殺害することを禁ずる

五　他家の力を使うことを禁ずる
六　公爵家から年間一億ドラまで与える
＝＝＝＝＝＝＝＝＝＝＝＝＝＝＝＝＝＝＝＝

「アーノルド様、お読みいただけたでしょうか」

少しの間を置いて、読み終わったのを見計らったかのようにクレマンがそう問うてきた。

「はい」

「まずこれより先の問答を私が他所様《よそさま》に漏らすことはございません。その上でお考えください。それでは、これより三分間の間に最大三回の問《と》い掛《か》けにお答えします。ただしその内容は〝はい〟または〝いいえ〟で答えられるもののみを問い掛けとして認めます。また三分間の間、他者からの助言は禁止といたします。それでは始めさせていただきます」

そう言ってクレマンはアーノルドの質問すら受け付けることなく、突然開始を宣言した。その手に持つ懐中時計が随分《ずいぶん》と様になっている。もう既に時間が過ぎていっているのだろう。

アーノルドは無意識のうちに手で顎を撫《な》でた。

(何を聞くべきだ？　……今の段階で娼婦の子である私と他の候補者が対等であるか、とか？　いや、そのようなことは考えるだけ無意味だな。むしろ害ですらあるな。対等ではなく下であるという意識を持たなければ。となるとまず聞くべきは)

「例えば誰かに何か出し抜かれたり敗北したりしたとして、それが私の策のうちであり、その後しっかりと勝ちを収めたのならそれは誰かに屈することにはならないと考えてもいいのでしょうか？」

屈するなとあるが、それは一体どこまでなのか。戦略的撤退や一時的な戦略上の敗北すらも許されないのかと。

「いいえ」

一瞬の間を置くこともなくそう答えたクレマンは、ダンケルノ公爵家には一時の敗北すらありえぬ、と副音声が聞こえてきそうなほどにっこりと微笑んでいた。

（っく！　となると普段から常に足元に気をつけておかねば一つのミスで屈したと判断されかねないな。あとは……暗殺者に依頼して殺した場合にそれは間接的な殺害なのか直接的な殺害なのか……、いや重要なのはそこではないな。肝心《かんじん》なのは証拠があるかないかだろう……。証拠があればそれが弱みとなる。そして今回それを探るのが公爵ともなれば事実上隠蔽は不可能と考えてもいい。となると聞く意味はない。あとは力とは何か……だがこれは〝はい〟〝いいえ〟では答えにくい質問になる。力と言われ思い浮かぶのは、物理的な武力、財力、知力、権力、そして人脈の力などか。誇示するということは、誰もが及ばぬくらい圧倒的な力を見せつけろということか。……ん？　いやそもそも）

部屋には沈黙が満ちていた。

「残り二分です」

そこにクレマンの声が響く。だが、アーノルドはそんな声など聞こえないほど熟考していた。

（クレマンは問い掛けが三つだと言った。ならば一つの問い掛けに複数の質問を入れることは可能なのか？　全てが〝はい〟か〝いいえ〟で答えられる場合は問題ないだろう。だがどちらも含まれている場合はどうなる？　それは答えが二つということになるから〝はい〟か〝いいえ〟で答えられない問い掛けということになるだろうか。その場合、それは問い掛け一つとカウントされるのか……？　いや、たしか問い掛けとして認められるのは〝はい〟〝いいえ〟でのみ答えられる問い掛けのみ、という言葉があったな。となると全ての回答がどちらかに揃わない限りは何度でも質問が可能であるということを意味するか……。もし回答が揃った場合、それが問い掛け二つとカウントされれば一発で終了するが、とりあえずその考えが正しいと仮定して質問の回答を知るには二つずつの質問をしていくのがいいだろう。三つにすると複雑になりすぎる。時間的に無理だろう。だが、二つでも運が良ければ半永久的に回答を続けることができるが時間的にどこかで確定させなければならない。まずは一問目だ。最初に違う答えを引き当てれば最低でも五つの質問への回答が得られる。最初は安パイから攻めていくか）

アーノルドは考え込んでいた顔を上げて、やっと口を開く。

「質問だ、『候補者以外の者が候補者を殺害した場合に殺害依頼の証拠があればルールに抵触する、また候補者以外への殺害行為はルールに抵触する』」

一瞬クレマンの眉《まゆ》がピクッと動いたがそのまま口を開かなかった。

（もしかすると単にルール違反で答えないだけかもしれないが、とりあえずは仮説が正しいと思ってやるしかないな。今の問いの解が〝はい〟と〝いいえ〟の状態だと仮定して、次は〝はい〟寄りの質問をすれば繋げられるはずだ）

「質問だ、『候補者以外への殺害行為はルールに抵触するか、また他家とは貴族のことであり商家には適用されないか』」

（合っているか危ういが私の考えが正しければ、さっきの五番目のルールは他の貴族に後継者争いに参入されると後々付け入る隙を与えるため追加されたルールだろう。それにこの公爵家は考える限り商業のルートも押さえているはずだ。商家の力を使うことは問題ないはず）

クレマンは心なしか先程までよりも優しく微笑《ほほえ》んでいるように見えた。アーノルドが生み出したただの希望的観測による幻かもしれないが。

（よし。これで一番目の質問と三番目の質問の答えが同じであるという仮定ができた。次は〝いいえ〟寄りの質問だ）

「質問だ、『他家とは貴族のことであり商家には適用されないか、またヴォルフレッド・ダンケルノ公爵の力を借りることができるか』」

ヴォルフレッド・ダンケルノ公爵とはアーノルドの父親であり現ダンケルノ公爵のことである。答えが〝いいえ〟であると思っているアーノルドが次の質問を考えようと顎に手を当てるとクレマンが視界の端で動いた。そして沈黙が降りていた部屋に声が響く。

「はい」

「なっ⁉」

アーノルドは思わず驚きの声を上げてしまった。後継者争いに現公爵が介入《かいにゅう》するとは思わなかったし、そもそも他者に力を借りることをよしとすることに驚いたのだ。

だが、この質問にクレマンが答えたことでアーノルドの仮説は正しいことが立証された。これが正攻法というわけでもないだろうが、それでもただ単に三つの質問を聞くよりは多くの情報を手に入れることができる。

（だがこういう思いもよらぬ情報を得られたのは収穫だな。そしてこれで一番目、三番目、四番目の質問の回答が〝はい〟、二番目の質問の回答が〝いいえ〟と確定した。ここからまたふり出しだな）

「あと一分です」

執事長がニコニコしながらそう口にした。それを聞いたアーノルドの心が僅かに乱れる。

（焦るな！　……とりあえず些細《ささい》なことでもいいから聞いておいたほうがいいな）

深呼吸とまではいかないが、息を吐き出したアーノルドは心を落ち着かせてクレマンを直視する。

「質問だ、『婚約者を持つことはできるのか、またこれから五年間の間に三番目のルールを破った場合は即座に後継者争いから脱落であるか』」

クレマンは何も答えなかった。

（これは正直どちらが〝はい〟でどちらが〝いいえ〟か判断しづらいものだが、おそらく即座に脱落ということにはならないはずだ）

五年間というのは一八歳間際と今とではルールを破る重みが変わるために即脱落もありえると思ったため付け加えたものである。

一度のミスも赦《ゆる》されぬなど、むしろ何をするにも臆《おく》する者が誕生するだけだ。力をつけるまではそういう心持ちでいろということだとアーノルドは認識している。

アーノルドは一旦息を吐いて心を落ち着かせた。焦ったところでいい結果などでない。どんな時でも冷静さを保つことは貴族にとって当然の資質として要求されるものだ。そして考えをまとめたアーノルドが再び口を開いた。

「質問だ、『婚約者を持つことはできるのか、また婚約者の家の力を借りることができるのか』」

この質問は前半が成り立たなければ問い掛けとして成り立たない質問であり、成り立つとしても後半は他者の家の力を借りることになるので答えは〝いいえ〟になるはずなので実質ほとんどする意味のない質問であった。しかし、万が一婚約者が身内とカウントされるのならばその家も他家扱いではないなどといった馬鹿げた論理がないとも限らない。

だが案の定、クレマンは何も答えなかった。

そのときアーノルドが表情を険《けわ》しくし、僅かに唸《うな》る。一つの可能性が突如《とつじょ》頭の中に天啓《てんけい》の様に降りてきたからだ。もしそれが事実ならば今のこのやり取りの何と不毛なことかと顔を若干《じゃっかん》顰《しか》めた。

「それじゃあ最後の質問だ。なんとも適当な質問で申し訳ないが」

アーノルドはそう前置きし、真剣な表情で問う。

「『他所の貴族を傘下に収めることはできるのか、またこのルールへの質問は後からでもできるか』」

刹那《せつな》の間、沈黙がその場を支配した。そしてクレマンが思わずといった様子でほんの僅かに微笑を浮かべる。

「失礼致しました。答えは〝はい〟です」

アーノルドは少しばかり呆れを含んだような何とも言《い》いがたい表情でそれを聞いていた。

「いつ気づいたのかお伺いしてもよろしいでしょうか？」

クレマンは微笑みながらそう聞いてくる。

「気づいたのはほとんど終盤です。冷静になってみると、そもそも私達はこれから学んでいく学徒と言ってもいい存在です。それなのにここでしか質問できず、学ぶ機会を奪うようなことがあるのかと思いまして。情報というものはとても大事なものです。理由があれば確かにそれを絞るといったこともありえるかもしれません。ですが、大事となるルールでそれをやる意味など、少なくとも私にはないように思えました。そして先程、これから先質問をできないなどということはおっしゃられていなかったので、可能なのかと思った次第《しだい》です」

（おそらくこの問い掛けも一種の試験だったのだろう。最初に試すような問い掛けをすることによってその後の問い掛けの隠された意味から目を背けさせる。よくある簡単な手口ではあるが気づきにくい。三回と言われて馬鹿正直に三回の質問をしても特に評価に影響はないだろうが、そこから色々考え、三回以上できないかと探らせるのが言い回しによる誘導といった感じか。そして真に伝えたいことは先入観は捨てろ、ということか。貴族にとって言葉遊びなど日《にち》常茶飯事《じょうさはんじ》だ。勝手な思い込みで行動すればそれこそ足を掬《すく》われるだろう。そして貴族を傘下に収められるのは予想通りではあるが、傘下の貴族を持っていいからといって安易に増やせば間違いなく評価が落ちるだろうな）

この公爵家にも少ないながら傘下の貴族が存在する。だがその貴族は長年この公爵家に忠誠を誓っている貴族であり、元々は後継者争いに敗れた者が興した家であった。それゆえ傘下の貴族を持つこと自体は許され、使うことには問題がないのである。公爵といえど全てを一人でやっているわけではない。自身に忠誠を誓っている信頼できる部下を使って事にあたることもあるし、重要でないことならば公爵本人に忠誠を誓っていない公爵家の使用人でも使うことがある。だからこそ他者を使うこと自体は問題なく、公爵の力を借りることもできるのだろう。

だがあくまで借りられるだけであり、実際に借りるならばそれなりの対価を示すか、後々の自分に降りかかる災難を覚悟しなければならないだろう。何の対価もなしで借りられるほど高いものはない。

「それでは、少し時間が残っておりますが三回の問い掛けに答え終わりましたのでこれにて終了とさせていただきます」

クレマンがそう告げると、アーノルドは知らず知らずのうちに安堵《あんど》の息を吐いた。

クレマンはメイドを呼び、冷めたであろう紅茶を淹れ直させる。そしてアーノルドが一息ついたのを確認してから話しかけてくる。

「それではアーノルド様、次は今後のご予定についてお聞かせ願えますでしょうか？」

アーノルドはクレマンにそう問われ、少し考えてから口を開いた。

「そうですね。まずは高等部の内容を教えることができる教師の手配をお願いします。あとは剣術を教える騎士と魔法を教える魔法師の手配もお願いします」

（まずは何よりも自分自身の強化を急がなければならない。物理的に手を出せなくなるだけでもかなりの牽制《けんせい》にはなるはずだ）

五歳になったことにより、剣術と魔法を習えるようになっている。だが、一人でその訓練をやるにはどう足掻いても限界がある。特に魔法などアーノルドにとっては未知のもの。何をどうしていいのかすらわからない。

あの本邸にいれば教師など頼む必要もないのであろうが、何もしなかったらここに果たして教師が来るのかすら定かではない。

それに来たとしてもその者が敵でない保証もない。もちろん、このクレマンと名乗る執事も敵でないなどという保証はどこにもないが、少なくともアーノルドはこのクレマンからいままで一度も嫌な視線や気配といったものを感じはしなかった。選択肢などない今は自分の感覚を信じて突き進むしかない。

妄信《もうしん》するつもりはないが、それすら信じられなくなった時点でもはや終わりなのだ。

「かしこまりました。それと僭越《せんえつ》ながら一つよろしいでしょうか？」

そう問われたアーノルドはティーカップに手を伸ばそうとしていた手を止め、僅かに首を傾げた。

それを了承の意と取ったクレマンは真剣な表情を浮かべ、アーノルドへと毅然《きぜん》と、だが優しげに語りかけてくる。

「丁寧《ていねい》な言葉は美徳ではありますが、貴族としても、ましてこの公爵家の直系の者としても使用人ごときにそのような話し方をしてはなりません。下の者に示しがつきませんし、付け入る隙を与えることになります」

まさしく正論である。たしかに上の者が下の者に優しくすることは美徳だろう。だが、それはただの一般人の話だ。

アーノルドに平民達の理《ことわり》など当てはまらない。

アーノルドに求められるのは貴族として、そして君主としての理。すなわち威厳と寛容《かんよう》だ。

ただの優しさなどに意味はない。

（前世の記憶があるからか、無意識の内に年配の方には丁寧に話すクセがついてたな。これからは威厳のある話し方を心がけないとな。それにもう誰に対しても謙《へりくだ》る必要などない）

元の屋敷でもアーノルドはただの一度も威圧的な態度などとっていなかった。それが使用人の好感度を上げるという作戦であったとはいえ、いま考えればたしかに愚策だったかもしれないなと思い直す。

たしかに人間としての好感度は上がるだろう。だがこの公爵家の人間としては失格も失格。実力のない者のただの優しさなど外道にも劣る家畜の所業だ。下の者への寛厚《かんこう》は、相応《ふさわ》しき力があってこそ初めて成立するものだ。

「わかった、クレマン。忠言感謝する」

アーノルドは慣れないながらもそう言葉に出した。

「もったいなきお言葉、大変恐縮でございます。出過ぎた真似をして申し訳ありませんでした」

クレマンは恭《うやうや》しく一礼をした。

だが、もしこのままクレマンが諫言《かんげん》しなければ、アーノルド本人がたとえそうだとは思っていなくとも、アーノルドは他者に阿《おもね》るような口調のままであっただろう。爪を隠すにしても、それはしてはいけない選択であった。

それゆえ、アーノルドはそれに気づかせてくれたクレマンに対して僅かながらに感謝の念を抱いていた。

「それでは教師の件、本日中に手配しておきます。いつ頃からお始めになりますか？」

「そうだな。明日はこの屋敷周りを見ておきたい。明後日から予定を組んでくれ」

「かしこまりました。すぐにメイドを呼びますので少々お待ちください。それでは失礼いたします」

そしてクレマンは再び綺麗な一礼をして部屋を出ていった。入れ替わるように一人のメイドが部屋に入ってきて、冷めているであろう紅茶を淹《い》れなおす。それが終わると、主人からは見えにくい壁際に下がって気配を消した。

その完璧さにはアーノルドも思わず感嘆の声を漏らすほどであった。注意して見ていなければ、おそらくはそこにいることすらも忘れていただろうと。

（使用人の掌握《しょうあく》もしないといけないのだろうが……とりあえずは）

アーノルドはそこで初めて自身の母親を正視する。

黒いドレスだからかスラッとした印象を受け、その髪色はアーノルドとは違い薄い青緑色とでもいうような浅葱色《あさぎいろ》。そしてその瞳は淡い紫色である。

「はじめまして母上――」

正直それ以上何を言えばいいのかわからず逡巡《しゅんじゅん》してしまった。母親といっても別に特別なことなど何もない。これまで一度も会ったことがないのだ。これといって話さなければならないこともなかった。

すると母親の方から声をかけてくる。

「はじめましてですね。私はメイローズ・ダンケルノです。あまり実感がないかもしれないけれどあなたの母親です。そして初めに謝らせてもらうわね。私のせいであなたにはいらぬ苦労をかけることになるでしょう。本当にごめんなさいね」

先ほど聞いた声色とは違い、若干機嫌が良さそうな、そして申し訳なさそうな声でそう言ってくる。

だが、アーノルドはその言葉に対して頑然《がんぜん》と首を横に振る。

「いいえ、それは母上のせいではございません。むしろこの世に生んでくださり感謝申し上げます。今後何かあろうともそれは私の力不足であり母上には一切関係のないことです。謝る必要はありません」

アーノルドは全て本心から言っていた。

たとえ娼婦の子として蔑まれようと平民や貧民として生まれるよりは遙かにマシであり、更には自分の力を高める環境が揃っているのである。これ以上を望むほうが罰当たりであろうと考えていた。

「そう……。あまり力にはなれないかもしれないけど相談くらいには乗れるから、何かあったら言ってちょうだいね」

アーノルドのある意味突き放すようなもの言いに少し気落ちしたように見えるメイローズは、無理矢理作ったような笑みを浮かべてそう言った。

「わかりました」

これで初めての母親との会話が終わったのであった。とても淡白なものであるが、アーノルドにとってはどうでもよかった。

そしてアーノルドは痺《しび》れを切らしたかのように、壁際に待機しているメイドに声をかける。

「おい、メイド長はどうした？　すぐに呼んでこい」

前世の感覚から言えば不遜《ふそん》な物言いであるが、そう命じられたメイドは顔色一つ変えず一礼しながら了承する。

「かしこまりました」

そのメイドは走ることなく、しかし素早い動きで部屋を出ていった。

本来であるならば執事長と共にメイド長も挨拶《あいさつ》に来るのが当然であるが、最初の出迎えはおろか、クレマンがここを去った後にも挨拶に来ることはなかった。何らかの原因で遅れたとしてもクレマンと交代で入ってくるのはメイド長であるはずだったであろう。

そうでないということは何となくどういうことなのか予想できた。

それゆえ、アーノルドは煩わしそうに小さくため息を吐く。

暫《しばら》くして少し騒がしい足音が近づいてくる。プロの使用人がそのような音を立てて歩くなど明らかに失格であろう。

その音が扉の前でピタリと止まると、少し乱暴に、だが叱責《しっせき》するほどでもないほどの勢いで部屋の扉が開けられた。

「お呼びとお聞きし参りました。何か御用でしょうか」

明らかにムスッとした顔で太々《ふてぶて》しい態度を隠さないメイド長に、アーノルドは自分の予想が当たっていたと確信した。

アーノルドは思わず視線を険しくしながらそのメイド長に問う。

「なぜここにいなかった？」

聞くだけ無駄であることはわかっているが、このメイド長がはたしてどのような反応をするのか見るためにも聞かなければならない。

素直に謝罪するのか、言い訳をするのか、それとも開き直るのか。

どうやって対処するかによって、敵の実力というものも見えてくる。また本当に敵なのかどうかということも。

「少々トラブルがありまして、そちらの対処に当たっておりました」

澄《す》まし顔のメイド長が選んだのは言い訳であった。

だが、どんな理由があれ、主人たるアーノルド達を優先するのが普通である。その時点でこのメイド長が宣《のたま》う言い訳など一蹴《いっしゅう》しても問題などない。

もし主人を優先することがどうしてもできなかったにしても、普通はもっと申し訳なさそうにするだろう。だが、このメイド長は悪びれる様子もないどころか謝罪一つしていない。

（謝罪の一つもない時点で舐《な》めているのは間違いないが、ふざけているのか？　敵ならばもう少しマシな言い訳の一つでもしてきてもいいものだが……。調べれば何があったかくらいわかるだろうが、はたして本当に主人を放り出すほどのトラブルがあったのか。それとも私ごときにはその程度を見抜く知能すらないと思われているのか）

アーノルドは小さく不愉快そうに鼻を鳴らした。

「そうか。まぁ良い」

いまはどの道この程度の些細《ささい》なことで罰を与えるつもりなどない。まずはいま自分が置かれている状況を把握し、整理するまでは安易に動くつもりはなかった。

それに爪を隠す以上はそう易々《やすやす》と処分などできない。

メイド長は先ほどの言葉だけで矛を収めたアーノルドを所詮は子供と思ったのか、ほんの僅かにだがフッと口元に薄らと笑みを浮かべていた。

人の悪意に敏感なアーノルドもその微妙な差異を感じ取ったが、それを指摘したとしても、した、していない、という水掛け論にしかならない。たとえ強引に処分したとしても、使用人達の求心力が低い時の恐怖政治は下策《げさく》である。

無能なる者がただ権力をふりかざし、次々と使用人を処罰する。そんな者に付き従いたいなどと思う者など皆無であろう。

「それで、お前の名前すらまだ聞いていないのだが」

そう問われたメイド長は少しばかり不愉快そうに眉を顰《ひそ》めた。

見るからにプライドだけは高そうな女である。一度下とみなした者に不遜《ふそん》な言葉遣いをされることが我慢ならないと見えた。

だがそれでも主従の関係ということは理解しているのか、そのメイド長は渋々といった感じで一応綺麗な一礼をして答える。

「この別邸のメイド長を務めさせていただいております、ワンズ・ローレイズと申します。よろしくお願いします」

その声はいかにも嫌々勤めているのだというような侮蔑《ぶべつ》を滲《にじ》ませているものであった。

だが、アーノルドはそんなことなど気にもせず、このメイド長の名乗った名前の方に意識がいっていた。

（ローレイズか。たしかあの女の実家の傘下の貴族だったな。なるほどな。こうやって情報を探るつもりか）

アーノルドは五歳までの教育でこの国の貴族の関係は一通り頭に入っている。

アーノルドが属している国であるハルメニア王国には多くの貴族がいるが、全員が領地を持っているわけではない。

宮廷貴族のように領地を持たず王都で過ごす者や、ダンケルノ公爵家のような領地持ちの貴族、そしてそういった貴族から爵位を賜《たまわ》り、いくつかの街や村を治める貴族などがいる。

ローレイズは伯爵位を賜った貴族であるが、自分の領地を持った貴族ではない。オーリの実家のヴィンテール侯爵家から街のいくつかを任されている貴族である。

この屋敷にそんな貴族がいるのが偶然などと考えるほどアーノルドも馬鹿《ばか》ではない。十中八九オーリが送った者だと確信している。

だが、どうやら完璧に統制できているわけではなさそうだと目を細める。

ダンケルノ公爵家の使用人は平民が多く、身分に関係なく優秀な者が上の職に就《つ》くため基本的に自己紹介では名のみを答え、貴族か平民かなどわからないようにしておくのが通例である。

しかし、このワンズはわざわざ家名まで名乗った。これは貴族としてのプライドが元娼婦ごときに仕えることを良しとせず、自分はお前とは違って生粋《きっすい》の貴族であるという牽制《けんせい》を込めて名乗ったと考えられる。というよりもその態度を見れば一目瞭然《いちもくりょうぜん》であった。

だが、そのおかげでアーノルドは早々に敵かどうかの判断ができたと言える。オーリと結託しているのかどうかはわからないが、それでもこのワンズがアーノルド達を見る目には欠片たりとも友好などといった情は浮かんでいない。たとえオーリの手の内の者ではないとしても敵であることに疑いなどなかった。

それに何もかもがオーリと似ている。娼婦であるメイローズとその子供であるアーノルドを見下す選民思想《せんみんしそう》を持ち、オーリほどではないが自身の感情も抑制できず曝《さら》け出している。

まともに考える頭があるならばわざわざオーリの傘下の貴族とバレるリスクを冒してまで自らの姓を名乗りなどしないだろう。バレたとしてもアーノルド程度どうとでもなると思っているのかもしれないが、それでも間者としての役割を果たすつもりならばそんな選択をすることは愚者の誹《そし》りを免《まぬが》れない。

要はこのワンズというメイド長は命じられていることよりも自身の矜持《きょうじ》を優先するようなくだらぬ愚者にすぎぬ者ということ。アーノルドがどうこうしなくとも勝手に自滅するタイプだ。

身分や権力によってその者の有能さは決まらない。もしそんなことで決まるならば、この世に愚王などという言葉は生まれなかっただろう。選民思想を持っているオーリやワンズはそんなことすらもわかっていないのだ。

ただ生粋の貴族であることが有能であることの証。そう考える貴族は多い。そうでなければこんな無能をさらけ出している者を送ってはこないだろう。

本来であるならばこのような無能なメイドがメイド長に就くことなど不可能であるのだが、後継者争いの間においてのみ公爵はそれら一切について口を出さないのである。

ただし、もしそのメイドが何か公爵家に不利益をもたらした時はそのメイドを迎え入れた者も責任を取らされる。ゆえに、まともな頭をしていれば有能な者を間者として送り込むことはあっても無能な者など送らない。

「母上、夕食までお休みになられてはどうですか？」

アーノルドはメイド長の挨拶には意図的に返事をせずメイローズに声をかけた。それゆえ、いまだにメイド長は頭を下げたままだ。自分よりも下だと見下している者にこんな扱いを受ければ屈辱ものだろう。

「そうね。そうするわ」

メイローズはそんなことを知ってか知らずかマイペースにそう答えた。

「おい、母上を部屋まで案内しろ。それから侍女《じじょ》の選定も済ませておけ」

メイド長は返事をすることもなく一礼だけしてメイローズを連れていった。だが、アーノルドはメイド長の体が屈辱に震えていたのを見逃しはしなかった。

よく声を荒らげなかったものだなと心の中で感嘆し、腐っても貴族かと鼻で笑った。

だが、もはや興味もなかった。最終的に敵を殲滅することには違いない。あのメイド長も所詮は消える者。牙を研ぐ一時の間だけいる者だ。この屋敷にいる時間は本人がその身をもって決めることになるだろう。

だがアーノルドはできるだけ長くいてくれることを祈っておいた。

馬鹿の方が扱いやすいのだから。

アーノルドは一息つき、やっと淹れてくれた紅茶を飲んだが、また冷めていたので壁に控えるメイドに向けて声をかける。

「おい、悪いがもう一度淹れてくれ」

アーノルドがそう言うことを予想していたのか、言い終わるや否や素早い動きで紅茶を注いでくる。随分と有能なことだとそのメイドの動きを注視する。無能なる者を見た直後だからかより顕著《けんちょ》にそう思う。

「ありがとう」

思わず口から出た言葉だが言ってから、しまった、と思った。だがメイドは微笑みを浮かべ下がっていったので、まぁ礼くらいはいいか、と考え直し特に気にすることもなくそのまま淹れてくれた紅茶を飲む。

その後ソファから立ち上がり、自分の部屋に案内させた。

アーノルドは自室に着くなりメイド達を下がらせ、そこにあるベッドに大の字で仰向きに倒れた。執事長に見られれば呆れられるだろうほどだらけた姿である。

(とりあえず現状の整理からだな。何にせよ想定していたよりはマシな状況だな。あの女が連れて行けと指示したところであったから、最悪の場合使用人全員があの女の手の内の者ということもありえただろう。それに屋敷も予想していた数倍はいいところだ。一番最悪な予想では馬小屋のようなところにでも連れて行かれるかと思っていたがな)

馬小屋どころか下手をすれば他の貴族が住まう屋敷よりも大きいだろう。

(この屋敷に潜む敵も半々といったところか。屋敷の前に集まっていた執事とメイド共を見る限り五割程度があの女の手の内の者、三割から四割程度がおそらくレイの手の内の者、残りが公爵の手の内の者か中立の者といった感じか)

アーノルドは視線に敏感なため、最初に来た時に感じた視線から大体の敵味方の割合を割り出していた。

それはほぼ合っているのである。さすがにオーリといえど公爵家で好き勝手する権限はない。そのため、五割紛《まぎ》れさせるのが精々である。

公爵家の後継者を争わせているような格好になっているとはいえ、足の引っ張り合いをさせたいわけではない。

そしてオーリが潜り込ませたのは普段から勤務態度が良くなく家柄だけで威張《いば》っている、この公爵家では淘汰《とうた》されるであろう捨て駒であった。どんな末路を辿っても問題ない者達とも言えるが、逆に言えばその程度の者達しか用意できなかったとも言える。

（無能な者を送り込んで問題を起こすリスクと敵ばかりの状況での生活で私が音をあげるのとを天秤《てんびん》に掛けたのだろうが、普通の貴族のボンボンならともかく私は前世では家すら失くし家族すら失い一人孤独に生活していたのだから、その程度で音をあげると思ってもらっては困るな）

アーノルドが普通の貴族の子供と違うのはドン底を経験したことだろう。ただの貴族としてしか暮らしたことがなければ、使えない使用人に腹を立て、傍若無人《ぼうじゃくぶじん》に振る舞うかもしれないがアーノルドは違う。そもそも使用人などいなくとも生活することくらいはできるのだ。

（私は大丈夫であるが、母上のケアは一応しておかないとな）

アーノルドは他人などどうでもいいと思っているが、実の母親だからかはたまた性分《しょうぶん》なのか近くにいる罪なき人が害意に晒されるのを放ってはおけなかった。

（あの女にはさぞかし貴族との人脈があるのだろう。だが何も人脈の力は貴族だけではない。

屋敷を支える使用人や騎士の忠誠もまた一つの力になるだろう。それゆえこの屋敷にいる使用人もゆくゆくはどうにかせねばならんな。まったく面倒なことだ）

アーノルドはため息を吐きたい気持ちを何とか抑えた。この程度で弱音を吐くようでは先が思いやられる。

もう二度と誰にも自らを侵させはしない。敵となった者は何の容赦もなく殺す。そのために力をつけなければならない。

（ほとんどの者が間者らしきいま、その者達をこちらに引き抜くくらいでなければならないだろう。だが、誰でも味方につければ良いというわけではないな。無能な味方ほど恐ろしいものはないからな。まずは使用人の選別からだな。だが、あの女の手の者は今は放置だな。ほとんどの者がこちらに敵意のような視線を向けているいま、何の力もない私に寝返ろうなどという者などいないだろう。それと、当分の間は処分もなしだな。一々処分していたら、私は些細なことで人を処分するやつだという噂を流され人心掌握に支障が出るだろう。あの様子だ、どうせ放っておいても何か問題を起こす。処分するのはそれからでいい。できるだけ一気に処分できるのが理想だな）

何もなくあの女の手の者だけ処分すれば、それこそ警戒され次はよりタチの悪い者達が送られてくるだろう。だからこそ問題を起こさせ、それを処分せねばならない。オーリに介在《かいざい》させる余地なく徹底的に。

（それならやはり引き込むのは中立の立場とレイの手の者の中でも末端の者達だな。レイの母親は……正直何を考えているのか読めん。レイ陣営の使用人共も別にこちらを監視するように視てくるだけで、嫌悪《けんお》という感情は見えん。癇癪《かんしやく》で向かってこられるよりよっぽど厄介だな。それと公爵の手の者か。公爵の手の者はおそらく公爵に忠誠を誓っている者であろうから強引に引き抜くなど無理だろうしな。あの執事と紅茶を淹れていたメイド辺りが公爵の手の者という感じがするが……。一番いいのは全く関係のない外から引き込むことだが、力なきいま安易に外に出るのは危険すぎるな）

アーノルドはそこまで考えてから、ベッドの上でゴロンと仰向けからうつ伏せになった。

（とりあえずこれから一年は武力の向上に力を入れるのがいいな。暗殺者が来る可能性は低いだろうが、相手が馬鹿の可能性もある。特にあの女はこの程度の策を取ってきた馬鹿だ。十分ありえるだろう。貴族としての知識しかないからこの程度でも嫌がらせになると思っているのだろうが、甘すぎだな。だが、この私の頰を殴ったことは忘れぬ。その代償はどの道支払わせるさ）

あの女が果たしてどこまでのことをやってくるのかはわからないが、現状は言ってしまえばただの子供の癇癪のような嫌がらせに過ぎない。貴族の令嬢のように、もしくは純粋なる子供のように繊細《せんさい》な心をしていれば、徐々に心が病《や》んでいきダメージを負わせることもできるだろう。

周り全てが敵という状況というのは存外応《こた》えるのだ。常人には耐えられない。

だが、残念なことにアーノルドは純粋な子供とは程遠い。いまよりも酷《ひど》い状況に陥ったこともある。それでもなお生き抜いた者なのだ。今更この程度で応えることはない。

（それから使えそうな商人を探して財を築く。だが商会に着手するのは武力を手にした後だな。

今の状態で軌道に乗ってもおそらくあいつらに奪われてしまうだろう。だから本格的に始めるのはもう少し後からでいい。それと七歳からは初等部に通うらしいが……はたして行く必要があるのだろうか）

初等部では学問や簡単な魔法などを習うことになる。だが、学問に至ってはもはや学ぶ必要などないし、魔法もこれから教師をつけてもらい習う。通う頃にはその程度の魔法などもはや必要なくなっているだろう。そうなるとただの時間の無駄な気がしてならないのだ。アーノルドに時間を無駄にする余裕などない。

その後、母親であるメイローズと共に夕食を取り、入浴した。

（しかし最初は好みを把握するためとはいえ量が多かったな。料理も不味いというほどでもないが、到底良い物と呼べるものでもなかった。毒を盛られていなかったことに安堵すべきか？）

アーノルドはそんなことを思いながら自嘲の笑みを浮かべた。そしてアーノルドの体を拭き終わったメイドに命じる。

「クレマンを部屋に呼んで……呼べ」

「かしこまりました」

（やはりまだ命令口調というものは慣れんな。だが気をつけないとな。言葉一つが命取りになる世界だ。気を引き締めろ）

アーノルドが自室の椅子《いす》に目を瞑ったまま脚を組んで座って待っていると扉がノックされた。

「入れ」

アーノルドはゆったりとまぶたを上げながら返事をした。

「失礼いたします。お待たせして申し訳ございません」

予想通りクレマンが一礼しながら部屋へと入ってきた。

「お前を呼んだのは少し確認したいことがあるからだ」

いきなりこの別邸に連れてこられたゆえにわからないことも多い。

「まずは雑事からだな。年間与えられる一億ドラだが、それはお前が管理しているのか？」

「いいえ、今現在は奥様の管轄《かんかつ》となっております。そして直接的な管理をしているのは金庫番になっております」

（金庫番があの女の手の者だとめんどう……いや、むしろ好都合か？）

アーノルドは険しい顔をしながら小さく唸る。

金というのは人を惑わすものの一つだ。自分よりも強大な者に対してならば何もできはしないが、自分よりも下と思っている者の金ならば次第に抑制の鎖が解け、その金に手を出すだろう。そうなれば簡単に始末できる。貴族の金に手を出すのは重罪だ。何の文句もなくその首を刎《は》ねることができる。

「この屋敷の管理費もそこから引かれるのか？」

アーノルドはあの女によって突発的にこの屋敷に来させられたわけだが、この屋敷の管理費がアーノルド持ちとなれば相当金銭的に不利になることは否めない。

だが、クレマンは首を横に振ってそれを否定する。

「いいえ。この屋敷の管理費は公爵家より支払われます」

アーノルドは無意識に安堵の吐息を漏らした。

実際問題その可能性もありえたのだ。なにせ、それがオーリの策という可能性もあった。直接的に害せないならば、後継者争いで今できることは足の引っ張り合いだ。ザオルグに与《くみ》する使用人達があらかじめ送られていたことからも、そういった策かとも思ったが違ったようだ。

アーノルドは少し思考に耽《ふけ》った後、口を開いた。

「それと明日までにこの屋敷の使用人全員のリストを用意してくれ」

「かしこまりました」

「あと明日、この屋敷を見て回るのに案内が欲しい。お前が信用できる者で、この屋敷の使用人の名前を把握している者を用意してくれ。できるか？」

アーノルドは少しばかり険しい視線をクレマンに向ける。これはある意味、お前の仲間を教えろという風にも取れる言葉だ。別にクレマンが敵であるわけではないが、どういった反応をするかはわからない。

だが、クレマンは気にした風もなく二つ返事で了承する。

「はい、かしこまりました」

アーノルドは一度頷き、次にいく。

「それと当分の間は使用人共の行動についてお前がよほど目に余ると判断したもの以外は放置しておけ」

使用人の最終的な決定権を持つのは女主人にあたるメイローズであるが、執事長であるクレマンにも一定の権利が与えられている。だが、クレマンに行動を抑えられては害虫を一掃するのは面倒になる。

「よろしいので？」

「ああ、害虫は一遍《いっぺん》に駆除するのが私の流儀《りゅうぎ》だ。チマチマと一匹ずつ潰しても、すぐにまた湧《わ》いてくるだろう？」

「かしこまりました」

「ああ、それと明日屋敷を見て回ることは周知しておけ。その際、無理に畏《かしこ》まる必要もないとな」

そう言われて本当に畏まらないやつは敵と判断しやすいだろうし、敵でなくとも主人に本当に畏まらないやつはただの無能であるから味方にはいらない。どれほどこちらを舐めているのか判断できるいい試金石になるだろう。

「かしこまりました」

クレマンがそう言ってから、アーノルドはクレマンの方に完全に体を向けて今までとは違い真剣な表情を浮かべた。

「それでは本題に入ろう」

アーノルドがそう言うと、クレマンも今までとは違うということがわかったのか一層身を引き締めたように感じた。

そして少しの沈黙の後、アーノルドが意を決したように粛然《しゅくぜん》と口を開いた。

「クレマンよ。お前は私に忠誠を誓えるか？」

アーノルドはクレマンの瞳を視線を逸らすことなく見つめ続けた。

「——申し訳ございません、今はまだ忠誠は誓えません」

クレマンは悩むことなく、だが申し訳なさそうにそう返答した。予想の範疇《はんちゅう》ではある。

「そうか」

「それで、私をどうなさいますか？」

「どうもしない。そのまま執事長を続ければ良い」

アーノルドも今回の質問で特にクレマンをどうこうするつもりなどなかった。たとえ味方にならずとも有能な者を簡単に手放す必要はない。

敵でないならば——否、敵だとしても上手く扱えばいいのである。

「よろしいのですか？」

「ああ。正直に言えば、忠誠を誓うと言われた方がむしろ困っていたな」

そう言うアーノルドは薄く口元に自嘲気味な笑みを浮かべていた。所詮、アーノルドにとってはこれはただの確認作業にすぎない。

「そして、まだ、というのも予想外だった。お前は公爵に忠誠を誓っているものと思っていたぞ」

アーノルドは嘲るようにそう言った。目の前の執事がはたして本当に公爵以外に忠誠を誓うなどということがあるのかと。そもそも忠誠というのはそれほど安いものなのかと。

だが、クレマンはそれに苦笑するでもなく、場に似つかわしくないほど真剣な表情を浮かべていた。

「無礼を承知で、それにお答えする前にこの屋敷の使用人をどう思っているかお聞かせ願えま

すでしょうか？」

突然よくわからない問いが飛んできてアーノルドは怪訝な表情を浮かべる。

「どう思っているかとは？」

含意《がんい》が広すぎると思ったためにそう問うたのだが、クレマンはそれに対しては返事をしなかった。

（それも自分で考えろということか？）

アーノルドはほんの数秒考えた後に口を開く。

「……そうだな、まぁ一言で言うなら坩堝《るつぼ》といったところか。レイの陣営、ザオルグの陣営、公爵個人に忠誠を誓っている陣営、そして公爵家に忠誠を誓っている中立の陣営。これらが交じり合っているのがこの屋敷の使用人だろう。大体三割、五割、一割、一割ってところか？まだ会ってない奴らもいるから実際の比率はわからんがな」

「それでは私が公爵様に忠誠を誓っていると判断した理由はなんでしょう？」

あらゆる陣営が入り乱れていることがわかったからといって、その個人がどこに属しているかを探るというのは容易ではない。特に優れたものほど爪を隠すのが上手い。それゆえ、何をもって断言したのか気になったのである。

だが、アーノルドはそれに対して少し困ったように薄く笑う。

「確証はなかった。だからこそ、まだ、というのは予想外の返答であった。最初に思ったのはあの問い掛けの前にお前が言った『他所様』という言い回しだな。これは確かに自分以外の人とも取れるが、自分の属している組織以外の人という意味にも取れる。これならば何の負い目もなく公爵に報告することができると思っただけだ。別にお前が私との約束をわざわざ守る必要もないし、適当に言っただけかもしれない。それどころかただの私の考えすぎかもしれない。だが、お前が使用人としての誇りを持っているのならば一時とはいえ、仕える主人を謀るような行動を取るとは思えないと思っただけさ。そういうレベルの予想でしかない。がっかりしたか？」

「いいえ、そのようなことは」

クレマンは本当に特に失望したような表情は浮かべていないが、それこそプロの使用人ならば自身の表情くらいはコントロールできるだろうとアーノルドは自嘲的な笑みを浮かべ鼻で笑い飛ばす。

「まぁさっきから言っているが確証のある話ではない。それが私の中で一番可能性が高いと思ったに過ぎん」

（正確には視線による分類だが、そこまで手の内を明かす必要はないな。だが、おそらくは公爵から最も信頼されているのはこの男ではないのだろう。本当に潜ませるなら目立つ者を置いてそちらに目を向けさせて目立たぬ者を潜ませるだろう。だが、その程度の考えの男が果たしてこの世の頂点に君臨《くんりん》しているなどということがありえるのだろうか……）

たかがアーノルド如《ごと》きに見破られるような策しか張っていないとは到底思えない。だが、今のアーノルドにはそれ以上を想像する力すらまだない。それゆえ、どうしようもないことにいつまでも頭を悩ます必要はないとその思考を振り払った。

そして再びクレマンへと視線を向ける。

「だが、忠誠を誓う可能性があるのなら誓ってもらえるように頑張るとしよう」

アーノルドはここで初めて心からニヤリと笑みを浮かべた。

（いまの段階で公爵を出し抜けるほど甘くはないだろう。なら利用するだけ利用してやろう）

「――他者に忠誠を誓っていた者を信用できるのですか？」

もう話は終わりだと思っていたアーノルドはクレマンのその言葉に虚《きょ》をつかれたような表情を浮かべる。

だがそもそも、他人を信用しないと決めているアーノルドにとって忠誠はあくまでも一つの指標でしかない。忠誠を誓うと言わぬ者よりは言う者のほうが良いが、忠誠を誓われたからといって、その者のことを信じるかと言われれば答えはノーである。

「過去はどうでも良い。私を裏切らなければな。私は二心《にしん》を許す気はない」

裏切りはアーノルドにとって許せぬ行為の一つだ。そんなことをしよう者がいるのなら、アーノルドはその者にその愚行の対価を支払わせるだろう。

「……ところで、お前はそもそも忠誠を返上したのか？」

公爵家に忠誠を誓っているのならばともかく、公爵個人に誓っているのならばこんな会話には意味などない。

「私は現在誰にも忠誠を誓っておりません。後継者争いの際には形式上全ての使用人は一度忠誠を返上します。そして、次代の公爵候補の皆様に忠誠を誓う価値があるのか自分の目で確かめることを義務付けられます。もちろん、一度返上したとしても即座に公爵様に忠誠を誓いなおす者もおりますが、大半の者は次代の公爵を見極めることを今の任としております」

「なるほどな。元々公爵自身に心酔《しんすい》しているような者はほとんどがすぐに忠誠を誓い直すというわけか。だが、お前はよかったのか？」

「この老い先短い老ぼれが公爵様の役に立てることが次代の育成であると思っておりますので」

そう言ってクレマンは目をゆっくり閉じ、そして数秒の後その目を開けた。

何を思っているのかわからないが、少なくともアーノルドには公爵を想う気持ちは本物のように思えた。ザオルグ陣営の者ではないというだけでいまは十分だろう。

「だが使用人にも派閥《はばつ》のようなものがあるんだな？」

アーノルドは五歳になるまでに聞いた話では使用人は一丸となっている軍隊の様なものを想像していた。やはりそういった話は美化されているだけかと内心ため息を吐く。

だが、クレマンは泰然《たいぜん》と首を横に振る。

「いいえ、本来は存在することなど許されません。我々が尽くすはこの公爵家だけです。それ以外に現《うつつ》を抜かすなど粛清対象になり得るでしょう。ですが、この後継者争いの間だけは例外とも言えます」

クレマンは憂《うれ》えるような、それでいて嫌悪《けんお》するような少しばかり鋭い雰囲気を浮かべそう述べた。

「後継者争いが終わった後、奴らはどうなる？」

奴らとは他の候補者に付き従っている騎士や使用人達のことである。言葉足らずではあるが、クレマンは悩むことなくそれに対して返答する。

「それは次代の公爵様次第かと」

「どうとでもできると。……公爵家の使用人になるには精強《せいきょう》さや、完璧さが求められると聞いたが、あのメイド長のようなものがどうやってあの地位を手に入れた？　それともあいつもそれなりに強いのか？」

いまのアーノルドには他人の強さなど見ただけで見分ける能力などない。だが、たとえ強いのだとしても、それだけで使用人の中でも上の階級であるメイド長になれるとは思えなかった。それゆえ聞けば聞くほどあのような者がメイド長などを務めていることに違和感しかなかった。

「いいえ、あの者には大した戦闘能力などありません。本来使用人には等級があります。細かいものを除けば、特級使用人、上級使用人、中級使用人、下級使用人という分類がなされております。本来、執事長やメイド長といった役職は上級使用人以上の者しかなることが許されません。あのメイド長の分類は中級使用人ですが、あるお方が強引にねじ込んだようでその地位に就いています」

「後継者争いの間は見逃されるというわけか。もしそれでねじ込んだ使用人が問題を起こせばどうなる？」

「問題の程度にもよりますが、連帯責任を負わされるでしょう」

アーノルドはそれを聞き、邪悪な笑みを浮かべた。

その問題の程度が大きくなればなるほど、合法的にオーリを処罰できるということ。と言っても、どこまでいこうと公爵夫人に厳罰などできはしないだろうが、それでも牽制としては十分だ。殺すのは最後の最後だ。

「それでお前はどの分類にあたる？」

「私は上級使用人でございます」

アーノルドはそれを聞き意外に思った。クレマンは特級使用人だと思ったのだ。

特級使用人という者がどれほどいるのかは知らないが、少なくともクレマンよりも優秀な者がある程度いるのだろう。

「それじゃあ、あの黒髪のメイドが特級か……」

黒髪のメイドとは客間にいたときに、クレマンと入れ替わりで入ってきた者である。あの者の動きもただの使用人のそれとは思えなかった。

だがクレマンは眉をピクッと上げたが何も言わなかった。

この世界の髪色に遺伝などという要素はない。

マナやエーテルといったこの世界独自のエネルギーとも呼べるものが髪色や瞳に影響を及ぼすという仮説もあるが、その真相はいまだに解明されていない。

その中でも黒髪というものはこの世界でもごく稀《まれ》で、ほとんどいないと言っても良い。

そして黒というのは不吉さを連想させることから、地域によっては迫害を受けることもあるという。

「まぁいい、ご苦労であった。下がれ」

もはや聞くことがなくなったアーノルドは椅子から立ち上がり、ぞんざいに言い放つ。その様は命じることに慣れぬ者とはとても思えぬほどの自然さを伴っていた。

アーノルドがベッドへと向かい、既に視線すらない中、クレマンは上位者に対する敬意を孕《はら》んだ恭《うやうや》しい一礼をしてその場を辞《じ》した。

幕間　公爵と密偵達

ここは公爵《こうしやく》がいる本邸――その執務室。

「報告ご苦労」

そう言って公爵は持っていた紙の束を魔法にて一瞬で燃やした。

「それでお前達の感想を聞かせろ」

頰杖《ほおづえ》をついたまま不遜《ふそん》ともいえるほど傲慢《ごうまん》なる態度で、目の前に立つ三人に命じた。

「は、問い掛けの際に最初の三〇秒ほど使いギミックを見抜いたことは素晴《すば》らしく、知性の面では今後に期待できるかと。しかしながら優柔不断な一面と気弱さが表に出ており若干《じやつかん》の頼りなさを感じております。忠誠を誓うかと問われれば現状は誓うことはないでしょう。以上でございます」

「問い掛けでは特に何も考えることなく一分程で三問ご質問になりました。剛毅果断《ごうきかだん》は美点かと思われます。そしてその後忠誠を誓え、と申しつけられましたが断らせていただきました。今は今後、自らの武力を見せるために戦争を起こそうと味方集めに奔走しておられるようでございますが母親が潜り込ませた騎士以外集まる見込みはないでしょう。よく言えば武人よりの思考、悪く言えば短慮《たんりよ》、そして何より気になるのが母親の傀儡《かいらい》となっていることです。母親が離れることがない限り忠誠を誓う状態にはならないでしょう。以上でございます」

「問い掛けに際して一問はそのままご質問になられましたがその後ギミックにお気づきになり時間ギリギリまで質問をお続けになられました。それだけでなくあの問い掛けの裏の意図にまで気づいておられる様子でした。また現実をしっかり見据《みす》えており、問題への対策もしっかりと取ろうとしている点は及第点《きゅうだいてん》でしょう。それと時折見せる黒い面が少し気になりますね。忠誠を誓うかと問われれば現状は保留とお答えします。以上でございます」

そう言って三人はそれぞれ恭しく一礼した。

「ふむ、何も抵抗せず離れに行ったと聞いたから見込み違いのゴミかと思ったが、少しは期待が持てるか……。しかし、ヴィンテールの小娘は少々目に余るな」

そう口にすると、目の前の三人の存在感が高まった。

殺気とも取れるそれは、いますぐにでも命を下せば簡単に首の一つでも取ってきそうな重圧を伴っていた。

だが――

「手は出すな。今しばらくは様子見である。ああ、それとあの黒髪の小僧の儀式を担当した神官の足取《あしど》りは常に摑《つか》んでおけ。あの小僧が殺気を向けていなければすぐにでも殺っていたが、五年は待ってやろう。五年経ってもあの小僧が始末しないのならお前達で始末しておけ」

「「「は、かしこまりました」」」

本邸の中、閑散《かんさん》とした廊下を報告を終えた三人が歩いている。

「お前が保留と言うとはどういう風の吹き回しだ？　何か感じるものでもあったのか？」

「……そうですね。現状忠誠を誓う可能性があるかと問われれば一パーセントもないでしょう」

「それなら、なぜああ答えたんだ？」

「なぜでしょうか。……あの子が少し公爵様に似ていたからかもしれませんね」

「ほう。そう言われたら俺も俄然《がぜん》興味が出たぜ。担当変わらねえか？」

「お断りします」

「即答かよ。まあいいぜ。そのうち会う機会もあるだろうよ」

「――あなた達、まだ公爵様の領域内ですよ。私語は慎みなさい」

それまで黙っていた最も厳格そうな執事服を着た男が厳しい声色でそう言った。

「はいはい」

男はわかっていると言わんばかりに適当に返事をし、三人はその場から姿を消し、それぞれの監視対象のいる邸に戻っていった。

第三章　始まりと変化

クレマンと話をした次の日の朝、アーノルドはメイドが起こしに来る前に目が覚めた。そしてメイドを呼ぶベルを鳴らし、身支度《みじたく》の用意を頼む。

アーノルドは眠るたびにこれは夢でいつか覚めるのではないかと考える。自らの魂に課した誓い。もう絶対に間違えないという獄《ごく》の誓い。

果たしていまの自分は間違えていないのだろうかと。

だが、それには否と断じる。間違えてなどいないと。

全てを手に入れるか、それともまたしても全てを失うか。それが決まるまでは間違いではないと。

誓願の成就をもって瞑《めい》すべし――それだけを考えておけば問題ない。

アーノルドはまず一杯の水を飲み、入浴をして服を着替えた後に初めて書斎《しょさい》へと行った。

書斎には机や椅子《いす》、そして背面に何も書かれていない同じ色の本が数多《あまた》ある本棚がある。掃《そう》除《じ》は行き届いており、全体的に落ち着いた色合いで構成されているシックな部屋であった。

アーノルドが自分にとって少し大きな書斎の椅子に座ってすぐ、その部屋の扉をノックする音が聞こえてきた。

「入れ」

アーノルドがそう言うとガチャッと扉が開かれた。

「失礼いたします」

そう言って、執事長のクレマンが書類を持って入ってくる。

「おはようございます、アーノルド様。本日のご予定のご確認に参りました」

「朝食を摂《と》ったあとに予定通りこの屋敷を見て回る。午後からはこの公爵家の敷地内を見て回ろうかと思っている。御者《ぎょしゃ》と馬車を用意しておいてくれ。それと今日中に確認しなければならない書類はあるか？」

何かあったときに自分のいる位置がわからないなど危険極まりない。それゆえ、時間を取ってでもまずは周辺の情報を得ることを優先する。後になって後悔するなどということはもうあってはならない。

「かしこまりました。いえ、本日早急に片付けなければならない書類はございません。緊急性の高いものと低いものを整理して分けさせていただきます」

「ああ頼んだ」

その後、朝食を食べるために食堂に向かった。

メイローズはアーノルドが食堂に着いたときには既に席についていた。

アーノルドが席についたことで続々と朝食が運ばれてくる。

昨日の夕食よりは少ない量であるが、それでも朝からこの量は多いなとアーノルドは心の中で独りごちる。

アーノルドは昨日、メイローズに配膳《はいぜん》された料理と自分に配膳された料理の両方を食べたが、メイローズの料理の質が自分のものより低いことに気づいていた。

それゆえ、今日はメイローズと自分の料理を入れ替えるように指示していた。

料理の量自体は大して違いがないため入れ替えたことはわからないだろう。

全ての料理が揃ったため、アーノルドとメイローズは食事をし始める。

（昨日の私が食べたものと同じくらいにはなっているか……。料理長もあっち側だと思っていたが、別邸にいるような料理人だから本当に腕が悪かっただけか？　少し様子見だな）

いま食べた料理は昨日ほど悪いものとは思わなかった。それでも最高級品と言うには程遠いだろう。

アーノルドは正直料理など食えればなんでもいいためどうとも思わないが、メイローズは果たしてどうか。

これまでどこで過ごしてきたのかは知らないが、それでも公爵夫人《こうしやくふじん》としてそれなりの待遇を受けていただろう。手を打つべきかと悩む。

朝食を食べ終わり、その後の紅茶を飲んでいる時、アーノルドはメイローズに話を振った。

「母上は本日はどのように過ごす予定ですか？」

「そうね……まずはこの屋敷の管理の引き継ぎをして、午後からは東屋《あずまや》でティータイムをしながら本でも読もうかしら」

メイローズは昨日の気落ちした様子とは違って、おっとりとした口調で話していた。その所作《しよさ》のどこにも元貧民《ひんみん》などという陰は見えない。

それこそ知らぬ者が見れば元娼婦《しょうふ》などとは信じられないだろう。とは言っても、高級娼婦などであればむしろ礼儀作法には明るいことも考えられるため一概には礼儀を知らぬとは言えないが。

それに何年も公爵夫人として暮らしていれば礼儀作法くらいは学ぶだろう。

それからいくつかの世間話をした後に、アーノルドは改めて姿勢を正し、表情を引き締める。

それに気づいたのかメイローズも紅茶を飲む手を止め、少し訝《いぶか》しげとも言えるような視線でアーノルドを見つめてくる。

アーノルドが手を上げることでこの場にいる使用人達を部屋から追い出した。静かになったところで意を決したように口を開いた。

「母上、一つお願いがございます。いまこの屋敷の資金の管理は金庫番が実質管理しておりますが、何か不審な点があれば一度見逃し、私に話を持ってきていただけないでしょうか」

本来屋敷の管理は女主人の仕事である。したがって何かあれば責任を持つのは女主人ということになる。つまりこの申し出は自身の仕事を放棄し、ミスをしろと言っているに等しい。

「――それは私に失点を認めろということかしら？　その意味を重々承知しているので？」

先ほどまでのおっとりとした様子とは違い、ある種の圧を感じさせる言葉であった。

「重々承知しております」

アーノルドは神妙《しんみょう》な表情でそう答えた。

だが、公爵夫人ともあろうものが他者に弱みを見せる。その意味はアーノルドが考えるほど甘いものではない。

「……それで、その対価に私に何をしてくれるのかしら？」

「屋敷内での安寧《あんねい》を」

アーノルドが一瞬の間も置くことなくそう言うと、刹那《せつな》、食堂に沈黙が落ちた。

そしてアーノルドがメイローズの反応を息を呑《の》みながら待っていると、メイローズは呆れたように大きくため息を吐く。

「――ダメね」

今までの柔らかな口調などではなく、まるで刺すような鋭い口調。

その言葉にアーノルドの顔が強張る。

「私はそんなものを求めていないわ」

メイローズは無情にも吐き捨てるようにそう言った。その瞳《ひとみ》には先ほどまであった情のようなものは欠片《かけら》たりとも浮かんでいない。

ただ上位者と下位者の構図があるだけだ。

「では、何をお求めですか」

アーノルドは予想が外れたことに少し慌てているかのように早口でそう尋《たず》ねた。その表情は苦々しく険《けわ》しいものとなっている。

それに対してメイローズがさらに険しい目でアーノルドを射貫《いぬ》き、苦言を呈《てい》す。

「それは最もやってはいけないことよ。交渉相手に何が欲しいか尋《たず》ねるなんて自分は切羽詰《せっぱつ》まってます、何でも差し上げます、と言っているようなもの。足元を見られるわ」

穏《おだ》やかな声色なのだが、見えない圧に押さえられているようにアーノルドの頭が下がっていく。

「も、申し訳ございません」

「まぁいいわ。色々気を遣ってもらったみたいだし、子どもの初めての頼みだもの。今は貸し一つってことで許してあげるわ」

淡い紫色の瞳を細めながら妖艶《ようえん》に微笑《ほほえ》んだメイローズは空になったティーカップの縁《ふち》をなぞりながらそう言った。

しかし、一見妥協《だきょう》しているような物言いだがその実、貸し一つとしか明言しておらず、いわば何でも命令権を手に入れたのと同じなのである。この公爵家の公爵夫人ともあろうものが凡人であるはずなどなかったのだ。

それに、この程度のことならば後継者の成長を促すための措置《そち》として本来なら何の罰則《ばっそく》もないため、メイローズは事実上無傷で最高の対価を手に入れたに等しいのである。

母親にも当然ながら役割がある。その役割など確認しようと思えばいくらでもクレマンが教えてくれるため、それに気づけなかったアーノルドのミスである。

しかし昨日と違い公爵夫人としての毅然《きぜん》とした態度を早々に見せたのもメイローズがアーノルドに少なからず期待しているからであると考えられる。もし期待外れの子であると判断したのであれば自らの子であれ、搾取《さくしゅ》できるだけ搾取し早々に切り捨てたことであろう。

この公爵家の人間であるということはそういうことなのである。そうでなければここでは生きてはいけない。

「ありがとうございます。これからもご指導ご鞭撻《べんたつ》の程よろしくお願いいたします」

アーノルドは知らず知らずのうちに元娼婦というだけで自らの母親が弱いなどという偶像を作り出していたことを恥じた。

先入観で物事を決めつけるということは最もやってはいけないことである。

アーノルドは何一つ確認することもなく、メイローズを自身が守らなければ何もできない弱者だとみなしていた。

そしてあの問い掛けで先入観を捨てろというメッセージに気づいていたにもかかわらず、実際に身についていなかったことから、学ぶことと実際にできることが違うということを改めて認識した。

アーノルドが自身の愚鈍《ぐどん》さに辟易《へきえき》していると、またしてもメイローズの鋭い口調が飛んでくる。

「次期公爵ともあろう者が簡単に頭を下げてはなりません。そして私に対しても敬語を使う必要はありません。現状貴方《あなた》が敬語を使って接しなければならないような者は公爵様のみです」

「……ああ、わかった」

よくできました、とでも言うかのようにメイローズはふわりと微笑んだ。

アーノルドは朝食が終わった後、クレマンが屋敷の案内人を連れてくるまで書斎で一人項垂《うなだ》れていた。

（昔の自分と何も変わっていないじゃないか……。主観的にしか物事を見れていない。もっと客観的に物事を見なければ……。普通に考えれば公爵夫人ともあろう者がただの凡愚《ぼんぐ》なわけがないじゃないか。それも娼婦なのだぞ？　あの公爵がただの見目で選ぶわけがない。となれば、それだけ優秀な何かがあるのは必定《ひつじょう》。……ということは、あの女も今の姿は仮初《かりそ》めの姿ということか？　簡単に考えていたが、迂闊《うかつ》に手を出すべきではないかもしれんな。母上には感謝しなければなるまい。母上は無条件で味方だとも思っていたが、一度話し合わなければならないな）

アーノルドは自身を産んだ母親が敵ではないと勝手に思っていた。メイローズが権力を手に入れるにはアーノルドが公爵になればいい。だからこそ、そこに利害の一致があると。

だがそうではないかもしれないと考え、ため息を吐いた。

そしてあれだけ表面上は他者を信じないなどと思っていても、ただ母親などという理由だけで大して話したこともない他人を信じていた自分の心を戒《いまし》めた。

アーノルドが心の整理と更なる覚悟を固めていると書斎の扉がノックされる。

「入れ」

「失礼いたします」

アーノルドが許可を出すと、クレマンとその後ろから一人のメイドが入ってきた。クレマンと一緒に入ってきたメイドは薄暗い青髪のメイドでアーノルドに見覚えはない。

（初めて見るメイドか？　昨日の出迎えで見た記憶がないな。だが、クレマンがあの女の手の者を連れてくるとは思えないし……）

普通は主人の出迎えに、出掛けているなどを除けば、いないことなどありえない。昨日見た記憶がないということは、何らかの理由で外に出ていた者か出迎えすらしなかったザオルグ陣営の者という可能性が高い。

「アーノルド様。こちらが本日この屋敷の案内を務めるメイリスでございます」

「ご紹介に与《あずか》りました、メイリスと申します。本日アーノルド様の案内役を務めさせていただきます。よろしくお願いいたします」

メイリスはそう言って一礼した。

メイリスのアーノルドを見る視線には敵意のようなものは見えなかった。それどころか何の感情も浮かんでいない、冷めた、とは違うが、無気力とも違う形容しがたい目である。

アーノルドは鷹揚《おうよう》に、ああ、とメイリスに一言返してからクレマンに向かって手を出し、昨日頼んだ物を催促《さいそく》した。

「こちらが使用人一覧のリストでございます」

クレマンが恭《うやうや》しく書類の束を渡してくる。そこにはこの屋敷で働く使用人達の細かな特徴や名前などが記されている。

「それじゃあ後は頼んだ。――行くぞ」

クレマンに書類の整理を任せた後、アーノルドはメイリスを連れて書斎を出た。その後、屋敷のエントランスホールから屋敷の外に出る。

ここがこの屋敷の一番大きな出入り口ともいえる場所。記憶するならばここからだろうと。

アーノルドは全く表情を変えずに黙々と後ろに付き従っていたメイリスを観察するように盗み見る。

その瞳にはアーノルドを映しているが、全くアーノルドのことなど映していないかのような

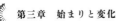

無機質な瞳であった。今までに見たこともない視線に内心たじろいだアーノルドであったが、表情には出さなかった。

「メイリス、お前は荒事は得意か？」

「……人並み程度には得意であると言えます」

少しの躊躇《ためら》いのような逡巡《しゅんじゅん》の後にメイリスは粛然《しゅくぜん》とそう返答した。

「最悪の場合頼ることになるかもしれん。その時は頼んだ。だが殺しはするな」

今のアーノルドには力がない。ならば使えるものは使うしかないのである。

それがたとえ他者の力であったとしても、それで自らの目的を達成できるのであればいまは使うべきだと。

ある考えに固執《こしつ》することの愚は思い知った。いまでも他者を頼るなど間違いであると断言する。だが、それも時と場合による。それがアーノルドの答えであった。

「かしこまりました」

メイリスはアーノルドの物騒な頼みにも何も反応を示すことなくただ人形のようにそう返答した。

その様は、まるで個を殺した機械。むしろこれこそがプロの使用人というものかとアーノルドに思わせるほどであった。

「それじゃあ案内を頼んだ」

「かしこまりました」

それから屋敷の中を歩いているのだが、尋常《じんじょう》ではないほど広い。

簡単に言えば、敷地全体で東京ドーム一五個分、屋敷だけで東京ドーム三個分といった広さだ。どれだけ馬鹿でかい屋敷かということがわかるだろう。

それがただの屋敷一つ分である。ここ以外の全てを含めれば一体公爵が住まう地帯とされている領域はどれほど広いのか。

この屋敷も別邸であるが、それでも普通の貴族家ならば本邸以上の広さがあることは間違いない。メイローズとたった二人で暮らすにはむしろ広すぎて困るくらいである。

一通り見て周り、アーノルドとメイリスは書斎へと戻ってきた。

「案内ご苦労であった」

「とんでもございません」

メイド長にもどこでも出会わなかった。果たして何をしているのか。メイリスに聞いてもわからないという返事だけであった。だだっ広い屋敷であるのですれ違わなかった可能性もあるが、普通ならば顔を出すだろう。

「ご苦労であった。まだ昼食までに時間があるから庭園を案内してくれ」

庭園はかなり広いため、昼食までに全てを回ることは不可能であるが、近くにある東屋や温室、花壇《かだん》などは見ておきたかった。

アーノルドは屋敷の玄関《げんかん》から出たところから敷地の入り口まで広がっている庭園へと入る。初めてここにきた時もこの庭園を通って屋敷まで歩いて行った。

庭園の中央には大きな噴水が鎮座《ちんざ》しており、爽涼《そうりょう》な空気に満ちていた。

だが、その澄明《ちょうめい》な空気もそこまでだった。

屋敷の裏側すぐにある温室と花壇を見に行き、東屋に来たのだが……。

「お前達。ここで何をしている」

そこには主人がいないにもかかわらず紅茶やお茶請《ちゃう》けを並べて好き放題している、小娘と言ってもいい十代後半くらいのメイドが三人いた。

アーノルドの問い掛けに、意図的に無視しているのか聞こえていないのか、その三人の中の一人である青い髪色のメイドは他の二人に喋り続けている。

他の二人は罪悪感でもあるのか、それとも単に無視する気概がなかっただけか、アーノルドをチラッと一瞥《いちべつ》してきた。だが、それでもアーノルドの問い掛けに返事をすることはない。

「もう一度聞く。お前達――ここで何をしている」

先ほどよりも低い声。殺気こそ伴っていないが大貴族として教育されてきた者が醸《かも》す威圧感を伴っていた。

そうすると一人喋っていた青い髪色のメイドがお喋りをやめ、心底めんどくさそうな表情を浮かべながら緩慢《かんまん》とも言える動きでアーノルドの方に視線を向けてきた。そこにアーノルドに対する敬意などといったものは微塵《みじん》も感じられない。

「見てわからない？　お茶会をしているの」

そのメイドは小馬鹿にするような笑みを浮かべ、アーノルドへとそう言ってきた。

他の二人もそのメイドと同じような笑みを張り付けてクスクスと忍び笑いをしていた。そこには明らかに〝娼婦の子だから〟というような侮蔑《ぶべつ》の念が感じられる。

その様を見て、アーノルドは心が鉄のように固まっていく感覚を覚え、その視線がより険しいものへと変化していく。

「この東屋の使用許可は取っているのか？」

そもそもこの屋敷は全て公爵家のものであり、現在の屋敷の管理者はメイローズである。

そのメイローズの許可なしに使用人が勝手にこの屋敷の施設を使うことは許されない。

「な〜んで許可なんて取らないといけないのよ」

青い髪のメイドはあいもかわらずアーノルドを小馬鹿にするような、わざと間延《まの》びさせた話し方をして仲間とクスクス笑う。

それに対してアーノルドはまるで面白くもない劇でも見ているかのように無表情であった。

〝あんな女に〟と言っていなくとも聞こえてくるほど、アーノルド達を舐《な》めているのが伝わってくる。

だが、アーノルドにとっては目の前のメイド達などどうでもよかった。敵としては所詮《しょせん》は末《まっ》端《たん》も末端。いま始末したところで大して得られるものもなければ、むしろ爪を隠すという意味では害ですらある。

「はぁ、その程度も知らんメイドを好き勝手させているとは、あのメイド長はメイドの教育もまともにできんのか。このような愚物を主人の前に出すなど何を考えている」

三人のメイドに言うわけでもなく、ただただ吐き捨てた言葉であった。この者達をここで罰することにすら然程《さほど》意味などない。むしろ罰するべきはこの者達の教育係であるはずのメイド長となるだろう。

メイド長のような上の地位にいる敵はそれだけオーリと懇意にしているはずなので、当分放置しておくつもりだった。より重大な問題を起こすのを待ち、それを処罰するために。

それなのに杜撰《ずさん》な管理をしやがって、とアーノルドは内心悪態をつく。

下級使用人に分類される者達はメイド長のもとで教育され、しっかりと教育が完了するまでは主人の目に触れない場所で働くのが常である。

だが、こうも堂々と規則を破られればアーノルドとて放置はできない。それでもまだ目撃者は連れているメイリスだけというのが幸いか。このまま泳がすという手も取れなくはない。

一度処罰された者を見ると、人間というものはその後行動が慎重になりがちになる。それゆえ、さっさと問題を起こさせこの屋敷にいる敵を一掃したいアーノルドとしては、こんなくだらないことで処罰するというのはできればやりたくはないのだ。

だが、目の前の女達にそんなアーノルドの心の機微などわかるはずもなかった。

「お、お前ッ！　いま、私達のことを愚物と……ッ！」

「よくもそのような！　私はカザームス伯爵家の人間よ！　平民と違って高等教育を受けた私達が馬鹿だとでも⁉」

先ほどまでアーノルドに話しかけていたメイドとは別の二人が、アーノルドの言葉にプライドでも傷ついたのか噛みついてきた。

青い髪のメイドは何も言いはしなかったが、怒りの感情でも芽生えたか、鋭い視線で憎々《にくにく》しげにアーノルドを睨《にら》みつけてきている。それは断じて使用人が主人に対して向けていい視線ではなかった。

（案《あん》の定《じょう》プライドだけ高い貴族の小娘共か。カザームス伯爵家……領地持ちの貴族だな。あの女と関係があるのかどうかはわからんが、少なくともダンケルノに対して恩讐《おんしゅう》があるという貴族でもなかったはずだが……。さて、どうしたものか。さすがにここまで言われて放置するわけにはいかないか）

　貴族の令嬢が行儀見習いとして、貴族家の使用人になるという慣習はアーノルドも知っている。

　だが、ここダンケルノ公爵家ではその意味が違う。貴族の令嬢気分でいるだけならともかく、たとえ娼婦の子とはいえ、主人にまで噛みついてくるならばもはや放置などという選択はできない。

　そんなことをすれば、アーノルドのことを見定めようとしている全ての者がアーノルドに落第の印を押すことなど想像に難くない。こんな馬鹿どものためにアーノルドが譲歩するなど、それこそ馬鹿らしい。

「そもそもお前達はなぜ座っている。主人が立っている前で座ったままでいろ、とでも教えられたか？」

　その声は先ほどよりもさらに一段階低いものとなっていた。

「あなたが今日は畏《かしこ》まる必要がないって言ったんでしょ？」

　先ほど睨んできていた青い髪の女が、ついさっきまで浮かべていた怒りの表情をいつの間にか捨て去り、表情を取り繕ってそう言ってきた。

（こちらの言葉尻でも捕らえて私を言《い》い包《くる》められるとでも思っているのか？　それともただ単に言葉をそのまま真に受けて今日ならば何をしてもいいなどと本気で勘違いしているのか？　この者達が使用人としての教育を受けているかどうかは知らないが……、はぁ、ここまで馬鹿そうだと、知った上でこちらを馬鹿にしているのか、知らずに本気で言っているのか判断に困るな。だが、どちらであろうとも私には関係ないが）

アーノルドにとって重要なことはこの者達が何を考えているのかではなく、どのような処罰を下すかである。

「あれは仕事の手を止めてまで傅《かしず》く必要はないという意味だ。主人に対する礼までいらんとは言ってないぞ？　少なくとも他のメイド達はそのくらい弁《わきま》えていたがな」

アーノルドは言外に、その程度のことも言わなければわからんのか、という意味を込めてそう言った。

さすがに時間が経ちすぎたのか、それともこのメイド達の騒ぐ声に反応したのか、使用人達がチラホラと遠くから様子を窺っているのがわかる。

もはや厳重注意などと生温《なまぬる》い罰で済ますことはできない。

（本来であるならば何も罰を与えることなく終わらせることが理想であったが、こうなると最低でも謹慎処分は必須だな。メイリスがいた手前、どうあっても注意しないわけにはいかなかったが、予想以上の馬鹿でこちらが困るわ）

だがそんな馬鹿でも、アーノルドが言外《げんがい》に匂わせた意味は理解できたのか、青い髪のメイドがその顔を怒りで赤くし、もはや隠そうともせず憎々しげにアーノルドを睨みつけていた。

貴族たる自分が卑《いや》しいとみなしている者に嘲弄《ちょうろう》されるなど我慢ならないのだろう。

憤怒《ふんど》と嘲笑が織り交ざったような歪《いびつ》な笑みを張り付けながらアーノルドを睥睨《へいげい》してきた。

「そもそも娼婦の子の分際で本当に私の主人にでもなったつもり？　私はこの国の由緒正しきワイルボード侯爵家《こうしゃくけ》の娘、ユリー・ワイルボードよ⁉　娼婦のあの女もその子供のお前とも生まれながらに格が違うのよ‼　お前達のような卑しき者になぜ私のような高貴なる者が従わなければならないというのよ‼　そもそも、この私のような者がお前のような卑しき者の使用人として、いてあげているだけでも感謝されて然《しか》るべきでしょう⁉　それだけであなた達に貢《こう》献《けん》しているじゃない‼」

ユリーはまるでヒステリーでも起こしたかのように突然声を荒らげて罵声《ばせい》を上げた。

予想に違わぬ選民思想とでもいうくだらぬ考え。

そしてユリーは自己暗示でもしているかのようにブツブツと何かを呟《つぶや》いていたかと思うと、アーノルドを卑しめるような視線を向けてくる。

「……そうよ。そうよね。むしろあなたが私に平伏《へいふく》するべきじゃなくて⁉　私はあなた達のせいで気分を害したというのに、あなた達にはメリットしかないのだもの。おかしいわよね？　おかしいわよ。感謝の一つでもして欲しいものだわ⁉　その感謝すらせずにこの私に口答えするなんて、一体何様のつもり⁉　……ああ、そうね、私があの女の代わりにこの屋敷を管理してあげるわ？　あんな卑しい女より私の方がよっぽどここの主人として相応《ふさわ》しいでしょう？　やっぱりどう考えてもそれがいいわよね？」

おそらくは、ここで先ほど騒いでいたときも同じようなことを三人で話し合っていたのだろう。あんな娼婦よりも自分の方がこの屋敷の女主人に相応しいと。

それならば、アーノルドが最初ここに来た時に他の二人がアーノルドを窺《うかが》うような視線を向けてきた意味もわかる。聞かれでもしたかと心配になっていたのだろう。

アーノルドは心底呆《あき》れたように小さくため息を吐いた。感情に支配されるなどやはり良いことなどないなと。

だが、ユリーの言葉はそれで終わりではなかった。

「ああ、とりあえず私がお前ごときに仕えてやっている感謝の気持ちとこの私を不快にした謝罪の気持ちを込めて平伏しなさいな。あの女はともかく、お前は子供であるということも考慮してそれで赦《ゆる》してあげるわ。ほら、早くしなさい‼」

声を荒らげれば人は言うことを聞くとでも思っているのだろう。

このユリーの癇癪でいままで幾人もの人が犠牲になってきたことなど容易に想像できた。それほどユリーが他者に命じる様は堂に入っている。

だが、アーノルドは怯えるような表情をするどころか鉄仮面のようにより無表情に冷徹に目の前の女を見据《みす》えるだけであった。

不快気に顔を歪めるのならばまだ言い合いの余地はあっただろう。怒りに眉を吊り上げるというのならばまだどうにかなっただろう。

だが、アーノルドの瞳に映るは無価値な虫けらが一匹。

「――言いたいことはそれだけか」

その言葉を言ったアーノルドの声色は冷め切っていた。人間かくも無機質な声色を出せるのかというほどその声には何の感情も窺えない。

「お前がどう思おうが、私がダンケルノであることに変わりはない」

「っは！　たとえそうだとしても卑しい人間であることには変わりないじゃない。私のような純血の貴族とは違うのよ？　お前のような卑しき出来損《できそこ》ないが純然たるワイルボード侯爵家の血を引くこの私に逆らうなど許されないことよ？」

そこに浮かぶのは、自分は生まれながらに高貴であるという自負に、下の者を見下すような醜悪《しゅうあく》なる嗤笑《ししょう》。

アーノルドはその己を見下すような視線が気に入らない——いや、ユリーの全てが気に入らない。

ただアーノルドの存在を無視し、職務を放棄するくらいならば見逃しただろう。陰でこそこそと罵《ののし》り、嘲弄するくらいならば鼻で笑うくらいで済ませただろう。

だが、正面から罵り、あまつさえ堂々と平伏《ひれふ》せなどと宣《のたま》う。その愚行を見逃すつもりなど断じてなかった。

ここでその愚行を見逃せば、これから数年ずっとその行為が繰り返されるだけだ。他者に蔑《さげす》まれ、嘲笑されるだけの生活。何一つかつての自分と変わらぬ未来。

そんな未来を実現させるつもりはなかった。

アーノルドにとってはここもまた分岐点《ぶんきてん》だ。爪を隠したまま、力がつくのを待つか、はたまた爪を隠すことをやめるか……。

だが、アーノルドは思う。このような蔑みと罵りを浴びながらも爪を隠すことに意味があるのかと。アーノルドの目的はもはや誰であれ、自身の命、物、尊厳すらも、何一つ侵させないことである。

はたしていまそれを為せているのか、と。

答えは否であった。たかが敵の目を気にして自らを押さえつけ、使用人風情《ふぜい》の感情にまで気を遣っている。

アーノルドは断じてそんなことをしたいのではない。そんなことをするために二度目の生を歩み始めたのではない。

アーノルドは自身の弱気になっていた心を喝破《かっぱ》した。爪を隠すなどと馬鹿げたことをと。

それは臆病風《おくびょうかぜ》に吹かれた愚者の行いだ。目的を持ってそれをするならばまだいいが、力がないからただ縮こまるなどそれでは何も変わらない。

力なき者が振るう力は蛮勇《ばんゆう》に過ぎない？　いいや、蛮勇でいいのだ。蛮勇こそが唯一《ゆいいつ》アーノルドが目指す安寧《あんねい》が手に入る道だ。

アーノルドが進む道は死の道。己が定めたこと以外一切を赦さぬ閉ざされた道だ。それを為すために死を恐れるなど馬鹿馬鹿しい。死を恐れ、臆する程度ならば初めから分不相応《ぶんふそうおう》な願望など持ってはいけない。

力がないからと爪を隠し、力がつくまで待つ。それは一体いつだ？　いつになったら力がつくのだ、と。

だからこそアーノルドはもう爪を隠すなどというふざけた考えを捨て去る。

他者に阿《おもね》り、謙《へりくだ》るような生き方などもうやめたはず。一体何を憚ることがあるのかと。

その生き方を貫いた末に死ぬのならば本望。そして無為《むい》に死なぬため、誰にも傅かぬために力をつけると誓ったのだ。爪を隠すなどと他者の視線を気にするような生き方などをしたいわけではない。

アーノルドの変化を感じ取った他の二人のメイドはさすがにまずいと思ったのか、顔を青くして一歩引いていた。

「──それはワイルボード侯爵家の総意か？」

そのアーノルドの声には情などと生温いものなど一片たりとも孕《はら》んでいなかった。まるで怨《えん》嗟《さ》そのものが声となって具現化しているかのような、それを聞く者の魂が怖気《おぞけ》に満たされるような声である。

だが、それでも自尊心と貴族としての矜持とでもいう何かに縛られているユリーにはその最後の防波堤《ぼうはてい》とでもいう勧告は届かない。

「そうよ？　当たり前じゃない。貴族みんなの総意よ？　お前のような卑しい者を貴族として認めるような純血の貴族なんていうわけないじゃない‼」

穢《けが》らわしいものを見るかのような視線にアーノルドを嘲笑するような笑み。

「クッ……クククックハハハハハハハハハハハハハハハ」

アーノルドはユリーの蔑むような言葉に怒りの感情を出すどころか、何が面白いのか壊れたように哄笑《こうしよう》した。

「な、何がおかしいのよ⁉」

その言葉に反応したかのように、アーノルドはピタリと笑うことをやめた。

だが、その瞳に浮かんでいたのは先ほどまで笑っていたとは思えないほど無感情で無機質な形容し難《がた》い何かであった。

「ヒィッ」

そのアーノルドの瞳を見たユリーが小さな悲鳴をあげる。

だが、それも仕方ないだろう。誰であれいまのアーノルドを見ればその顔を恐怖に染めざるをえない。

何せ先程まで宝石のようにきらびやかだった金色の瞳がどす黒く染まっていたのである。目に一切のハイライトなどないかのようなただただ真っ黒なその瞳は、見ているだけで吸い込まれそうなほどの恐怖を根源から呼び起こす。

まるでこの世の憎悪がそこに顕現《けんげん》したかのように錯覚するほどの禍々《まがまが》しさ。その双眸《そうぼう》に睨まれて気絶しなかっただけでもユリーを称賛《しょうさん》しても良いかもしれない。

だがそれでも、ユリー本人ですら気がついていない恐怖による震えが僅《わず》かながら見て取れた。

「メイリス」

アーノルドが短く名を呼ぶ。

名を呼ばれたメイリスはアーノルドが言葉で言わずとも理解したと、目にも留まらぬ速さでユリーを地面に押さえつけた。そこに貴族令嬢だからなどという配慮は一切ない。

「っんぐ!」

ユリーはまるで押しつぶされたカエルのような声を上げる。

その間、アーノルドは辺りを見回し、一人の人物へと視線を向けていた。

「――おい、その剣をよこせ」

アーノルドは恭しく差し出された剣を受け取り、鞘《さや》からその剣を一挙動で引き抜く。

ユリーは先ほどまでの恐怖による震えよりも、いまでは痛みによる怒りのほうが勝っているようで、体を地面に叩きつけられた痛みに喘いではいるが、憎々しげにアーノルドを睨みつけていた。

アーノルドはくだらぬ矜持というものは恐怖すら超越するのかと鼻で嗤《わら》った。

「貴様が私のことをどう思っているかなど心底どうでもいいが、いかに馬鹿な貴様といえど、この公爵家がどういった存在かは理解しているな？」

そう言われたユリーはまだ余裕があるのかメイリスに押さえつけられながらもアーノルドを睨んでいる。

他の二人はアーノルドのことが怖いのか身を寄せ合って震えているだけであった。

それに比べればユリーの胆力《たんりょく》だけはまさに称賛ものだろう。それがただ自身の状況を理解していない愚者ゆえでないならば、だが。

「貴様はダンケルノたるこの私に平伏せと言った。そしてそれがワイルボード侯爵家の総意であるとも。貴族の総意であるという言葉はこの際捨ておこう。貴様ごときが貴族の総代《そうだい》と思うことすらおこがましい。それにそんなことを信じたなどと言えばこちらが馬鹿にされるだけだ」

「だったらなんだと言うのよッ⁉　たかだか娼婦の子を平伏させたからなんだというの⁉　お前よりも高貴なこの私が平伏せと言っているのよ！　平伏すのが当然でしょ⁉」

もはや貴族の令嬢だとは思えない鬼のような形相《ぎょうそう》である。これこそが人間の本性とでも言わんばかりに、体裁や体面など一切を捨てて喚《わめ》く様というのは見ていて醜悪《しゅうあく》極まりないものであった。

アーノルドはユリーに近づいていくと、その髪を無造作《むぞうさ》に摑んでそのまま顔を地面に叩きつけた。

「少し黙れ。私が最も嫌いなことはな、筋の通らないことを延々と聞かされることだ。貴様の言葉のどこに理《り》がある。私はこの公爵家の人間であり、貴様は侯爵家の人間だ。どれだけ貴様が喚《わめ》こうがその事実が変わることはない。それはたとえ私の生まれがどうであれ、決して変わることのない事実だ。それ以前に貴様はここの使用人であろう。愚劣極まりない貴様でもどちらの身分が高いかくらいわかるだろう？　主人とそれに仕える使用人。言うまでもないと思うがな。それともそれすらもわからない暗愚《あんぐ》であったか？」

「ご、ごの……ッ！　よぐもこの私の顔を……ッ!!」

ユリーはアーノルドの話など聞くどころではないのか、顔を叩きつけられた怨嗟の念をアーノルドへとぶつけてくる。

だがアーノルドはもう一度ユリーの顔を地面に叩きつけた。

それを見るアーノルドの瞳にはもはや人としての情など微塵《みじん》も浮かんでいない。ただ虫を見るような、いや、もっと無価値なものを見るような視線を向けるだけであった。

ユリーは苦悶《くもん》の声を上げるが、地面に押さえつけられているため顔を上げることすらできないでいた。

「私が話している。貴様に対して自由に声を出す許可など出していないぞ？　それとも私の黙れという命令など聞けないとでも言うのか？」

そう言ったアーノルドはユリーを押さえつけていた力を弱め、摑んでいる髪を放した。

「卑賤《ひせん》なガキの分際で……‼」

顔を上げたユリーの鼻からは鼻血が出ており、血がポタポタと滴っていた。顔にも地面にあった砂が張り付き、その言葉使いも相まってとても貴族の令嬢などとは思えない様相《ようそう》となっていた。

「ククク、クハハハハハハハハハハハハハハハハハハハ」

いままでずっと無表情と言っても良いほど冷めた表情だったアーノルドが突然辺り一帯に響き渡るほどの哄笑をした。

ユリーはそのアーノルドを忌々《いまいま》しげに睨むが、動きはしない。いくら抵抗しようともメイリスの束縛からは逃れることなどできないと理解したようである。

哄笑を終えたアーノルドはあいも変わらず無価値なものを見るかのような瞳でユリーを睥睨《へいげい》した。

「――ここにきて吐く言葉がそれか。まったくもってくだらんな。貴様が先ほど言っていた格が高いという言葉は何だったんだ？　羊頭狗肉《ようとうくにく》とはまさにこのことか。どれだけ見た目を整えようとその内に秘める醜悪《しゅうあく》さは隠せていないな」

「はっ‼　卑しいお前ごときに私達高貴な人間の考えなどわかるわけないのよ‼　私達は存在そのものが尊いの‼　何をしようとも私がすればそれが尊い行いなの‼　卑賤なお前が理解などできるはずがないのよ！　それは高貴なる私達の特権。お前がいくら望もうとも手に入れられないものよ！　お前はどこまでいこうと私達よりも下なの！　さぁ、わかったでしょ⁉　さっさとこの女に拘束を解くように言いなさい‼　お前ごときがこの私にこのような扱いをするなど地獄に落ちても余りある大罪よ⁉　ほら、さっさとしないと赦さないわよ⁉」

人間というのは想像できぬことは考えることすらできぬという。

自らが己よりも下に定めた者に害されるなどと考えもしない。その虚飾《きょしょく》に満ちた権力によって自身は守られていると。

そんな虚飾をアーノルドは鼻で嗤う。

「だがそうか、残念だ。貴様はこの私の命令には従えないと言い、あまつさえダンケルノたる私に平伏せと言った。その言葉の意味は貴様が考えるよりも遥かに重い。これは明確な敵対行動だ。敵の主人の館に忍び込んでいた密偵が見つかったならば、よもや五体満足で生きて帰れるとでも思っているわけではあるまい？」

これはなにもユリーにだけ向けられた言葉ではない。ザオルグの陣営に属する者、レイの陣営に属する者全てに向けた言葉である。これからやることを思えばもはや隠す意味などない。

誰であれ、何をやるにも好きにすればいい。

だがアーノルドも自分の好きにする。それでこそアーノルドの魂の誓いに近づけるというもの。邪魔する者は誰であろうと始末する。一切の加減なく、それら全てを排除する。

これはある意味その宣言だ。

一方、そう言われたユリーは初めて焦りの表情を浮かべた。

殺されるなどとは微塵も考えていなかったのだろう。

侯爵家といえば貴族としてかなり高位のほうだ。殺す側にはなっても殺される側になることなどない。だからこそ、これまでどれだけアーノルドが何を言おうと余裕の態度を崩さなかったのだろう。何があろうと自分の父親である侯爵が助けてくれるはずだと。

それにユリーは本気でアーノルドよりも自分の方が身分が高いと信じている。卑しい血が混じった半純血の公爵家の子供よりも、純血の自分の方がと。

たとえ問題になろうと、他の貴族を巻き込めばうやむやにできるとでも思っているのだ。

所詮は卑しき者。貴族と認めない選民主義者はもちろん、そうでない者も積極的に味方をする者などいないだろうと。

実際問題、ダンケルノ公爵家が普通の貴族家ならばその理論も罷り通っただろう。

だが、ユリーはダンケルノというものを理解していない。

ダンケルノにそんな理屈は通じない。ダンケルノに己の主張を通したければ、その力をもって示す他ない。

焦ったような、恐怖に青ざめたような表情を浮かべたユリーは先ほどのメイド二人に助けを求めようとでも思ったのか、その首を二人のいる方に向けた。

「ん？　そういえば貴様達二人もこいつの仲間だったか？　こいつのお守りをするようにでも言われていたのか？　それなら今から私を殺してこいつを奪還してみるか？」

もはや二人の存在など忘れていたアーノルドはまるで遊戯《ゆうぎ》のような気軽さでそう提案した。

「い、いいえ。滅相《めっそう》もございません」

絞り出したかのような震えた声でなんとか二人は首を横に振りながらそう答えた。

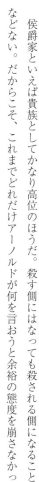

アーノルドのその表情を見ても声を絞り出せたのは称賛《しょうさん》ものだろう。今のアーノルドにもはや子供の面影など微塵もない。そして人間としての情も微塵も窺えない。

「だ、そうだ。残念だったな？」

「わ、私を殺したら私のお父様が黙っていないわよ⁉　お前なんてすぐに殺されるわ！」

それでもなお、アーノルドの言うことがハッタリだとでも思っているのか、怯《おび》えの表情の裏に薄らと嘲笑の笑みすら張り付けながらユリーはそう嘯《うそぶ》いた。

それに対してアーノルドは本気で困惑したように眉を寄せ、わからんな、と小声で呟く。

「本当に貴様はダンケルノというものを知らないのか？　ワイルボード侯爵家ごときがダンケルノに手を出せるとでも？　それともダンケルノたるこの私がワイルボード侯爵家ごときを恐れるとでも？　まさか、そんな言葉が脅しになると思っているわけではあるまい？」

そう問われたユリーは図星であったのか、それとも単に思い通りの反応が返ってこなかったからか、その顔を羞恥《しゅうち》とも怒りとも取れる朱色へと染めた。

「今更何を怯えることがある」

震えるユリーを見たアーノルドがそう言うと、一瞬呆《ほう》けたような表情を浮かべたユリーはそれこそ侮蔑の視線を深め、その口元に薄らと笑みを浮かべる。

ユリーは自分が怯えているなどと自覚していないのだ。だからこそユリーが怯えているなどという勘違いをしているアーノルドを嘲笑してやろうとその口を開こうとする。

だが、恐怖からか、思うように口から声が出ず、驚いたようにその目を僅かに見開いた。

そこで初めてユリーは自身が震え、アーノルドに対して恐怖しているということに気がつい

たようで、その体をより震わせ始めた。

「……くだらんな」

アーノルドはそんなユリーを見て侮蔑《ぶべつ》すら孕《はら》んだ声色でそう吐き捨てた。

「貴様は先ほど言った言葉がワイルボード侯爵家の総意であると宣った。貴様が理解しているのかは知らんが、そのおかげで貴様の家族も私の敵となった。だから私が直々に殺しに出向かなくてはならん。喜ぶといい、貴様の望み通りになったのだ。私が貴様の家族を全て殺し、血など些細《ささい》であると示すか、それとも貴様の家族が私を殺し、血こそが尊く絶対のものだと示すのか……。どちらにせよ、その結末を貴様が見届けることはないがな。その首をもって戦いの火蓋を切るといい」

アーノルドは嘲弄するように鼻で嗤う。そのアーノルドの瞳はどこまでも冷酷で人を見るようなものではなかった。

ユリーはその人を人とも思わぬような目を見てやっと死が迫っていることを理解したのか、心から自分が〝恐懼《きようく》〟していることに気がついたようであった。

そしてアーノルドが持つ剣がふと視界に入り、より一層ガタガタと震えだす。

それを見たアーノルドの表情から一欠片の笑みすらも消える。今更死を恐れるかと。

「どうした？　先程までの威勢はどこにいった」

アーノルドが一言紡ぐ度にユリーの体が怯えているかのように震える。

「ち、ちが、……も、申し、訳ござ――」

「謝罪はいらん」

死への恐怖が謝罪という選択肢を呼び起こしたのか、ユリーは人生で初めてとも言える謝罪の言葉を紡《つむ》ごうとしたが、無情にもアーノルドはその言葉を言い切る前に憮然と断ち切った。

「もはやそんな言葉には意味がない。貴様は私に宣戦布告をしてきたのだ。それはもはや取り消すことはできん。家の権力しか誇れることがない分際でよくもまぁダンケルノに、いや、この私に敵対できるもんだな。その勇気だけは褒めてやろう。だが、それだけ甘やかされて育ってきたんだ、自分の命を賭けた一世一代のこの舞台に貴様の家族もよくやったと褒めてくれるかもしれんぞ」

ユリーはもはや何も言えないのか、恐怖の対象から逃れるかのようにただ俯いて震えているだけだった。

「いかに馬鹿な貴様でもやっと状況が理解できたようだな」

このユリーというメイドが己の力でもない父親という他者の力を頼りになどした時点で、いずれ死ぬというのは何もおかしいことではないのだ。その力の責任を取れるのは自分ではないのだから。ただ無力なる者が力を振りかざせば、それを行使《こうし》できる力の幅を見誤る。

人間は自分にできること、できないことを正確に把握しなければ死ぬだけなのだ。

それをユリーは見誤った。

「あとで貴様の家族も貴様のもとへ送ってやるからあの世で先に待っているといい。最後に遺《ゆい》言《ごん》くらいは聞いてやるぞ？」

アーノルドは表情を一切変えることなく持っていた剣を無造作に振り上げた。

「ま、まちっ、っ、お、おまち……ぐだ……」

もはやユリーの顔は涙でぐちゃぐちゃになっており、必死に抵抗しようとジタバタしているが、メイリスに押さえつけられ逃げることはできなかった。

死を前にすればどれだけ傲慢な者でも、その死を運ぶ者に阿るようになる。死を前にして自らの意志を貫ける者がはたしてどれだけいるか。

先程の他のメイド二人も、もはや顔が青を通り越して白くなっており、ユリーを助けに動く様子はなかった。

「どうやら遺言はないみたいだな。命乞《いのちご》いをするくらいなら初めから身の振り方を考えておくといい。来世があるのなら参考にするといいぞ？」

冷めた鋭い視線でユリーを見据えたアーノルドは最後に自嘲気味に鼻で嗤うと、その手に持つ剣を一切の躊躇なく振り下ろした。

「「きゃあああアアアアアアア」」

何人かのメイドが悲鳴を上げ、倒れた者もいた。

倒れたのはザオルグ陣営の者だろう。真に公爵家の使用人であるならば、人の生き死にごときで悲鳴をあげることなどない。そんなことは日常茶飯事《にちじょうさはんじ》だ。

そしてユリーの首を一撃で斬り飛ばしたアーノルドも、初めての殺人であったが意外にもケロッとしていた。

（初めて人を殺したが、やってみれば思いの外《ほか》どうということはなかったな。もっと罪悪感があったり吐いたりするかと思ったが、精神がこの体に引っ張られているということか？）

アーノルドは怒りのためか何なのか頭にかかっていた靄《もや》のようなものが晴れていくかのよう

な、何ともいえない爽快感とも不快感ともいえる何かを感じていた。自らの手でユリーの首を刎《は》ねたが、その実感が限りなく薄いとでもいうかのような感覚。

だが、アーノルドはそのことについてあまり考えなかった。怒りに飲まれれば頭が沸騰《ふっとう》するように感じることもある。今回の怒りの元凶を殺したことでそれが晴れたのだろうと一人納得したのだ。

「おい、そこの二人をとりあえず地下牢に入れておけ。それとワイルボード侯爵家にその女の首と共に宣戦布告を受理したとでも伝えてこい。一月後にこちらから挨拶に行くとな。それと当然示談はないともな」

向こうから宣戦布告をしてきたのに示談など本来はないのであるが、ワイルボード侯爵家としては今回のことは寝耳に水であろうと思ったためあらかじめ付け加えておいた。

それに今回のこれは赦す赦さないの一線など既に超えている。これほどの狼藉《ろうぜき》を赦すなどダンケルノとして、そして今世のアーノルドとしての矜持《きょうじ》が許さない。

「は、かしこまりました」

アーノルドの臣下《しんか》でもない偶然そこにいただけの騎士は畏敬《いけい》の念をもって最上の礼すら伴ってそう返答した。

そこにいたのはもはやただの子供などではなく、支配者に相応しき君主であったからだ。逆らうなどという意志すら起きなかった。

あのメイド二人は震えながら騎士に手を取られていたが、アーノルドからすぐにでも離れたいのか足早に連行されていった。

（ッチ！　めんどくさいな。これで当分の間ザオルグ陣営の者が表立って行動することはなくなってしまうだろう。メイド長にも罰を与えんといかん。思い通りにいかんな）

アーノルドは心の内を整理し、先ほどまでユリーを押さえていたメイリスの方を向いた。

そのときにはアーノルドの瞳は元の金色に戻っていた。

「メイリス、ご苦労だった」

「とんでもございません。職務を全うしただけです」

メイリスはアーノルドの瞳の色が変わっていたことに気がついていたはずであるが、そこには一切触れず、相変わらずの無表情でそう答えた。

「一旦戻る。ついてこい」

アーノルドは屋敷の探索を切り上げ、書斎に戻ることにした。そしてその途中すれ違ったメイドにクレマンを書斎に呼ぶように命じる。戦うことになったからにはやるべきことが変わる。

そしてメイリスを伴って書斎に戻ってから一分も経たないうちにクレマンが書斎へとやってきた。

「クレマン、一月後にワイルボード侯爵家を殲滅《せんめつ》することにした」

「存じております」

クレマンは何の驚きもなくそう答えた。

あれだけ騒ぎになったのだ。この有能な執事のことだ、当然知っているだろう。

「ならば話が早い。まず今日の午後の予定を変更して剣術の訓練とする。指南役の騎士を呼んでおいてくれ。それと一月の間は剣術と魔法の訓練を主体に予定を組み直しておけ」

「は、かしこまりました」

「あと、ワイルボード侯爵家の戦力に関する情報が欲しい」

「ワイルボード侯爵家が有している騎士の戦力は約五〇〇ほど、領民を徴兵したとしても総戦力は二〇〇〇人ほどと予想されます」

元から知っていたのか、それともこの短時間で調べていたのか、アーノルドはすぐに答えられるなどとはまったく思っていなかったため少し驚きの表情を浮かべる。だがそれもほんの一時、すぐに毅然《きぜん》とした表情に戻る。

「他の貴族の支援があると思うか？」

「恐れながら、それは私が申すことではないかと」

たしかに正式に臣下《しんか》ともなっていないクレマンが口出しする領域ではないだろう。それでもアーノルドが言えと命じればクレマンとて言わざるをえないだろうが、それをすることに意味はない。

このダンケルノ公爵家に正面から喧嘩《けんか》を売ってくるような貴族家などもはや自国には存在しないと言っていい。

だが、ダンケルノという名は強いが、アーノルドという名は弱い。それゆえ、アーノルド相手ならばどこかの支援がある可能性はあると踏んでいた。

それに潰すならば成長後よりも成長前だろう。ある意味これは絶好の機会なのである。

貴族達とてただ諦観《ていかん》しているわけではない。権力を得るために邪魔なダンケルノ公爵家をどうにかしようと虎視眈々《こしたんたん》としているのだ。

誰もが賢く粛々《しゅくしゅく》と生きるわけではない。たとえそれが成功しなくとも、それが死への道であっても、権力という欲を断ち切れない貴族は——いや、人間は思いの外多いのだ。

だが、重要なのはむしろアーノルドの戦力である。そしてその中でもアーノルドがどれだけ成長できるかだろう。

全てを騎士達に任せて高みの見物などすればそれこそ恥だ。

たしかにアーノルドの呼びかけで集まった騎士の力もまたアーノルドの力と言えるだろう。だが所詮《しょせん》は臣下でもない者による仮初めの力。それで満足するのならば、ユリーの首一つで満足しておくべきだった。

だが、アーノルドはもはや誰にも傅きはしない。ユリーが侯爵家の総意であると述べた時点でそれはもはやワイルボード侯爵家全員の言葉だ。それゆえああなった時点でワイルボード侯爵家はアーノルドに対して弓引いたも同然。それを座視するつもりなどない。たとえそこで死に、アーノルドの人生が終わるのだとしても、引くことはアーノルドがアーノルドであるために許さない。

「それとワイルボード侯爵家に行くには二つの領地を越えなければならん。通ることを通告しておけ。拒むようならば押し通るともな」

「かしこまりました」

アーノルドにとって他の貴族などどうでも良いとはいえ、さすがに軍を率いて他領に一言もなく入れば要らぬ誤解も生まれよう。そんなことで手間取りたくもない。たった一手間でそれが省けるのならばやっておくべきだろう。

「さて、戦力を集めないといけないだろうが……。クレマン、メイリスよ、まずはお前達に問おう。付いてきてくれるか？」

アーノルドは少しばかり緊張を滲《にじ》ませ、そう問うた。

いまのアーノルドの行動はよく言えばダンケルノとして当然の振る舞いであるが、悪く言えばただの愚者だ。身の程も弁えず、力すらないまま他領へと喧嘩を売った愚者。

だが――

「「仰《おお》せのままに」」

クレマンとメイリスの返答には刹那《せつな》の逡巡《しゅんじゅん》すらなかった。それはまだアーノルドが付き従うに値する者だとみなしているということ。

その言葉を聞いたアーノルドは無意識のうちに肺に溜まっていた空気を吐き出した。

クレマンは言うまでもなく、メイリスも先程の動きを見る限り相当の手練《てだれ》であることは間違いなかった。そして比較的信用できるのもこの二人であった。

いくら強い者を集めようと、アーノルド自身が成長しようと、味方に敵がいればそれこそ足を掬われることになる。

だからこそ味方として連れていく者は誰でも良いわけではない。

メイリスは無表情で何を考えているのか読めないが、少なくとも今の状態で敵ではないことは間違いないだろう。

もし外れていたらそれはアーノルドが見る目のない愚者であったというだけだ。力なきいまはその程度のリスクは当然負わなければならない。

今回の遠征において連れていく騎士は五〇人くらいだとアーノルドは考えているが、自分の成長具合ではある程度人数がいることも覚悟していた。

五〇人という数は多いか少ないかで言えば圧倒的に少ないだろう。だが、この世界はただ数だけで勝敗が決まる世界ではない。

極論公爵ならば一人でこの国を落とすこともできる。

力とはそういうものだ。

アーノルドにとって大事なのは、信頼と実力を兼ね備えた騎士だ。有象無象《うぞうむぞう》を増やせば良いわけではない。

「忠誠を誓えとは言わない、だが今回はお前達と共に戦えることを嬉しく思う。お前達が忠誠を誓おうと思えるような戦果を見せよう」

アーノルドが真剣な表情でそう言うと、クレマンとメイリスが揃って一礼した。

その日の昼過ぎになり、剣術を教える騎士が到着したという知らせを受けて中庭に移動した。

「お会いできて光栄です、アーノルド様。本日よりアーノルド様の剣術指南を務めさせていただきます大騎士級《マスター》のコルドーと申します。よろしくお願いいたします」

いまアーノルドは跪《ひざまず》いて挨拶してきているコルドーという騎士の前に立っている。

クレマンが連れてきた者であるので大丈夫だとは思っていたが、その視線からは別段アーノルドに思うようなところがあるようには見えない。娼婦の子だからと偏見があるわけではなさそうである。

「よろしく頼む、コルドー。知っているかもしれないが、私は一月後に一つの貴族家を滅ぼしに行かなければならない。そのためにできるだけ力を付けたいのだが……かといってすぐに力が付くとも思っていない。即席で構わんから私を戦えるようにしろ」

アーノルドはお願いではなく命令した。

「は、かしこまりました。お任せください」

コルドーはアーノルドの無茶な命令に対しても嫌な顔一つせず、真剣な表情で承諾した。

普通たった一月などという期限で戦えるくらいまで強くしろなど、舐めていると表情の一つくらい動かしてもいいものである。その点でもアーノルドはこのコルドーを高く評価した。

アーノルドは立ち上がった目の前の男を改めて観察する。身長はかなり高く大柄な男である。アーノルドが下から見上げれば、首が痛くなるだろう。

「それでは早速始めていきたいと思います。座学と実技がございますが、実技のみなさいますか？」

コルドーは思案顔でそう提案するが、アーノルドは迷うことなくそれを否定する。

「いや、座学もやってくれ。基礎なしで実力が伸びることはないからな」

アーノルドはすぐに力を付けなければと焦ってはいたが、幼い頃にありがちな実技ばかり鍛《たん》錬《れん》し、座学を疎《おろそ》かにするようなことはなかった。

時間は有限であるが、有限であるからといって近道はない。その地道な積み重ねの末にしか本当に得られるものなどないということを理解している。

「かしこまりました。それではまずは騎士の説明をさせていただきたく思います」

近くに控えていたメイドがすかさずアーノルドが座れる椅子と移動式の黒板を持ってきた。

「騎士の階級は全五種類あります。小姓級《ペイジ》、従騎士級《エスクワイア》、騎士級《ナイト》、大騎士級《マスター》、超越騎士級《トラシエンデレナイト》。その内の小姓級は誰でもなることができます。極論を言ってしまえば剣を持ち、戦うことさえできれば小姓級の階級と言えます。アーノルド様とてもう小姓級です。従騎士級以上の階級は基本的に昇級試験なるものがあります。その階級以上である者三名以上立ち会いのもと、その階級に相応しい実力があるか試験することによって、その階級を名乗れるかを見定めます。ある程度基準というものはありますが、別にこれといった決まった試験も認定する機関もあるわけではありません。なので同じ階級だからといって同じレベルであるとは限りません」

「なるほど。試験官の匙加減《さじかげん》一つで上げられもするし、落とすこともできるということか。貴族は上がりやすく平民は上がりにくいというのはそういう仕組みか」

この屋敷に来てから少しだけ剣術関連の書籍を軽くペラペラと読んだ時に、ある本の著者の呪怨《じゅおん》のように書き殴られていたその一文が目に留まっていた。

「はい、もちろん貴族の方々は教育係の方に指導してもらう機会が多くあり、平民にはそれがないということも要因の一つではありますが、アーノルド様がお考えのように採点を甘くし自らの価値をあげようとする貴族の方がいることも確かです」

コルドーは別段それを憂《うれ》えるような表情もなく、ただ淡々と事実を口にするように話していた。もしかするとアーノルドもそういうことをするかもしれぬと思っているのかもしれない。

だが、アーノルドはそんなことには一切興味がなかった。極論階級などもどうでもいい。ただ相手を圧倒できる強さがあれば階級が低かろうが問題ないのだから。

そもそもアーノルドにとっては己自身の強さがないのならば、どれだけ階級が高かろうと意味などない。見かけだけの強さなどアーノルドが求めるものでは断じてないのだから。

「階級の比率はどのくらいだ？」

この世界には一体どれほどの強者がいるのか。アーノルドには気になるところであった。

「小姓級を除き、この大陸での騎士階級の比率は従騎士級が八割程、騎士級が残りの大半を占めるとされております。いま現在判明している者で私が知る限りでは大騎士級はこの大陸に一四五人おり、その内の八一人がダンケルノ公爵家に属しております。また超越騎士級は確認できている者でこの大陸に九人おり、その内の六人がダンケルノ公爵家に属しております」

「公爵は？」

「公爵様は当然ながら超越騎士級でございます」

（まぁそれはそうか。となると騎士として最高位になったとしてもその上に少なくとも九人いるというわけか）

「騎士級以上の人数が極端に少ないが、それはなぜだ？」

「魔法師はマナを使って戦いますが、騎士はエーテルというものを扱って戦います。マナは扱える者であれば幼い時からでも扱うことができますが、エーテルはしっかりと扱えるようになるまでには個人差があり、誰でも扱えるものではないのです。極論、騎士といえどエーテルを扱えない、もしくは少しばかり扱える程度といった者の方が圧倒的に多いのです。騎士級とみなされるにはこのエーテルを十全に扱えるかというのが問われてきます。それゆえ、この世界には騎士級以上の者はほとんどいません」

「マナとエーテルか……」

アーノルドも書物にてその言葉自体は確認していた。

だが、実際それがどのようなものなのかはまったくもってわからない。

「魔法師の使うマナと騎士の使うエーテルというものは何が違う？」

だがそう問われたコルドーは少しばかり言い淀む。

「……申し訳ございません。何が違うと問われると……」

コルドーはいくら考えようとも答えが出ないようで困ったように首を捻っていた。

「まぁ良い」

使い方を知っているのと、それが何かを知っているのとは別物だ。知らぬならば後で自分で調べれば良いだけだと話を切った。

「それで、マナとエーテルが違うものだというのは間違いないのだな？」

「はい、異なるものです。エーテルとマナは相反《あいはん》するものとされています。基本的にエーテルを持つ騎士は魔法師にはなれず、マナを扱う魔法師がエーテルを扱うことはありません」

「基本的に、ということはエーテルとマナを両方持つことができる人物はいるんだな？」

「はい、います。ただその前にお教えしておきますと、エーテルを多く持てるからといってマナを全く持てないというわけではございません。私もこの様に魔法を使うことができます」

コルドーはただの下位魔法ですがと言いながら、自分の手から水を生み出した。

「あくまでも両方を戦いという高次元の領域で扱える者が基本的にはいないのです。中にはエーテルとマナを同程度保有できる方もいらっしゃいます。ですが、まずこういった方々はかなり稀《まれ》な存在です。そして両方持てる方のほとんどはそれぞれの絶対量がさほど多くなく器用貧乏になるケースも多くあります。ただし、保有量の絶対量が多いに越したことはございませんが、保有量が少なくとも強い方はいらっしゃいます。あくまで目安の一つでしかありません。また、これら両方を扱う者のことを、剣が中心ならば魔法騎士《マジックナイト》。魔法が主体ならば剣魔法師《ソードマジシャン》と呼んだりもします」

「ふむ。私はどうだ？」

剣術にも魔法にも資質というものがあるというのはあまり考えていなかった。アーノルドは剣術も魔法も両方を修めるつもりである。だが、たとえ才がなかろうが、それを諦めるつもりはない。

それでも才があるのかないのかということは気になるがゆえに問うたのであるが、コルドーは申し訳なさそうに頭を下げた。

「申し訳ございませんが私には判断する術《すべ》がございません。本来であるならば神眼の儀で判明する潜在能力によってどちらが多いかなどある程度わかるのですが……」

コルドーはそこで言葉を濁した。

「何だ、知っているのか？」

それに対してアーノルドは鼻で笑った。どうせオーリかザオルグか、その辺りの凡愚共が喧《けん》伝《でん》してまわっているのだろうと。

詳細な結果まで知っているのかどうかは知らないが、それでもアーノルドの印象を貶《おとし》めるには十分効果を発揮するだろう。人間の印象は一番最初についた印象が色濃く残る。

もはや普通にできる程度では、騎士達についたアーノルドのイメージを払拭《ふっしょく》できないだろう。

だが、おそらく目の前のコルドーはその内容を信じてはいない。その目には蔑みも憐《あわ》れみも皆無《かいむ》である。

「ですが、アーノルド様を実際に見て確信いたしました」

そう言うコルドーの目には力強さが宿っていた。

コルドーが果たして何を見てそう思ったのかは定《さだ》かではないが、アーノルドにとってはそれすらもどうでもよかった。自分自身を評価するのは自身であり、他者の評価など極論どうでもいい。舐めてくるならば、分を弁えさせ、そうでないならばなんでもいい。

「話を戻そう。それならば公爵は魔法を使わないのか？」

「公爵様はエーテルの方が圧倒的に多いお方です。ただ魔法が全くできないかというとそうでもなく、魔法も聖人級《ハイリ》に認定されている魔法師でございます」

「聖人級？」

アーノルドは聞き慣れない言葉におうむ返しのようにコルドーに聞き返した。

「はい。魔法師のクラスの一つで上から三番目にしてちょうど真ん中の階級でございます」

「両方とも最上位でないのは意外だな。魔法の勝負ならば負ける可能性があるということだろう？」

公爵が魔法を使えることは予想に違わぬことであったが、公爵ならば魔法も世界で有数な者だと思っていただけに普通程度の力で満足しているのは意外であった。

「それは無意味な想定でございます」

だが、そんなアーノルドの考えを否定するかのようにコルドーがピシャリと言い放つ。

「だが剣術を封じられる場面が来ないとは言えんだろう？」

アーノルドは眉を寄せ少しムッとした表情を浮かべる。

いついかなる時も最良の状態で戦えるわけではないはずだと。むしろ剣が得意というのならば、それを封じるように攻めてくるのが常道だろう。だからこそアーノルドはどんな状況にも適応できるようにするつもりなのだから。

だが、コルドーはアーノルドのその言葉にも毅然と首を横に振る。

「それでも勝つのが公爵様です。アーノルド様、たとえ一〇回やれば九回負ける勝負だとしても残りの一回を一〇回でも一〇〇回でも連続で手繰《たぐ》り寄せればいいだけです。それがダンケルノたる、ということです。強さとは一意的なものではございません。たとえ、どれだけ総合力で負けていようと、戦いに勝ちさえすれば、その者は負けた者よりも強いのです」

アーノルドはその言葉を聞き、まるで物理的な衝撃を受けたかのように内心動揺していた。

（強くなければ勝てないと思っていた。いや、弱いから負けたのだと。だが、そうではない。実力で劣っていようが勝つ方法などいくらでもある。今回の殲滅《せんめつ》も元より私は挑戦者の身である。わかってはいた。わかってはいたのだ。しかし本当に意識はできていたか？　弱者には弱者の戦い方がある。私は強者という偶像に縛られ強者とは正々堂々と相手を打ち破るとしか考えていなかった。だが、そうではない。強者とは勝ち続けるからこそ強者なのだ。そこに〝もし〟などという余地などない。もちろん正々堂々と来る相手に姑息《こそく》な手を使うなど私の矜持に反するが、そんなことに意味などないこともまた知っている）

この世が清廉《せいれん》さと公正さで成り立っているのならば、アーノルドは今頃こんなところになどいないのだ。

（またしても視野の狭い考えで選択肢を狭めていた気がするな。まったくいつまでも学ばんやつだな、私は。全てを真正面から受け止め撃破しようなどと、今の私には分不相応な願いだな。そんなことは強くなってからだ。いまはただ意地汚かろうと勝つだけだ）

アーノルドが悩んでいるのを見て何かを感じたのかコルドーがその口を開く。

「よく物語などで騎士は清廉潔白で常に正々堂々と戦う場面などがあります。そういうものに憧れて騎士になる者もいます。ですが、そんなものは全く意味のないただの綺麗事にすぎません。勝者は全てを得て、敗者には何も残りません。正々堂々というものは聞こえは良いですが、そんなものはただ相手を舐めているだけです。勝つためにあらゆる策を取ることこそ最善を尽くすことであり、相手に対する敬意となるのです。少なくとも我々ダンケルノの騎士はそう教えられます」

「正々堂々などというのはただ準備を怠っているだけだということか」

「その通りです」

「なるほどな……。たしかにそうだろうな」

アーノルドは前世の自らの行いを思い返していた。

元上司に対し正々堂々と立ち向かった結果があの惨劇《さんげき》。いや、正々堂々と言うことすらおこがましいほどのただの蛮行《ばんこう》であったが、いまは正々堂々とみなそう。

そしてあれは確かにこちらの準備が全く足りていなかっただろう。舐めていたと言っていい。

元上司も、社会も、人の悪意というものも、それら全てを舐めていた。ただ自分の思った通りに事が運ぶと、本気でそんな馬鹿げたことを信じていた。それで最善を尽くしたなどと言い張ることが果たしてできるか――口が裂けてもそんなことは言えないだろう。

「――ですが、正々堂々というものが悪、というわけではありません」

かつての自分を思い返しているアーノルドの耳にコルドーの声が聞こえてくる。

「君主が見せる正々堂々たる姿に魅せられる臣下もまたいるのです。アーノルド様、貴方様の戦いに対する美学は貴方様だけが決められるものです。私が今言ったこともあくまで私や赤の他人の考えであり、それが絶対などということはありません。この世に絶対の正義、正道なんてものも存在しません。あなたが選んだ道こそが正義であり、正道たるのです。努々《ゆめゆめ》そのことはお忘れなきようお願い申し上げます」

コルドーは真剣な表情でアーノルドにそう言った。

アーノルドもそれに対して深く考えるように表情に陰を落とすが、その心には一つの解を得たかのような清々しさが満ちていた。

それからコルドーによる座学が一時間ほど続けられた。

「それでは、アーノルド様。実技の方に参りたいと思います。まずはこちらを持ってもらってもよろしいでしょうか」

コルドーは自分が帯剣しているものとは別の剣をアーノルドに差し出してきた。

アーノルドはその剣をぞんざいに手に取るが――

「んぅ⁉」

アーノルドは渡された剣が予想以上に重たくて変な声をあげてしまう。片手で持つどころか両手で持ってもギリギリ持てるかという重さである。

「剣を引き抜き構えてみてもらってもよろしいでしょうか？」

そう言われたアーノルドはその重みに逆らいながらも何とか鞘からその剣を引き抜いた。

そしてアーノルドは剣を構えてみたが、イマイチ体勢が安定せず足元がふらふらとして剣先が地面に付いてしまっていた。

コルドーはアーノルドのその様子を見て、顎《あご》に手を当て考え込んでいた。

「お、おい。いつまで持ってればいい」

持っているだけでもなかなかしんどいのだ。持つのがトレーニングというのならばともかくそうでないならばいつまでも持っているのはなかなか苦しいものであった。

「ああ、失礼致しました。一度下げていただいてかまいません」

アーノルドは剣を地面に突き刺し、杖のようにして立っていた。

「アーノルド様、身体強化をお使えになれますか？」

コルドーはそんなアーノルドに真剣な表情でそう問うてきた。だが、アーノルドは困惑げに眉《まゆ》を寄せる。

「身体強化？　なんだそれは」

「体内のエーテルを使い、体を普段の数倍強化することを身体強化といいます」

「そもそもエーテルというものが何かよくわかっていない。そんなものは使えんぞ？」

「そうですか。ですが、おそらくアーノルド様は一度お使いになることができておられたはずです」

アーノルドは困惑と懐疑《かいぎ》が混じったような複雑な表情をしていた。コルドーに言われた意味がわからなかったからだ。そんなものを使った覚えなど一切なかった。そしてコルドーとは今日初めて会ったはずだ。いつそんなものをコルドーの前で使っただろうかと。

「そもそも、その剣の長さは九〇センチメートルほどで重さは二〇キログラムほどあります。アーノルド様の身長は一二〇センチメートルほどで、失礼ですがまだ五歳であられます。とても持てるものではないのです。ましてや狙いを定めて振り下ろすなどできるものではございません」

「だからなんだ？」

何が言いたいのかわからないアーノルドは訝しげな目でコルドーを見ていた。

「この剣は午前のあの時にアーノルド様がお使いになった剣と全く同じものです」

「……ッ⁉」

アーノルドはコルドーの言葉に目を丸くするほどの驚きを見せた。

そしてまず思ったのがコルドーが嘘を吐いているのではないかということである。

こんな重たい剣を持って、あまつさえそれを振り下ろしたなど到底《とうてい》信じられなかった。持ち上げることすら満足にできていないのである。

だが、その考えはすぐさま捨て去られる。そんな嘘を吐いても意味などないからだ。だがそれでも、いまアーノルドの前にある剣をなんの苦もなく振るったなどという世迷《よま》い言《ごと》を無条件に受け入れられるはずもなかった。

あの時はたしかにどこか自分が自分でないような感覚を感じていたし、正直そこまで鮮明に覚えているわけではない。怒りに支配でもされたかのように、それに身を任せ、ただ己の為《な》したいことを為しただけだった。

だが、この手でユリーを確実に殺したこと、そしてそれが剣によって為されたことはしかと覚えている。

「こちらの剣は騎士級以上に支給される剣であり、身体強化なしで扱うには少々難しいものとなっております。私はその場にいたわけではないので直接拝見しておりませんが、お話を聞く限りアーノルド様は既に身体強化をお使いになられたことは間違いないかと」

「……悪いが、あの時のことはあまり鮮明に覚えていない。ただ自然と、当然であるかのようにあの剣を振り下ろせたたし、どうやって使ったのか、いや、そもそも身体強化を使っていたのかすらわからん」

間違いないなどと断じられても、覚えていなければ意味もない。

「大丈夫です。身体強化は初めて使うことが最も難しいものなので、一度感覚を掴んでしまえばあとは簡単に使えるようになると思います。なので一度使えたアーノルド様であれば、それほど難しくはないと存じます。そして、身体強化が使えることが基本的に騎士級になることの最低条件であり、使える者と使えない者の間には絶対的な壁が存在します。それゆえ、アーノルド様が身体強化を使うことがおできになりましたら予定よりだいぶ早く強くなることも可能であるかと」

「本当か⁉」

予想外の言葉にアーノルドは年相応とも言える笑みを浮かべ、キラキラとした目でコルドーを見つめていた。

「はい、本当でございます。それでは実際にやってみましょう。まずは見ていてください」

そう言ったコルドーは手のひらを上に向け、軽く手を突き出した状態で立ったまま目を瞑っていた。

すると、コルドーの体から緑色のオーラの様なものが噴き出してきた。

「エーテルやマナを放出させ、力を具現化させるとこのようなオーラと呼ばれるものが噴き出してきます。これがエーテルというものを可視化したものだと思ってください。本来は体内でこれを操作することで様々なことができるようになります。まずは体内にこういったものが存在するという認識を持ってください。イメージできないものを扱うのは大変難しいですから」

アーノルドは自身の体内に意識を向け、エーテルというものを意識してみたが全くそんなものの存在を感じ取ることはできなかった。

「そもそもエーテルというものを私は持っているのか?」

「それは間違いないかと。そもそも持っていない方などいないと思われます。意図的にエーテルを排除する魔法師の方はいらっしゃる様ですが、特異な体質でもない限りエーテルもマナも自然と体内に蓄積されていきます。そして使えば使うほど蓄積量も増やすことができると言われています」

扱えるかは別として、マナもエーテルも扱うことのできない人間であってもそれを持っているというのが昨今の見方だ。そして幼い頃からそれらを使える人物ほどその最大量が多くなる傾向にあることから、使えば使うほど蓄積量も多くなるとされている。

だが実際問題、幼い頃から使えるから蓄積量が多いのか、幼い頃から使えるほど才能があるから蓄積量が多いのか、その辺の事実はまだわかっていない。

そもそもマナもエーテルもいまだに何なのか詳細に説明できる者などいないのだ。

「それならもっと幼いときから使えば良いんじゃないのか？」

アーノルドはコルドーの言葉を聞いて当然思い浮かぶ疑問を口にした。アーノルドは五歳になるまで武術を一切禁じられてきた。だが、使えば使うほど蓄積量を増やせるならばもっと早いうちからやればいいではないかと思った。マナやエーテルの絶対量が全てではないにしても、多いに越したことはないと誰であれ考えつくだろう。

だが、コルドーは真剣な表情で首を横に振る。

「いいえ、昔、そのように若い頃から蓄積量を増やそうと使い切っていたら、蓄積されるエーテルやマナ、主にマナですが、それに耐えきれなくて死んでしまうケースが多くあると教会が発表し、調べてみたところそれが事実であると確認できました。それで貴族の子弟達が何人か死んだようです。それからはある程度歳を取ってからでないと訓練することは危険とみなされ、世間一般では大体七歳から訓練を始めるのが普通となりました」

「なるほど……」

（だから五歳になるまでそれ関連の本が一切なかったのか。勝手に練習しないように。知らなければやりようがないからな）

「アーノルド様、人体の構造についてはどれほどご存じですか？」

「大体は把握しているが……」

アーノルドはこの世界の知識だけでなく前世の知識も持っていたので、医学に劣るであろうこの世界の人間に比べれば人一倍人体については知っていると言って良いだろう。だが、医学を専門に習ったわけではないのであくまでも大体であるが。

「実は、人体の構造を把握している方ほどエーテルの認識は難しい傾向が強いのです。いまだにエーテルがどこに溜まりどこから生まれるのか正確なことはわかっていません。そして人体の解剖においていまだにそういった器官があることは発見できておりません。それゆえ人体の構造について知っている方ほど、ないもの、というイメージが強いみたいでどこから溢れてくるのか想像しづらいといったことが確認されております」

それを聞いたアーノルドは確かにないもののイメージはしづらいなと思った。アーノルドはそれだけでなく前世の常識というものも絡み付いてくる。前世にはエーテルなどといったものは存在しなかった。

だが、コルドーの言葉が正しいのであればアーノルドは一度それを使っているという。まったくもって実感などなかった。

「それゆえ皆、色々な方法でエーテルの存在を認識しております。大事なのはたしかに〝ある〟というイメージなのです。そしてよくある一つ目の方法がエーテルを生み出す架空《かくう》の臓器を体内に想像し、その臓器があると思い込むことです。どこでも良いので体内の空きスペースにでも創ってみてください。そして創るのならできるだけ大きめの方がいいとされています。小さい臓器だとエーテルが多く貯まる想像がしづらく蓄積量が思うように増えないということもあるそうです」

アーノルドは体内にそれほど大きな隙間があることを想像できなかった。それゆえアーノルドは発想を変え、既にある臓器をエーテルを生み出す臓器に変えることにしてみた。選んだ臓器は心臓と肺であった。

心臓は体を動かすエンジンの様なものであり、肺は体を動かすエネルギーの元となる空気が出入りをしているものである。

それゆえ、心臓がエーテルを無限に生み出し、それが肺から吐き出され体内を循環しているというイメージを持った。

だが――

「……何か回っている気もするし、ただの気のせいと言えばそうとも言えそうだ」

アーノルドからすれば、その感覚がもはやただ自分がそれを感じたいがために生み出した架空の感覚なのか、それとも実際にエーテルというものが循環しているのか全く判断できなかった。なにせアーノルドはエーテルを感じるという感覚がまったくわからないのだから。何かが蠢《うごめ》くように体内を駆け巡るのか、それともどこか温かな力を感じるのか、はたまた冷たい何かを感じるのか。全くもってわからない。

「初めは皆そのような感じです。少しずつ伸ばしていくしかありません」

「他の方法はなんだ?」

そう問われたコルドーは若干《じゃっかん》口ごもるが、問われたからには答えねばと思ったのか表情を引き締めて口を開いた。

「正直あまりお勧《すす》めできるものではないのが多いのですが、一つはエーテルを纏《まと》った攻撃を模擬戦で受け続けるというものです。しかしこれは正直実現性に欠け、これをやったとしても必ずエーテルを認識できるとは言えません。ただ、騎士級になった者の中にはこの方法のおかげでエーテルがわかったという者もいます。ですが正直、私はこれをお勧めしませんし、これでわかるようになるとは思えません。二つ目は死を経験することです。正確には死の間際を体験することですね。生存本能を無理矢理引き起こさせエーテルを引き出す方法です。下手《へた》すれば死ぬかもしれないので絶対にお勧めできません。長年全くエーテルを引き出せず、それでもなお諦めきれず藁《わら》にも縋《すが》る思いでやるという程度でなければ絶対にやらない方が良い手段です。三つ目は他者のエーテルを循環してもらう方法です。体内でエーテルが巡る感覚を得ることができるのですが、体内を他人に弄られるかのような不快感が襲い、また許容量以上のエーテルを流されれば死に至る可能性もあります。それゆえ絶対に信頼できる方がいる方でないとお勧めできません。一般に知られていることはこのくらいですね。あとはさまざまな流派で伝統的な方法があるといった話はよく聞きますが、実際にあるのかはわかりません」

「――三つ目だ」

「え？」

「三つ目の方法を私にやれ。お前も知っての通り私には時間がない。悠長《ゆうちょう》にチマチマとやっている場合ではないだろう。お前ではできないか？」

この方法が歪な方法であり、それをやることで後に悪影響を及ぼすというのならばともかく、ただ不快感と少しばかりの死のリスクがあるという程度では諦める理由にはならない。

「い、いいえ。しかし私を信用してよろしいので？」

「かまわん。私も人を見る目を持っているつもりだ。お前には私を害そうという気持ちは微塵《みじん》も感じられない。お前に任せるぞ」

たしかにコルドーがその気ならば、事故を装ってアーノルドに危害を加えることができるだろう。

だが、その可能性は低いと考えている。

しかしそうは言っても、低いだけでないわけではない。だが、その程度のリスクも背負えずアーノルドの望みに迫ることなどできないだろう。その程度で臆してなどいられないのである。

「はっ、このコルドー、必ずやアーノルド様の信頼にお応えしてみせます」

コルドーはアーノルドの前に跪いた。

「それではいきます。だいぶ気持ちが悪くなると思いますが、どうかご辛抱《しんぼう》ください」

アーノルドはコルドーに差し出された手に自らの手を重ねる。

それからすぐ、アーノルドの顔が苦悶《くもん》に歪む。

「ッ〜〜〜〜？」

臓器という臓器を体内でかき混ぜられ体の表面を虫が這《は》うかのような感覚に、覚悟をしていたアーノルドもたまらず声を漏らしてしまった。

まだほんの数秒しか経っていないにもかかわらず、アーノルドの体感時間では既に数分は経っていた。それほどまでにいま感じている不快感は強い。

「それでは、少し強く流していきます」

その言葉を聞きアーノルドの心が少し揺れた。

だが、その揺れが収まる間もなく先程の比ではない不快感が体内を支配し始めた。さながら脳をグツグツと煮込まれ、体を貪り喰らわれているかのような吐き気に、全ての臓器が混じり合っているかのような混濁感《こんだくかん》。

「ギィッ～～～～～～」

もはやアーノルド自身は自らが奇声のような声を放っていることすらわかっていない。噛み砕かんばかりに歯を食いしばり、体中から大量の汗を噴き出しているアーノルドは、その表情も拷問にでもかけられているかのように苦しげに歪んでいた。

想像の遙か上をいく不快感である。はたして不快感などという言葉で片付けて良いのかと思うほどの代物であった。なぜ自分はこんなことをしているのかと自らの正気を疑うレベルであるのだ。

そして徐々に阻喪《そそう》、悲愴《ひそう》、虚脱《きょだつ》、諦念《ていねん》といったものがアーノルドの心に浮かび上がってくる。

（これ以上は……これ以上は無理だ……）

それらに心が支配され諦めようとしたその瞬間、思い浮かんだのは前世で味わったあの絶望、屈辱、無力感といったものであった。

それらはアーノルドに再びいま生きる意味を思い出させる。

（そ、そうだ……この程度で……この程度で諦められるか‼　私は誰よりも強い力を手に入れるんだ！　たかだかこの程度も耐えられんやつが何者にも屈しない者になるなど、この世の頂点を極めるなど、夢物語でしかない‼）

死ぬ前のあのときに真実を語っていた元上司の顔を思い浮かべ、その時の誓いを糧《かて》にして自らを奮い立たせた。

強靭な精神力で不快感を押し込めたアーノルドは、今まで全く余裕がなくて気がつかなかったエーテル循環の詰まりの様なものを見つけた。

（ん？　コルドーの流すエーテルの巡りに集中すると一ヶ所だけ何か違和感を覚えるな……）

それはちょうど鳩尾《みぞおち》のあたりであった。

そしてアーノルドはその詰まりのある辺りに血管の詰まりのようなものをイメージし、それを取り除こうとした。

まるで手術でもするかのようにゆっくりと、そして慎重にその詰まりを取り除いていく。

だが――それを上手く取り除くことに成功した瞬間、アーノルドから漆黒のオーラが噴き出し、その場を支配するかのように辺り一面を覆い尽くしていった。

「アーノルド様!!　いますぐエーテルを閉じてください!!　アーノルド様!!」

コルドーの焦ったような言葉を聞いたのを最後にアーノルドの意識は闇へと落ちていった。

幕間　舞台裏の住人

アーノルドが倒れた夜、屋敷の使用人のある部屋にて一人の男が優雅《ゆうが》に椅子《いす》に座っていた。ワインをグラスに注ぎながら喜悦《きえつ》のような薄らとした笑みを浮かべていると部屋の扉が叩かれる。

いまの時間はもう日すらも跨《また》いだ真夜中である。明らかにこの時間に訪ねてくるなど迷惑極まりない行いであろう。

「どうぞ～」

だがその男はそんなことなど全く気にした風もない軽快《けいかい》とも言える口調で入室の許可を出した。むしろ予想でもしていたかのようにその口元には薄らと笑みが浮かんでいる。

扉を開けて入ってきたのは不機嫌そうな一人の女であった。

「あれ珍しいね、君が僕を訪ねてくるなんて」

その言葉とは裏腹にその顔に驚きなどという色は微塵《みじん》も浮かんでいない。

「……話がある。上がらせてもらうぞ」

そう言った女は男の許可など聞かず、そのままズカズカと部屋に入っていく。

「それで、何の話かな？」

男は終始ニヤニヤとした笑みを顔に張り付けていた。

それに対し、その女はまるで虫でも見るかのように嫌悪に溢れた表情を向けるが、そんな視線を向けられても男は相変わらず、いや、それどころかその顔に浮かべる笑みをより深める。

「とぼけるな。わかっているだろう、昼間のことだ」

「ん～、昼間？　ああ、アーノルド様のことかな？　でもそれでなんで僕のところに？」

相手を小馬鹿にするような飄々《ひょうひょう》とした仕草《しぐさ》でその男はそう返答した。

女はその態度に嫌悪でも示すかと思いきや、慣れてでもいるのかそのままその目を細めて口を開く。

「お前があの娘に魔法を掛けたことはわかっている。なぜあのようなことをした？　返答次第ではお前の首を切らねばならん」

この男はいわゆる公爵《こうしゃく》の手の者であった。公爵家の手の内の者は普通の使用人達の任務である忠誠を誓う相手を見定めるだけでなく、公爵としての適性も見定めなければならない。それゆえ誰かに忠誠を誓おうと思うまではクレマンなどの一部の例外を除いて中立の立場から見守る必要がある。

気に入り肩入れするというのならばともかく、その邪魔をする行為、あのメイドの娘を利用してアーノルドに対し、私情で悪意のある嫌がらせをしたのならば、それは公爵への背信行為に等しい。

「……それとも既に見限ったのか？」

だが、女もこの男のことは常にいけ好かないやつであるとは思っているが、それでも公爵に対する反逆をするとも思えなかった。それゆえ、ないとは思うがアーノルド以外にもう自らが仕える主人を見つけたのかと考えた。

「いいや、僕はまだ中立さ。いや、むしろアーノルド様寄りと言ってもいい」

飄々とそう答えた男は三日月型に歪《ゆが》んだ笑みを浮かべてそう言った。

「あの行為が味方だと？　あれはアーノルド様が望む展開とは断じて違うと思うが……？」

この女とてアーノルドの考えを完璧にわかっているわけではないが、それでもアーノルドが当分の間あれらの処分を後回しにするつもりであるということはわかっていた。それゆえこの男の行動はアーノルドの意志とは正反対なものに思えた。

「ん〜、そう言われると言い訳のしようもないけれど、僕が使った魔法は少し自分に正直になるだけの魔法だったんだよ？　それがまさかあそこまで暴走するとは思わなかったよ」

その男はそう言うとカラカラと笑い声をあげる。だが、その笑いもすぐに引っ込めて、今までの様子からは不釣り合いなほど真剣な表情を浮かべる。

「アーノルド様は少しの間、罰を与えず見逃すつもりだったらしいけど、それじゃあダメだ。一度罰を与え、毅然とした態度を取っておかないと。一度も罰がなかったのならそれは主人がやってもいいと許可したに等しい。にもかかわらず何の忠告もなしにいきなりその行為を罰すれば下にいる者はどの行いがやっても良いことで、どれがやってはいけないことか判断できず無能な部下か指示待ち人間の部下しかいなくなる。だから今回ちょっとラインを超えてもらって罰してもらうつもりだったんだけど……。まさかあそこまでの馬鹿がいるとは思わなかったよね」

男はまたしてもカラカラと笑った。そこに悪びれる様子など見られない。むしろ面白がっているのだろう。

「笑い事ではない‼」

女は目を吊り上げ、声を荒らげる。

耳を聾《ろう》するかと思うほどの怒声であるが、この部屋に入った時点で防音を施してあるので声が漏れる心配はない。

「何をそんなに怒っているんだい？　まさか道化《どうけ》が一人死んだくらいで腹を立てているなんてことはないでしょ？　あれはなるべくしてなっただけ。本当にお貴族様ってなんであんなに楽観的に生きていられるんだろうね？　死なんてそれこそ身近にあるというのに。でも結果的にはよかったでしょ？　そのおかげでアーノルド様の成長も早まったんだし。それにダンケルノとしての資質も見れたわけだし」

「それは結果論でしかない。……このことは公爵様にも報告しておくぞ」

「ご勝手に。ああ、せっかくだから飲んでいくかい？」

飄々とした態度で女の圧を躱《かわ》した男は、先ほどまで飲んでいたワインを女に勧めた。

だが女はそのワインを一瞥すると、もう用はないと荒々しく部屋から出ていった。

「あ〜、成長が楽しみだな〜。僕も遠征に連れて行ってくれないかな〜」

男は部屋の中で一人今後のことを考え、耐えきれないように薄気味悪い笑いをこぼしていた。

第四章　自由と魔法

アーノルドが目を覚ますと自室のベッドで寝ている状態であった。

すぐさま待機していたメイドの一人が部屋を出ていき、もう一人のメイドが水を差し出してくる。

（何があったんだったか……）

アーノルドはいまなぜ自分がベッドの上にいるのかわからなかった。

コルドーと訓練をしようとしていたところまでは覚えている。だが、ベッドに自分で入った記憶はない。

すると、クレマンとコルドーと医師らしき男が慌《あわ》てた様子でこの部屋に入ってきた。

そしてクレマンが真っ先にアーノルドの体調を尋《たず》ねてくる。

「アーノルド様、お体は大丈夫でございますか？」

「ああ、特に問題はない。今は何時だ？」

部屋はカーテンが閉じられ外の様子は窺《うかが》えない。漏れる光から夜ではないとわかるが、朝か昼かもわからない。

「光の上二日の朝七時一二分です。昨日倒れてから一晩寝ておられました。念のため医師に診てもらうことをお許しください」

この世界の一年が一二ヶ月あるのは前世と変わらないが一月あたりの日数は全て三〇日で統一されている。そして月の言い方は、火の上、水の上、風の上、土の上、光の上、闇の上、闇の下、光の下、土の下、風の下、水の下、火の下という神眼の儀の結果にも記載されていた六大素と呼ばれる六つの属性を用いたものを使って表されている。つまり今は前世風に言うならば、五月二日に相当するということだ。

「初めまして、アーノルド様。公爵家《こうしやくけ》に代々仕えております医師のカールと申します。早速ですが、お体のほう拝見させていただいてもよろしいでしょうか？」

「ああ」

一歩前へと出てきたカールは許しを得て、それからアーノルドの体に手を当てて何らかの魔法を行使《こうし》したようだった。アーノルドの体がほんのりと温かくなってくる。

「ふむ。今のところお体に異常は見られません。エーテルもしっかりと回復しておられます」

カールは深く頷《うなず》いた後、そう言った。その言葉を聞いたコルドーとクレマンが僅《わず》かながらに安堵《あんど》の息を吐いたように感じた。

「何があったか聞いていいか？　記憶が少し曖昧《あいまい》でな」

アーノルドはまず何があったのか、それを知りたかった。まだアーノルドにはいまの状況を把握できていないのだ。とりあえず問題がないということはなんとなくわかるがその過程が知りたい。

「それは私からご説明したく存じます」

そんなアーノルドに対して、それまで控《ひか》えていたコルドーが仰々《ぎょうぎょう》しく強張《こわば》った顔でそう申し出てきた。

「？　……ああ」

アーノルドはその仰々しいとも言える様子に首を傾《かし》げたが、別に断ることでもないので許可を出した。

「ありがとうございます。昨日アーノルド様がエーテルを感じる訓練をしていたことは覚えておられますでしょうか？」

そう言われたアーノルドは順を追って思い出していく。記憶の表層にはないが、その奥にはしっかりと記憶されている。

そしてアーノルドはその時のことを徐々に思い出してきた。

（そうだ。たしか……）

「アーノルド様に対して私がエーテル循環の儀を施させていただいていた折に、アーノルド様のエーテルが暴走し、そのままエーテル切れとなってしまい気絶なされました」

そう言い終わったコルドーが勢いよく土下座した。

「私が引き際を見誤ったばっかりにアーノルド様に取り返しのつかないことをいたしてしまいました。信頼してくださったにもかかわらずこの様な結果となり本当に申し訳ありませんでした‼　処罰はいかようにも受けさせていただく所存でございます」

コルドーは血が出る勢いで頭を床に擦《こす》り付けていた。

だが、それを見るアーノルドの瞳に譴責《けんせき》の色はない。むしろ当惑していると言っても良いだろう。

「カール、今回のことで私にはどんな害が想定される」

アーノルドはコルドーの言葉には返答せず、まずは医師のカールにそう尋ねた。

「今後ということでしたら、お体への影響はございません。今日からでも活動できるかと。ただ、エーテル切れというのは危ないこともございまして、最悪の場合は命を落とす場合もございます。そのため今後もエーテル切れには気をつけるべきかと」

「なるほど、ご苦労であった。さて、コルドーよ」

カールの言葉を聞き頷いたアーノルドはコルドーへと向き直る。

「はっ」

コルドーは顔を上げることなく返事をした。微動だにせず罪人の如くアーノルドの沙汰《さた》を待っている。

そんなコルドーにアーノルドは粛然《しゅくぜん》と告げる。

「――お前への処罰はない」

時が止まったかのような静けさがその場を支配する。

それも当然だろう。

信賞必罰《しんしょうひつばつ》は世の常だ。それがなくとも世界は回るが、人は回らない。功績には賞を、失態には罰を。それでこそ人は動く。

だからこそ皆がアーノルドの言葉を待っている。この幼き君主はいったい何を考えているのかと。

そのアーノルドが重々しく口を開く。

「あれは私のミスだ。お前のエーテル循環のおかげでエーテルが詰まっている弁のようなものの存在がわかった。そして何も考えず安易にそれを開いた結果があの様だ。一度やめてエーテルの操作方法を聞いてからやるなり、やりようはいくらでもあった。それを怠《おこた》り安易に飛びついた結果がこれだ。故《ゆえ》にあれは私のミスだ。そしてお前のおかげでエーテルの存在を認知できたのだ。感謝こそすれ処罰などするつもりはない」

アーノルドはコルドーの献身《けんしん》を理解しており、この程度のことで優秀な者を自分から遠ざけるつもりなどなかった。

それにコルドーを信頼すると言ったのは自分である。その結果起こった責を下の者に押し付けることは、自分が最も忌避《きひ》すべきものである。

それゆえ自らのミスを認めることになったとしてもコルドーにその責を負わせるなどということはしない。それこそがアーノルドの矜持であり、アーノルドにとって、〝自らの責を下の者に押し付ける〟のなら死んだほうがマシなのである。

コルドーにそう告げたアーノルドは〝金色〟のエーテルを身に纏わせ、コルドーにエーテルが操れるようになったことを見せた。目覚めてからアーノルドは以前まではなかった何かの存在を感じ取っていた。いまだ微小なものであるがたしかにそこにある何かを。

「で、ですがそれでは示しがつきません‼」

コルドーはいまだ頭を下げたまま、アーノルドに自らを罰するべきだと諫言《かんげん》した。

確かに真実はアーノルドの軽率な行動の結果かもしれない。だが周りから見ていた者にとってはそんなことはわからないのである。

そうなると一番怪しいのはコルドーであると皆思い、実際アーノルドが意識を失っている間にコルドーは何度も尋問《じんもん》を受けていた。

それを処罰せぬとなるとアーノルドが舐《な》められることになる。そしてアーノルドは知らぬことであるが、コルドーはアーノルドを庇《かば》うためにアーノルドが自らコルドーの制御を振り切ったとわかった上で、全ては自らの責であると言いアーノルドの過失を隠そうとしてくれていた。

アーノルドは少しばかり煩《わずら》わしそうに眉を寄せ、再びカールの方へと視線を向ける。

「今まであのようにエーテルが暴走した例はあるか?」

「い、いいえ。聞いたことはございません」

カールは突然自分に矛先《ほこさき》が向いたことで一瞬戸惑いを見せたが、すぐに返答した。

実際には、似たような例として魔法を習い始めた子供がたまに起こす魔力暴走というものはあるが、エーテルはマナとは違いそもそも扱えるようになるまで時間がかかるため、基本的にはエーテルを扱うような者は大人である。それゆえ、子供が起こすような魔力暴走のエーテル版というのはカールとしても聞いたことがないのである。だからこそ、内心ではそういった例も起こり得るかもしれぬとは思いつつも事実を事実のままに答えた。

「ならば仕方なかろう。それでも処罰を望むのであれば、今度の遠征について来い。そしてそこで活躍をしろ。それをもってお前への罰とする。いいな?」

「は、かしこまりました」

コルドーはそれ以上は何も言わなかった。内心では何を思おうとも、命が下されればそれに従うのみ。

「アーノルド様」

一段落したと判断したクレマンが話しかけてきた。その顔は困惑げに眉が寄っている。

「その……なぜオーラの色が金色なのでしょうか」

クレマンにしては珍しく、歯切れ悪くそう尋《たず》ねてきた。

だが、そう問われたアーノルドは怪訝《けげん》そうな表情を浮かべるだけである。クレマンの言っている意味が、そして何を問いたいのかわからない。

「どういう意味だ？」

「オーラには人によってそれぞれ異なる色がございます。そしてその色は個人の特性を表すもので、個人の持つ色が変わるといったことは私が知る限りでは今まで確認されておりません。アーノルド様が暴走を起こされたときに出ていたオーラの色は確かに黒色でした。しかし……いま見せていただいた色は明らかに黒などではなく金色とも呼べる色です」

そう言われたアーノルドは眉を顰めるだけであった。

「そう言われても知らんぞ。そもそもオーラというもの自体、昨日初めて見たのだからな」

「そう、ですか。失礼いたしました」

クレマンとて少し考えればその程度すぐにわかっただろう。そんなことをアーノルドに聞いても仕方ないと。

だが、そこに思い至れないほどクレマンの心は動転していたのであろう。それほどクレマンにとってオーラの色が変わるというのは異質なことということだ。

「とりあえず今日もこれから普通に動く。とりあえず、体がベタついて気持ち悪い。まずは入浴からだ」

アーノルドはそのまま朝支度をし、その後メイローズと共に朝食を取った。

朝食の場で、メイローズに昨日のことを心配されたので、心配する必要はないとだけ伝えた。

だが実際、本当に心配する必要などどこにもない。必要がないどころかむしろ力が漲《みなぎ》っているような気さえする。

詰まっていたものを取り除いたのだからさもありなんとも言えるが、それが原因かどうかはわからない。なにはともあれ順調であると言えるだろう。

今日の午前は教養の先生がこの屋敷に到着したということで、初の授業となった。

「初めまして、アーノルド・ダンケルノ様。本日よりアーノルド様の教養の授業を担当させていただくマイヤーと申します。よろしくお願いいたします」

マイヤーと名乗った女性は貴族令嬢のような優雅《ゆうが》なカーテシーを披露《ひろう》し、にこりと微笑《ほほえ》んだ。

だがそれを見るアーノルドは口が半開きになり固まっていた。

その様がおかしかったのかマイヤーは耐えきれず肩を震わせ始めた。

アーノルドはそんなマイヤーの反応に半眼になる。

「……先生、初めましてではないですよ」

「いえ、アーノルド・ダンケルノ様には初めてお会いするので」

「それも……そうか？」

アーノルドは首を捻《ひね》り考える。たしかに正式にダンケルノとなってから会うのは初めてである。言い様によってはその通りかもしれないと。

「フ、フフ……」

そんなくだらないことを真剣に考えるアーノルドの様子にマイヤーが思わず笑い声を漏らした。

「……からかいましたね？」

アーノルドはそんなマイヤーにジトッとした目を向ける。

「申し訳ございません。改めてお久しぶりです、アーノルド様」

マイヤーは三歳からの二年間ずっと教養を教えてくれていた先生で小さいときから可愛がってもらっていたとも言える人物だ。

それゆえ昔の状態のアーノルドを知る一人である。アーノルドもいまこのときばかりは純粋な子供の様子に戻っているとも言えるだろう。

この別邸に住むにあたって前の屋敷にいた使用人は全て別の場所に再配置されていたので、当分の間会うことはないとアーノルドは思っていた。

「しかし、このような話し方ももうできませんね」

そう言ったマイヤーは居住まいを正し、神妙な表情を浮かべた。

「まずは……、アーノルド・ダンケルノ様。無事公爵家の一員となられましたことお祝い申し上げます。これからも全力を尽くす所存ですのでよろしくお願いいたします」

マイヤーの他人行儀《たにんぎょうぎ》な言葉遣いに一瞬元の口調で良いと言いかけたが、グッと堪《こら》えた。もう今までのような関係ではダメなのだと理解しているからだ。

「頼んだぞ」

アーノルドは精一杯表情を引き締めてそう答えた。

挨拶が終わり、さっそく授業に入る。授業の内容は礼儀作法や高等部の内容である算術や歴史に加え、今までできなかった魔法学などが追加された。

「アーノルド様、お疲れ様でした。それでは最後に」

今日の授業が終わり、マイヤーが最後に差し出してきたのは緑色の液体が入った小瓶だった。

「これはボト毒です。比較的症状が楽で、また手に入りやすく使われやすい毒でもあります」

毒耐性対策は必須《ひっす》なのでクレマンに毒に詳しく信頼できる人物を頼んでいた。マイヤー先生が毒に詳しいことは知らなかったが信頼できる人物であることは間違いないだろう。

「色が独特であるため料理などに混ぜれば、まず濁ります」

マイヤーはそう言って、もう一つ用意していた小瓶の中に入っているボト毒を水の中に一滴落とした。

水の中でもやの様に広がっていったボト毒はすぐに水と溶け合い、濁った緑色へと染まっていった。

その次に色のついた水へと入れるが、それでもボト毒の染色力が強いのか、くすんだ緑色へと染まる。

そして最後に元々緑色の食材へと一滴垂らす。ボト毒はそのまま溶け込むように浸透していった。よく見ればその部分だけ色が変わっていることがわかるが、それを毎回注意深く見るかといえば見ないだろう。

だが、食材に関しては色よりもその臭いによってわかる。腐卵臭《ふらんしゅう》とも違う独特の臭いがするのだ。水に入れた時にはあまり臭いはしなかったが、食材からはそれが顕著《けんちょ》に臭ってくる。

「毎日規定量飲んでください」

臭いに顔を顰《しか》めるアーノルドに対してマイヤーはニッコリと微笑んでそう言った。

「最低でも約五〇種類。マイナーな毒も耐性をつけるとなると約一五〇種類ほどあります。どうなされますか？」

「全て頼む」

アーノルドは悩むことなく即答した。

「それでは数年に分けて少しずつ耐性をつけていこうと思います」

こればっかりは時間をかけて耐性をつけるしかないので、比較的使われやすい毒から徐々に耐性をつけていくことになる。ただ、よく手に入る毒はそれほど高くはないが、マイナーな毒や効果の高い毒はそこそこの値段がする。

今年はワイルボード家への遠征でもお金がかかるため一億ドラの年間支給があるといえども安心はできない値段なのである。

（早急に力をつけ前倒しで商売にも着手する必要が出てきたかもしれないな）

アーノルドはため息の一つでも吐きたい気分であった。せっかく公爵家に生まれたというのに、まさか金の心配をしなくてはならないなどとは思ってもいなかった。

だがそれでも、その点についてはそれほど心配していない。そうは言っても、やはり公爵家というのは強大であるからだ。商売を始めるにせよ、何をやるにせよ、そのハードルは平民に比べればはるかに低い。

午後からはまたコルドーによる剣術指南である。今日も今日とて中庭でコルドーと向かい合っている。

「本日はエーテルの扱い方を学び、身体強化ができるようになることと実際に剣を振るう訓練をしていきたいと思います」

そう告げられたアーノルドはエーテルを扱う訓練を始めていた。

「グギギギギギギ」

「もっと押し固めるイメージで！」

いま現在エーテルを纏って身体強化をする訓練をしているのだが、いかんせんエーテルの扱いが難しい。

ただ力の限り放出するだけというのはできるのだが、そこまで放出してしまうというのはそもそも効率が悪いらしく体内に張り巡らせたエーテルを押しとどめてエーテルで体を固めるというイメージを持つことが大事らしい。

力一杯力んでいるようなアーノルドの体からはフニャフニャとした、まるで震えながら踊っているかのようなオーラが微量に出ているだけで全く身体強化には至っていなかった。

「はぁ……はぁ……」

まだ始めてからそれほど時間が経っていないにもかかわらず、アーノルドは全力疾走でもしたかのように息が上がっていた。

本来身体強化をすればその持久力を格段に伸ばせるはずであるのに、これでは本末転倒となっている。

だが、そう易々とできれば誰も苦労などしないのだろう。

「普通は体外にオーラを出す方が難しいのですが……」

コルドーはそう言うが、アーノルドからすれば体の中で操作するというほうがよっぽど難しいものであった。そもそも体の中にある何かを操作するなど人間の機能にはない。普通は出すか入れるかしかしないのだから。

「とりあえず一旦ここまでにしましょう。少し休んで次は剣の扱い方を学んでいきます」

五分ほど休憩し、アーノルドの息が整ってきたのを見たコルドーに一本の剣を渡された。

その剣は昨日持たされた剣とは違って子供の小姓級《ベイジ》がよく使う一般的な剣である。だが、木剣などではなくしっかりと刃がついた真剣であった。

アーノルドは少しばかりその剣を見つめ、険しい表情を浮かべていた。

人を殺すことができる道具。その重みは実物以上に重く感じた。

だがそれも刹那《せつな》のこと。アーノルドにはもう人を殺すという覚悟が備わっている。誰であれ、アーノルドを蔑《さげす》み、阻むというのならばそれを振るうことにもう迷いはない。

「それでは一度自分の思うように剣を振ってみてください」

アーノルドは一度両手でしっかりと構えてから、上段に振り上げ、そのまま振り下ろす。まるで剣道の練習でもしているかのような動きだ。

だが、アーノルドはその動作の終点辺りで剣に振り回されるように若干ふらついた。

「……そうですね。筋は悪くないです。少し修正は必要ですが振り方はそれほど悪くはないですね。ただやはり筋力が全体的に足りていません。振り終わった後に軸がブレふらついてしまうのは全体的に体を支える筋力が足りていないからです。筋肉トレーニングも追加いたしましょう。それと継戦時間を上げるためには持久力も必要です。走り込みもいたしましょう」

その後、何度か素振りをした後に筋肉トレーニングのやり方を教えられ、最後に走り込みをやらされた。

五歳児にとってはかなりのハードトレーニングとなったが、アーノルドの強くなりたいという渇望がこの程度のことで音を上げることを許すことはなかった。

むしろアーノルドの顔には笑みすら浮かんでいたと言える。やっと望んでいた力を得るための第一歩を踏み出したのだ。ずっと望んでいたことだけに苦しいとすら思わなかった。


アーノルドはコルドーとの訓練が終わってから書斎《しょさい》に戻ってきていた。

本来ならば戻ってくるはずではなかったため、アーノルドの表情は少しばかり不機嫌そうなものとなっている。

「クレマン、この後は魔法の訓練の時間だったよな？」

アーノルドの記憶が正しければ。コルドーの訓練のあとは初めての魔法の講義が行われるはずであったが、予定の時間になっても魔法の教師が来る気配はなかった。

「はい、アーノルド様。しかしまだ来られていないようです。いまメイドの一人を使いにやっておりますので少々お待ちください。お待たせして申し訳ございません」

「構わん。お前のせいではないだろう。私はそのような理不尽なことで怒るような人物ではない」

　アーノルドは前世で理不尽なことを経験してきただけに、理不尽に対しては並々ならぬ嫌悪感がある。そのためアーノルドの雰囲気は心なしか険悪なものとなっていた。

「失礼いたしました」

　クレマンがそう言ったそのとき、書斎の扉がノックされる音がした。

「入れ」

「失礼いたします」

　一人のメイド、ミナが入ってきた。

　アーノルドの予想ではレイの陣営でもザオルグの陣営でもない者である。

　ミナはアーノルドに一礼してからクレマンに耳打ちをし、一枚の書類を渡してからクレマンの後ろに控えるように下がっていった。

「アーノルド様、魔法の教師についての情報が入りました。予定していた教師に横槍が入ったそうで、これから代わりの教師がこちらに向かってくるそうです」

「……そうか。すぐ来るのか？」

「おそらくは」

　邪魔が入ったと言われ、愉快な想像などできはしない。強くなるために教師の存在はかなり大きい。そこを押さえられると強くなるまでにかかる時間と労力がかなり増えてしまう。

　もし、レイやザオルグによる一手ならばこれほどない有効な一手だろう。

　それゆえアーノルドの表情は険しく、厳然《げんぜん》たるものとなっている。

「では、外に出ておくか」

そう言いながらアーノルドは椅子《いす》から立ちあがろうとした。

だが――

〝――いいえ、その必要はないわ〟

突然どこからか聞こえてきた女性の声。

それによってアーノルドの動きがピタリと止まる。警戒に身を固めていると、アーノルドとクレマンの間のこの部屋の中央付近、そこが光り輝き、長身で美しい、いかにも魔女のような格好をした女性が忽然《こつぜん》と現れた。

「――アーノルド様!!」

クレマンの怒号とも言える声が響く。

それも束《つか》の間《ま》、クレマンとミナが臨戦態勢に入り、クレマンは目にも止まらぬ速さで書斎の椅子に座っていたアーノルドを抱える。

アーノルドは気がつけばクレマンの腕の中であった。目にも止まらぬ速さとはまさにこのことかとアーノルドは驚嘆に目を見開いた。

「緊急につき失礼いたしました」

クレマンはそう言ってアーノルドをミナがいる部屋の扉の前に下ろし、この部屋に現れた不審者に相対するように前へ進み出る。

書斎には不穏な雰囲気が満ちていたが、その女性はクレマンとミナの視線など気にもせず飄々《ひょうひょう》とした様子でアーノルドだけを薄らと笑みを浮かべて見つめていた。

ミナが不審者を警戒しながら何があろうともアーノルドを守れる位置にジリジリと移動してきて、クレマンは今にも飛び掛からん勢いだ。

「――クレマン、ミナ、下がれ」

だが、アーノルドはそれを止めた。

少なくともこの目の前の女にアーノルドに対する敵意といったものは感じられない。むしろ好奇心とでもいうような視線をヒシヒシと感じていた。そしてそれはまたアーノルドも同じである。

「ですが……」

クレマンは遠慮気味にそう言ってくるが、アーノルドに聞き入れるつもりはなかった。

「二度言わせるな」

「……かしこまりました」

いつでも守れる位置ではあるが言われた通りにクレマンとミナは下がった。

そのクレマンに渋々といった様子は見られない。従者による諫言は一度までだ。二度目はない。それを忠実に守ったとも言える。

アーノルドはできた執事だと内心笑みを浮かべるが、見据《みす》えるのは目の前の不審者である。

「それで、お前は何者だ？　突然侵入してくるとは随分と無礼ではないか？」

「あら、ごめんなさい？　まずは自己紹介かしらね、私の名前はマードリー・レイラークというの。よろしくね、幼主様」

マードリーと名乗った女性は他を魅了《みりょう》するような蠱惑的《こわくてき》な笑みを浮かべた。耐性のない者が見れば頬を赤らめるであろうが、この場にそんな者はいなかった。

「――マードリー・レイラークですと？」

普段ならば主人の会話に口を挟んでくることなどないクレマンが、いつもよりも数倍重厚でかつ怪訝《けげん》そうな声を出した。

アーノルドもそれにはクレマンへと僅かに視線を飛ばす。

その視線を受けたクレマンは自らの失態を恥じてか、姿勢を正し、咳払いを一回してから説明をし始めた。

「マードリー・レイラークは世界に四人しかいないとされる神人級《テオス》の魔法師であり別名『原罪の魔女《エルブズンヘックス》』と呼ばれる、ブーティカ教に破門された世界的な指名手配犯でもあります」

クレマンがマードリーを見る目はかつてないほど細められている。

「『原罪の魔女』？」

仰々しい二つ名にアーノルドが眉を寄せる。

「この世界の魔法はブーティカ教によって管理され、定められた魔法のみを扱うことが許されております。これは大昔に自由に魔法を使い、悪さをしていた人間をブーティカ教の神ラーマー様が封印したことに由来し、自由に魔法が使えるようになった人間は堕落《だらく》し神に罰せられるという教えでございます。レイラーク様はその教えに真っ向から立ち向かい自由に魔法をお使いになられているため、世界を混沌《こんとん》に陥れようとする生まれながらに罪を持った人間であると教会が判断し、破門なされたことで付けられた二つ名でございます」

クレマンがそう言うと、どこからか不愉快そうに鼻を鳴らしたような音が聞こえてきた。と言っても発生源は明白だ。

「あんなもの教会の腐った連中がこの世界を自分の思い通りにするためだけに作ったホラ話じゃない。そんなものに私が従わなきゃいけない理由なんてないわ」

ブーティカ教への嫌悪感からかマードリーは顔を顰めていた。

「神人級というのは？」

アーノルドはとりあえずマードリーは放置し、クレマンへとさらに気になる言葉について尋ねる。

「魔法師の中でも最も高い階級のことでございます」

その言葉にアーノルドの目が細まる。

（ということはこの女が魔法師のトップクラスの実力者の一人ということか）

アーノルドは改めてマードリーを注視した。見た目はたしかにいかにも魔女といった風貌《ふうぼう》であるし、そうだと言われればそう見えなくもない。

だが、無視されたからなのか若干頬《ほお》を膨らませ、子供のように拗《す》ねている様子からはとてもこの世の頂点に座す人物には思えなかった。

「公爵はその教会の教えなどに従っているのか？」

魔法が制限されていると言っても、それは従わざるを得なければである。

マードリーもその身に宿る力があるからこそ従わずとも生きている。ならば、公爵とて魔法を自由に使っていてもおかしくはない。そしてそれならば公爵が聖人級《ハイリ》などという枠組みに収まっていることにも意味などなくなることを意味する。

「表向きは。ただ、教会も公爵様が自由に魔法を使えることに気づいておりますが、教会ごときに手を出せるお方ではございませんので看過されております」

アーノルドの考えた通り、公爵もまた自由に魔法を使うことができるらしい。

アーノルドには自由に魔法を使うということがどういったことを意味するのかまではわからないが、制限された力と、解放された力、どちらがより優れたものかなど考えるまでもない。

「それもムカつくのよね～。私なら敵に回してもいいと思われているみたいで」

マードリーは拗ねたように口を尖らせながら不満を吐露《とろ》していた。

そこでやっとアーノルドもマードリーの方に視線を向け、声をかける。

「それで？　元々は違う教師が来る予定だったらしいが、どうしてお前が来たんだ？」

気になるのはそこだ。あの女が手を回したのかと思ったが、それならばこんな大物が来ることはないだろう。ならばこのような人物がなぜアーノルドのところに来たのか。

「う～ん、君も教会の被害者かな～、と思ったからかな……？」

その言葉を聞いたアーノルドはギロッとマードリーを睨《にら》みつけた。

「この私が被害者だと？」

たしかにあの神官には煮《に》え湯《ゆ》を飲まされたかもしれないが、このまま終わらせる気はない。あの神官には必ずやその代償《だいしょう》を払わせてやるつもりだ。ゆえにアーノルドは被害者で終わるつもりはない。

「あら、ごめんなさい？　別に貶《けな》すつもりで言ったんじゃないの。でもあの神官を許しておくつもりはないんでしょう？」

「当然だ」

そう答えたアーノルドはそこで疑問が生まれる。そもそもなぜマードリーがそのことを知っているのかと。

「お前はあの場にいたのか？」

先ほどの言葉はその場にいなければ出てこない言葉だろう。だが、破門され指名手配されているはずのマードリーが教会という場にいるはずがない。

「いいえ？　あの場にはいなかったわよ？　でも、知ってるのよ」

マードリーは妖艶《ようえん》な笑みを浮かべながら意味深にそう言った。だが、その様子からはどうやって知ったかは教える気がなさそうなのでこれ以上問うことはしなかった。時間は有限だ。無駄な問答に時間を割《さ》いている余裕はない。

「それで？」

その代わりとばかりに、続きを促した。なぜお前がここに来たのかと。

「元々来る予定だった教師はあのおばさんの息のかかった人間だったのよ。せっかくの才能を埋もれさせるのはもったいないじゃない？　だから私が直接育ててあげようかと思ってね」

（あのおばさん……。あの女のことか？　おばさんというような歳でもないと思うが……。だがそれよりも）

元々来る教師がオーリの手の内の者だったというのなら、それはそれでまた話が変わってくる。そういった事態が起こらないようにクレマンに直接教師の手配を頼んだのだ。クレマンに怪しいところはなかったが、無条件で信用するわけにはいかなくなってきた。

(今はクレマンのことを考えても仕方ないか。とりあえずは目の前の女だな)

アーノルドはマードリーを鋭い目つきで睨みつけ、低い声を出した。

「それで、私を教会を潰すための道具にでもしようというわけか？」

そう言われたマードリーはそんな言葉などまったく予想していなかったとばかりに目をキョトンと丸くして、まるで可愛い子でも見るかのように微笑を浮かべた。

「いいえ？　そんなことはどうでもいいわよ。いざとなったらその程度のこと私一人でもできるもの。私が望むのは魔法の発展よ。教会によって閉ざされた魔法というものの無限の可能性。あなたにはその可能性が垣間見えた。だから私が導いてあげようと思ってね」

教会のことなど心底どうでも良さそうな感じで話した後、真剣な表情でアーノルドを見てそう言ったマードリーは自信満々な様子で微笑んだ。

「ずっと私を監視していたというわけか？」

「そこまで私も暇ではないわ？　ただ面白そうな逸材《いつざい》がいたから少し覗き見していただけよ」

マードリーは悪びれる様子もなく堂々と言い放った。

アーノルドはその無遠慮《ぶえんりよ》な様子に目を細めた。だが、気分を害したわけではない。

その無遠慮さは確固《かつこ》たる己の力への自信から来ているものだ。ある種アーノルドが目指す態度とも言える。

(世界最高レベルの魔法師に教えを乞《こ》える機会などそうそうないだろう。この機会を逃すべきではないか)

既にアーノルドの中では答えは決まっていた。またとないチャンスである。これを逃す手などない。

だが、その前にアーノルドは気になることを問うた。

「お前は見ただけで私の魔法の才がわかるのか？」

神眼の儀の結果からは到底才があるとは思わないだろう。だが、かと言って、相手を見ただけでその者の才がはたしてわかるのか。そしてわかるのであればアーノルドは本当に魔法の才があるというのか。それが気になって仕方ない。

アーノルドは己の潜在能力があの程度ではないと思っているが、それでも真実はどうかわからない。

自分でも気づかぬ不安というものが表に出てきていたのだ。

そんなアーノルドの心情などわかるはずもなく、それに対してマードリーは淡々と答える。

「ええ、わかるわよ？　私の講義を受けるっていうなら教えてあげてもいいわよ？」

そこにクレマンが短く鋭い声を挟んでくる。

「アーノルド様」

クレマンがアーノルドに向けてダメだという無言の視線を送っていた。さすがに素性《すじょう》の知れぬ者を安易《あんい》にアーノルドに近づけるわけにはいかないのだろう。

そのアーノルドの身を案じる気持ちは汲《く》むが、それでも決めるのはアーノルドである。

「クレマン。悪いが、今回は私のわがままを通させてもらう」

アーノルドは反論を許さぬ毅然《きぜん》とした態度でそう言った。

「あら、じゃあ私が先生でいいってことね？」

「ああ、だがまだ仮扱いだがな」

アーノルドはクレマンに視線を送って、本当にマードリー・レイラーク本人であるかも含めてこの者を調べよという命を下した。クレマンも心得ていたのか即座に僅かに頷き返してきた。そこには不満そうな表情は見えない。

「それじゃあ時間もないから早速始めましょうか」

マードリーは了承が得られたとわかれば早速とばかりに講義を始めることを提案してきた。だが、今日は実技をする時間はないということで外ではなく学習室のほうに移動し、マードリーの講義が始まったのである。

「じゃあまずは約束通りアーノルド君の潜在能力を教えてあげましょう」

いきなりのアーノルド君呼びである。別にとやかく言うつもりはないが、どことなく子供扱いというのがアーノルドにはむず痒かった。

マードリーもあの神官のように頭に手を翳《かざ》すのかと思ったがそんなことはなく、単に一枚の折り畳まれた紙を生み出し、それを渡された。

「……その紙は魔法で生み出したのか？」

「ええ、そうよ？　便利でしょう？」

「ああ、そうだな」

アーノルドの頭の中では、紙代の節約になるな〜、と前世の貧乏性が顔を出していただけなのであるが、マードリーはアーノルドが魔法に興味を持ってくれたと輝かんばかりの満面の笑みでこちらを見ていた。

アーノルドはマードリーの痛いほどのキラキラとした視線を無視して渡された紙を見た。

＝＝＝＝＝＝＝＝＝＝＝＝＝＝＝＝＝＝＝＝＝＝＝＝

名前：アーノルド・ダンケルノ

性別：男

レベル：二／八二一

ＨＰ　Ｇ／Ｓ　ＭＰ　Ｇ／ＳＳＳ　ＥＰ　Ｆ／ＳＳＳ

力　Ｇ／ＳＳ　体力　Ｆ／Ａ

知力　Ｄ／ＳＳ　精神　Ｅ／ＳＳ

敏捷　Ｇ／ＳＳ　器用　Ｇ／Ａ

火　Ｇ／Ａ　水　Ｇ／ＳＳ

風　Ｇ／Ｓ　土　Ｇ／ＳＳ

光　Ｇ／Ｂ　闇　Ｆ／ＳＳＳ

＝＝＝＝＝＝＝＝＝＝＝＝＝＝＝＝＝＝＝＝＝＝＝＝

「一応それぞれの項目をざっと解説していくわね。と言っても、勝手に私がそう思っているだけで実際どうかはわからないけどね」

アーノルドはマードリーのその言葉に疑問をもった。

「なんでわからないんだ？　お前の魔法だろう？」

自分で使っている魔法だというのに、その能力によって出てきたものがわからないなど理解できなかった。

「私の魔法ではあるけど、その結果は私の魔法によるものではないの」

「どういうことだ？」

「私はただ写し取っただけ。教会でするような神への祈りとは違うということよ」

だが、そう言われてもアーノルドにはいまいちわからなかった。

そんな様子のアーノルドを見たマードリーは説明を付け加える。

「あの魔法は……魔法と言ってもいいのかもわからないけれど、いまのその人物の能力とその潜在能力を測るものなのよ」

「ならば、これは本来私があの場で受け取るはずだったものを写し出したというわけか」

「おそらくね」

「おそらく？」

「神が介在する儀式というのはよくわからないのよ。所詮《しょせん》は人間の限界ね」

マードリーの口ぶりはまるで本当に神がいるかのようなものであった。

「ほう。神がいるとでも言うのか？」

アーノルドの口ぶりは、いるはずのないものを信じている子供をからかうような口調であった
だが、マードリーはそれに対して逆にからかうかのような口調で言い返してくる。

「あら、信じていないの？　神様ってのは本当にいるのよ？　願えば応えてくれる神様がね」

本気で言っているのか子供に対してからかっているのか判別できなかった。

だが、アーノルドとて神の存在を頭ごなしに否定するつもりはない。何せいまここにいる自分こそ、まさに神の恩寵《おんちょう》でも受けたかとでも言わんばかりの状況だ。転生などという非現実に対して、神の存在というものを否定できようはずもない。

「どうしたの？」

「いや……？」

マードリーが怪訝《けげん》そうな顔で覗き込んできたが、どうやらアーノルドは知らず知らずのうちに薄らと笑みを浮かべていたようだった。何に対する笑みなのかはアーノルド自身にもわからなかった。

だが、とりあえず自分の本当の潜在能力というものが確認できたというのは喜ばしいことだ。それもほとんどが高い潜在能力だ。神とやらには会っていないが、これこそが神の恩寵だったのかと思うほどであった。

だが、会ったこともない神などどうでもいい。何も言わず与えてきたのだ。あとから対価を寄越《よこ》せなどと言われようとも払う気などない。感謝はしよう。だが、神であろうと傅《かしず》くことも、謙《へりくだ》ることもない。己を御《ぎょ》せるのは己のみだと。

アーノルドがそんなことを考えているとマードリーが話を続ける。

「それじゃあ、説明していくわね。レベルというのは生命としての格を表すものよ。レベルが高い方が同じ能力値であってもより優れた能力になるわ。だからみんな必死にレベルを上げようとするわ。ただ、あくまで格が上がるだけでレベルが高いからといって強くなるわけではないわ。そうね……例えるなら、どれだけ剣の素振りをしようが実戦で強くなるわけではないのと同じようなものね。」

「そのレベルというのはどうやって上がる？」

「生命力を摂取《せっしゅ》することによって上がるわ」

「？」

アーノルドは生命力というものがよくわからず首を傾げた。

「要は生命体を殺せばいいのよ。人でもモンスターでも。格が高い生命体を殺すほどレベルも上がりやすくなるわ。それとレベルが高くなればなるほどレベルは上がりにくくなるわよ。例を挙げるなら今の私がそこいらのドラゴンを一体倒したところで一レベルも上がらないわ」

そこいらのドラゴンというが、ドラゴンなどそこいらにいない。それを軽く言うあたりからマードリーの実力がある程度読み取れる。

「お前はいま何レベルなんだ？」

「フフフ、それは秘密よ。基本的に他者にレベルを教えることはないわ。レベルというのはたしかに高いだけじゃ意味がないけれど、ある程度レベルが高い人にとってはその人の実力とそう変わらないわ。この世界の大体の潜在レベルの平均値ってどれくらいかわかるかしら？」

アーノルドは、お前は私の潜在能力を見られるくせに、と思ったが、一応紙を折りたたんで渡してきていたのでその辺は配慮しているのだろうと思い口を噤《つぐ》んだ。

「四〇〇くらいか？」

アーノルドは自分の他の潜在値の最大が明らかに一般的な貴族の平均より高いので、おそらくレベルも平均よりは高いと思い、自分の半分くらいを適当に答えた。

それがわかったのかマードリーは若干呆れたように首を横に振る。

「いいえ、一五〇もないくらいよ。平民は大体一〇〇レベルくらい、貴族でも二〇〇レベルくらいが平均と言われているのよ。五〇〇もあれば英雄、勇者の器であり、それが平民ならば国が奴隷にしてでも手に入れようとするでしょうね」

「お前は貴族なのか?」

アーノルドは周辺国家の貴族の名簿は既に覚えているが、マードリーが名乗っていたレイラークという貴族の名は見たことはなかった。そしてマードリーの実力と口ぶりから貴族の平均レベルなど大幅に超えているだろうことは想像できた。少なくとも英雄や勇者の領域には足を踏み入れているだろうと。

そして、平民ならばどうやって国から逃れたのか気になった。

「フフフ、力のあるものには国も手出ししてこないのよ?」

マードリーはアーノルドの裏の意味を読み取って遠回しに平民であると言ってきた。

だが解せない。

「お前のレイラークってのは?」

この世界の平民は本来姓を持たない。ならばそのレイラークとはどこからきたものか聞かずにはいられなかった。

「私の魔法の師匠の姓よ。旅立つ時にもらったの」

マードリーは誇らしげにそう言った。

「お前の師匠は貴族なのか？」

「いいえ？　たしか平民だと言っていたけど、実際のところはどうかわからないわね。世捨て人みたいなものだったけど、変なところで行儀《ぎょうぎ》がよかったし」

アーノルドは没落貴族の可能性などを考えた。しかしこのマードリーが敬意を見せ、これほどの実力をつけさせた者を国が手放すとも考えられない。

神人級の魔法師一人で一体どれほど国として優位に立てるか考えれば、もはや鎖に繋いででも留めておくだろう。留めておけるのかは別問題であるが……。

正直いまのアーノルドには神人級の魔法師というものが一体どれほどの力を持ったものなのかわからない。それだけでなく公爵の力もわからないのだ。超越騎士級《トラシエンデレナイト》や聖人級といってもはたしてその力でどれほどのことができるのか。ただ漠然《ばくぜん》と強いのだろうなくらいにしか思っていない。

アーノルドは思考の海に溺《おぼ》れかけていたがマードリーの一声で現実に戻ってくる。

「今は私のことなんてどうでもいいのよ。さぁ次行くわよ。次はＨＰね。これはまぁ耐久力《たいきゅうりょく》だと思っておけばいいわ。でもどれだけ高かろうが当たりどころが悪ければ死ぬわ。で、次にＭＰとＥＰね。世間一般ではマナとエーテルがどれだけ貯められるかを表しているものよ。高ければ高いほどいいわ。でもどれもそうだけど高いからといって中身が伴わなければ勝てないから慢心してはダメよ。貴族の中には高いだけで傲慢になって全く努力をしないなんてやつも一定数いるから、あなたはそんなのになっちゃダメよ。心配はないだろうけどね。次に力。これは攻撃力の威力に関わるものね。同じ技を放ったとしても力が強い方が威力が高くなるわ。体力はまぁその名の通り持久力を表しているわ。これはAもあれば十分よ。知力は頭のかしこさや技に対する理解度などが上がると言われているわ。精神は平たく言えば痛み耐性ね。あとは精神の乱れにも強くなるから、強い人ほどこれが高かったりするわね。敏捷《びんしょう》はその名の通り素早さを表しているわ。器用は手先の器用さを表しているわね。剣術だと小手先の技に影響したり、魔術だと技を自由に作るのに影響するわね。あとはそれぞれの魔法属性への適性よ。……ここまでが、大体教会や学校で教えられることよ」

「さっきからいやに他人事な言い方をしているな。お前の考えは違うと言うことか?」

「ええ、そうよ。まずはMPとEPね。こんなもの意味のないものよ」

マードリーは吐き捨てるかのように言った。

「?　……どういうことだ?」

マードリーのいきなりの全否定にアーノルドの頭に浮かぶのは疑問符だけであった。

「マナやエーテルがどういうものか知ってる?」

「いや……。だが時間と共に自然回復するものだということは聞いた」

「そうね。でもなぜ時間と共に回復するのかしら?　体内にある架空の器官が生成しているのかしら?」

「……答えはまだわかっていないと聞いたが?」

コルドーが架空の臓器を創るといった話をしていたが、あれはあくまでイメージの話だ。事実ではないと考えた。

「いいえ、答えは出ているわ。ただ教会が自分達の都合の悪いことだから事実を伏せているに過ぎないのよ。あなたはエーテルについて習っているときに騎士の子にできるだけ大きな臓器を想像するようにと言われていたわね？　なぜだったかしら？」

騎士の子とはコルドーのことだろう。子というようには違和感があるが。それに当然のように覗き見していたことは一旦スルーする。

「……小さい臓器を想定すると貯めておける絶対量が少なくなるから、だと言っていたな」

「そうよ。でもそれはおかしいと思わない？」

アーノルドはそう言われて首を捻《ひね》った。想像によるものならば理に適っているように思わなくもない。そして考える。

（おかしい？　……何がおかしいんだ？　こういうときは一度全てリセットして、わかっている事実から考えるんだ。そもそもエーテルとは何だ？　……少なくとも前世にはなかったものだ。この世界特有のもの。そしてどこから生み出されているのかわからないもの。オーラというもので見えているようには思えるが実体のない概念的なものだ。そしてエーテルを扱うにはイメージが大切となる……。そして小さい容器を想定すればエーテルは少なくなる傾向があり、大きな容器を想定すればエーテルは多くなる傾向にある）

「わからないかしら？」

ジッと動かなくなったアーノルドにマードリーは底意地の悪そうな笑みを浮かべてそう言った。

「ちょっと黙ってろ」

アーノルドは顎《あご》に手を当て、さらに深く考え始めた。

(一度整理しよう。エーテルは概念であり、イメージによって変動するものである。そしてあいつはマナやエーテルの最大蓄積量の潜在能力を意味のないものと言った。意味がないとはどういうことだ？　GであろうがSSSであろうが同じであると？　ん？　概念……っ⁉　そうか、概念でありイメージでどうとでもなるということは……)

「そもそもの前提が間違っているのか……」

アーノルドは誰に聞かせるでもない声量でそう溢す。

その言葉が聞こえたのか、マードリーは少しばかりその口元に微笑みを浮かべている。

「続けて？」

「マナやエーテルを体内で貯めているという想定自体が間違っているんだ。体内にはどうしても体積の限界がある。だから貯められるマナやエーテルに最大値というものができてしまう。ということは……マナやエーテルの偏りというのは最大値に対してその者が心のうちで望んでいる比率だということか？　だからマナとエーテルは相反すると？　それに想像によって最大蓄積量が変わるのならあの潜在値には何の意味があるんだ？」

後半は自問するように小さな声で言っていたため、マードリーにも聞こえていなかった。

考えれば考えるほどわからなくなっていく。だがそうは言っても、目の前の女はこれでもこの世の頂点に近しい魔法師だ。その言葉は無視できない。

「そうだとしたら、どうしたらいいと思う？」

そう問われたアーノルドは少しの間をおき、口を開く。

「そうだな……、そもそも貯める器を外に設定する」

「どんな風に？」

「この世界そのものが器だと考えればいいんじゃないか？」

「回復方法は？」

「……呼吸だな」

「具体的には？」

「呼吸をするたびに補給するイメージだな」

「……たしかに、それでもほぼ際限なく戦うことはできるでしょうね」

マードリーはよくできましたといわんばかりに微笑みながらアーノルドの頭を撫でてそう言った。

「でもね、まだまだ自由になれるわよ？」

アーノルドはここでまだマナやエーテルを体に取り込んで技を出そうという発想をしていることに気がついた。

「……そもそも呼吸などで補給するのではなく空気中にあるものをそのまま使えばいいのか？」

「まぁそれでもほとんど困らず戦うことができるわね」

一つの先入観を打ち破ったことにより、これだ！　とアーノルドは思っていた。それゆえまだ違うと言われたことで気分が落ち込んでしまった。

アーノルドのマードリーを見る目は若干鋭い。

「……なんだ？　これよりいい方法があるのか？」

「先入観というものは本当に怖いものなのよ。自分では消せているつもりでもその考えに縛られているの。そしてその縛りが多ければ多いほど人間はどんどん弱体化していくの。自由な人ほど強いのよ？」

ニヤッと挑発するかのようにマードリーは笑った。それに対してアーノルドは難しい顔をしてため息を吐く。

「……ちょっと待て」

アーノルドは答えを聞くことを拒否し、再び考える姿勢に入ろうとした。

「今日はもう時間がないからここまでね。明日までの宿題にしておくわ」

マードリーはそう言うと講義を終わりにし、帰っていった。

だが、アーノルドは返事も、帰っていくマードリーを見送りもせず、夕食の時間も入浴中もひたすら答えを考え続けていたのであった。

――▽▽――

次の日、アーノルドはまずマイヤーの授業を受けていた。

「それじゃあ、今日の授業はこれでおしまいです。それでは今日の分を渡しておきますね」

そう言ってマイヤーはまたしても毒々しい色をした液体が入った小瓶を渡してきた。

昨日アーノルドはこれと同じものを夜に飲んだのだが、まだ初めてだったからか嘔吐《おうと》や下痢《げり》に襲われあまり寝ることができなかった。それゆえアーノルドがその毒を見る目は死んでいた。

（だが、この程度で投げ出すわけにはいかないな……）

表情とは裏腹に強さに対する渇望《かつぼう》とそれを支える強靭《きょうじん》な精神力によって既に覚悟は決まっていた。ここで諦めるなどありえないと。

（しかし、昨日はこの毒のせいであれ以降考えられず、あの答えが何なのか何も思い浮かばなかった）

マードリーの問いへの答え。いまだそれらしい解はなにも思い浮かばない。


遠征にかかる費用について金庫番と話し合い、最後まで喚《わめ》くだけだったメイド長への処罰を終えたアーノルドは、次の予定である魔法の講義を受けるために学習室に向かう。

（金庫番の視線に侮蔑《ぶべつ》はなかったが……かといって友好的とも取れないものであったな。敵か味方か……先送りだな）

メイド長の処罰は解雇だけということになったが、その結末は解雇で済むほど愉快《ゆかい》なことにはならないのは容易に想像できる。

役に立たない者をあのオーリがどうするかなど考えるまでもないだろう。

とはいえアーノルドはそれも含めてどうでもよかった。

そしてアーノルドは学習室の扉を開ける。

「さぁさぁアーノルド君！　昨日の宿題の答え合わせをしようではないか！」

昨日とは口調も変わりおちゃらけた雰囲気のマードリーが扉の前にいた。

おそらくはわざとだろう。アーノルドのことをからかう気満々の笑みを浮かべているように思える。

（こ、こいつ……私が答えがわかっていないことに気づいていやがるな？）

アーノルドは思わず顔を引《ひ》き攣《つ》らせた。

「あれ～、どうしたんだい？　そんなに固まっちゃって」

ニマニマしながらアーノルドの頰を指でツンツンとつついてきた。

「うぉ、予想以上にプニプニだな」

アーノルドの頰をつついたマードリーはびっくりしたような素《す》の声を上げた。

だが、幼児の頰などそんなものだろう。

アーノルドは煩わしそうに、いまだにつついてきているマードリーの手を振り払った。

「ごほん、まさかわからなかった……、なんてことはないわよね～？」

マードリーはそう言いながら、またしてもアーノルドの両頰に手を伸ばし、今度は頰を引っ張ってきた。

「……ええい！　鬱陶《うっとう》しいわ！」

バッとその腕を振り払うとマードリーはヒョイと空中に避けた。明らかに宙に浮いている。

アーノルドは驚きで少しばかり目を見開いているが、そんなことはおかまいなしにマードリーは続ける。

「それで？　本当に何も思いつかなかったの？」

寝そべった姿勢とも言える体勢で空中に浮かぶマードリーは先ほどまでとは違い普通の口調でそう聞いてきた。

「はっ。そもそもマナやエーテルなどなければいい」

アーノルドは吐き捨てるように適当にそう言った。

そんなものがなければ、いまここでからかわれることもなかっただろうと。

「あら？　わかってるんじゃない」

だが、それに対するマードリーの反応は予想に反していた。

なぁんだ、と口を尖《とが》らせながらマードリーは黒板の前までふわりと飛んでいく。

それに対してアーノルドは固まったままである。

「こっちにいらっしゃい」

マードリーが黒板の前にある椅子を指し、アーノルドは渋々ながらその椅子に座った。

「さて、それじゃあ答え合わせをするわね」

アーノルドは実際にはわかっていなかったがマードリーの優等生を見るような目を見て今更言い出せる雰囲気でもなく、内心もやもやとしながらその説明を聞いていた。

「マナやエーテルは概念的なものであり想像でどうとでもなるの。もちろん、大気全体をマナやエーテルの貯蔵庫とみなしてそこから無限に使うというようなものでも、まぁ枯渇《こかつ》をイメージするほど使うことはないと思うから永遠に使うこともできるとは思うわ。でもね、もっと良いのは、そもそもマナやエーテルなんて存在しないと思うことよ。そもそもマナやエーテルを媒介《ばいかい》としないと使えないなんて考える必要ないじゃない？　魔法というものは自由なものなの。ただそれを発動するために皆はマナが必要であると思っているだけ。そもそもマナなんていう架空のものがなくとも魔法なんていくらでも発動できるのよ？」

「だが、私はこの前エーテルの使いすぎで倒れたと聞いたぞ？　それはどう説明する？」

エーテルというものが本当にないというのならば、枯渇によって倒れるなどという現象が起こるはずがない。マードリーは自信満々に言っているが、アーノルドからすれば荒唐無稽《こうとうむけい》な話にしか思えなかった。

とは言っても頭ごなしに否定するつもりはない。

目の前の女はたしかにこちらをからかったりしてくるが、それでも魔法という一点においては常軌を逸した信念とでも言える何かを持っている。アーノルドをただ無意味に騙《だま》すということをしてくるとは思えなかった。

「プラシーボ効果って知っているかしら？　本当でないことを思い込みによって本当にする……。そういう呪いみたいなものがこの世界全体にかかっているのよ。エーテルが存在していると認識している人にはエーテルが存在している前提でこの世界の法則に従うことになる、存在しないと思っている人には存在せずに世界の法則に従うことになる」

「じゃあ、この世界ではそれぞれ異なる法則で皆が動いているというのか？」

前の世界では考えられぬことだ。全ては同じ物理法則によって支配されていた。だが、マードリーはこの世界はそうではないという。そんなことがありえるのかと疑いの眼差《まなざ》しを向けざるをえない。

「いいえ。残念ながらこの世界の九九・九パーセントはある一つの法則で動いているわ」

それからマードリーは魔法に関して様々な説明を行った。

「まぁとりあえず、魔法の原理は説明したわ。あとは自由に色々やってみなさい。あ、そういえば属性ってのがあるけど、これはどこまで知ってる？」

「火は火力に特化した魔法が多く、水は防御に適している魔法が多く、風は補助系の魔法が多く、土は相手を拘束する魔法に強く、光は回復させる魔法が多く、闇は相手を弱体化させる魔法が多い」

本に書かれているような模範的《もはんてき》な解答。といってもどれも模範的なだけで実情とは程遠いが。

実際どの魔法にも攻撃や防御といったものは存在する。使い方次第とも言えるだろう。

マードリーもその解答に頷きながらも、にっこりと笑みを浮かべそれを切り捨てる。

「それはもう忘れていいわよ。そんな枠にはめた魔法なんてなんの役にも立たないもの」

「それも自由だってことだろ？」

アーノルドはもはや聞かなくともマードリーの言いたいことがわかった。

「そうよ。教会は光魔法でしか回復できないなんて言っているけど真っ赤な嘘。火だろうが、水だろうが、闇だろうがどれでも回復しようと思えばできるのよ」

教会は治癒魔法《ちゆまほう》の使い手を教会で囲い込み、治癒魔法を神聖魔法と命名し、負傷者にお布施《ふせ》を貰うことによって回復を施している。

「教会は表向きは民に対して慈悲深い姿勢を見せて信仰を集めているけど、その実態は自分達のいいように扱っているに過ぎないわ」

「教会の末端《まったん》どもはそれを知っているのか？」

アーノルドは心なしか不機嫌そうな声色でそう問うた。

「いいえ。知っているのは、司教や大司教といった幹部連中だけよ。まぁ何人か腐敗《ふはい》に気づいて正そうとした人がいるけれど、みんな口封じされてしまったわ」

マードリーは知り合いがそうなったのか心なしか悲しそうな表情でそう言った。

アーノルドはそれを聞き頭の中が真っ黒に埋め尽くされた。上の立場の者が不正を正そうとした下の立場の者を排除する。これはまさにアーノルドが前世で経験した構図である。

どこであろうと変わらぬ理不尽の構図。アーノルドにとっては赦《ゆる》せぬことだ。

「落ち着きなさい‼」

マードリーの怒鳴るような声が聞こえてきてアーノルドの意識が闇の中から戻ってきた。

そしてアーノルドの目に飛び込んできたのは真っ黒に塗りつぶされた部屋であった。

「な、なんだ⁉　これは……」

あまりの光景にアーノルドは少し声を震わせながら声を絞り出した。

「あなたがやったのよ。上に立つ者になるつもりなら、もう少し感情を抑える術を学びなさい。毎回こんな風に暴走していたらいつか大事な者まで巻き込むことになるわよ」

その時、扉が勢いよく開けられた。

「アーノルド様！　ご無事ですか！」

騎士とメイドが部屋に雪崩《なだ》れ込んできた。

「「「っ‼」」」

真っ黒になった部屋を見た騎士とメイド達の息を呑《の》む音が聞こえてきた。

アーノルドはこの事態をどうしたものかと思わずため息を吐いた。

その後の後始末はそれほど難しくなかった。騎士やメイド達には魔法の練習中の事故である

かった。


という説明をし、マードリーが魔法で部屋を元通りにしてくれたのでそれほど大事にはならなかった。

(黒いオーラか……。これはなんなのだろうな)

元通りになっていく部屋を見ながらアーノルドは自身の黒いオーラについて考えていた。

アーノルドが普段エーテルを扱うときに可視化されるオーラの色は金色だ。コルドーとクレマンがアーノルドが黒いオーラを纏っていたことについて話していたが、アーノルドは一度も見たことはないので実感はなかった。だが、これを見れば嫌でも意識せざるを得ない。

(普段は金色のオーラだが、黒色になるときもあるか。黒色が確認されたのは一度目はコルドーとのエーテル循環、二度目はさっきの出来事……)

一体何が基準でオーラの色が変わるのか。少なくともアーノルドにエーテルの色がどうこうといった感触はまったくない。普通に使えば金色のオーラになるだけだ。いまも黒色のオーラなど出すことはできない。

「なぁ、オーラの色が人それぞれ決まっているってのは本当なのか?」

アーノルドは部屋を元通りにしているマードリーにそう問い掛けた。この中で最もそれに詳しそうだと思ったからだ。

だが、マードリーの返事は歯切れの良いものではなかった。

「う〜ん、それね〜。正直わからないってのが私の答えね」

「お前はマナやエーテルを存在しないものと考えているなら、そもそもオーラというもの自体あるのか?」

エーテルやマナがないというのならば、はたしてこのオーラというものは何なのか。

「出そうと思えば出せるわよ？」

そう言ったマードリーは紫色のオーラを具現化させた。

「色を変えることはできないのか？」

「そうね、できないのよ。私のオーラの色はいくらやっても紫にしかならないわ」

マードリーは苦虫を噛み潰したような顔をした。本当に魔法が自由だというのならばその色も自由に変えられるはずである。アーノルドはそこまで考え、マードリーに釘を刺される。

「それについて考えるのはやめておいた方がいいわよ。もし魔法や剣術を制限なく使いたいならね」

「……そうか」

アーノルドは思考を強制終了させた。疑問は尽きないが、全てが全て一言で納得できるほど世界は簡易なものではないのだろうと。

「さて、座学も飽きてきただろうし、最後に魔法師の階級だけ説明して庭にでも行きましょうか。魔法師の階級は五つに分けられるわ。平人級《ウォーン》、貴人級《ノブレス》、聖人級《ハイリ》、帝王級《ペラトーレ》、神人級《テオス》」

マードリーは指を一本ずつ上げながらアーノルドに向かって話した。

「あなたはどのくらいまでなりたい？」

「当然頂点だ」

うんうん、と嬉しそうに首を縦に振りながらマードリーはアーノルドに微笑んだ。

それから中庭の方へと移動した。

「さて、それじゃあお待ちかねの初めて魔法を実践するお時間ですよ～」

マードリーはバッと手を大きく広げてウインクしながらそう言ってきた。

正直マードリーのテンションにはついていけないときがある。おそらくアーノルドを子供扱いしているのであろうが、アーノルドとしてはそのような扱いをされても死んだような目になるだけだ。

といっても、精神はたしかにもはや大人といって差し支えないが、その見た目は完全に子供である。そこに突っ込む必要もないかとアーノルドはため息を一つ吐いた。

「それでどうしたらいいんだ？」

「簡単に言ってしまえば、自分の起こしたい事象を明確にイメージするだけよ。あ、最初にやるのは水を出すとかくらいにしておきなさい」

マードリーは特に実践することもなく、手とり足とり教えてくれるでもなくそう言うだけであった。

「それでできれば苦労しないと思うが……。もう少し具体的に何かないのか？」

イメージだけでできるというが、それだけでできるならば前世でも魔法が使えただろう。といっても世界の法則は違うだろうが。

まぁ要は、それでできれば苦労はしないということだ。

「う～ん、あなたは魔法が使えるってイメージを持っているかしら？」

「いや」

「それなら、まずは魔法が使えることが当たり前だと頭を騙すことね」

アーノルドはマードリーの説明を聞き、こいつを教師にするのは早まったか？　と思ってしまった。魔法が上手いことと説明することの上手さはイコールではない。

「そう言われてもな」

前世では魔法などなかったので使えるイメージなど微塵《みじん》も持てなかった。それにその手のものを妻のように読んでいたわけではない。魔法と言われ思い浮かぶのは映画の中で見たようなものだけだろう。

アーノルドはとりあえず手に力を込め、手から水が溢《こぼ》れてくるイメージをした。

……しかし全く出てくる気配がない。ただ手のひらがそこにあるだけだ。

「とりあえず、一度私が魔法を使うからそれを見て自分も使えるとイメージしてみなさい」

マードリーはアーノルドから少し距離を取った。

少ししてアーノルドでも感じ取れる何かが体を駆け抜ける。

「こんな感じよ」

マードリーの周囲にまるで生きているかのように水が渦巻き始めた。

太陽の光が反射して水がキラキラと輝き、まるで踊りを踊っているかのような状態だった。

その水が渦巻く中心に妖艶さすら伴ったマードリーがおり、それはとても神秘的で美しい光景に見えた。

そしてその光景は、アーノルドに、自分もあれをやってみたいという気持ちを起こさせるには十分であった。

マードリーの周りに渦巻いていた水の一部が動き出したかと思うと、アーノルドに近づいてきてそのまま無抵抗のアーノルドを飲み込んだ。

すぐさま周りに控えていた騎士達が駆け寄って来ようとしたが、アーノルドは手でそれを制した。

(何の真似かと思ったが、水の中にいるのに何も感じない。温度も液体感も……。そもそもこれは水なのか?)

視覚的にはそこにあるが、それに触れるアーノルドにはなんの感触もなかった。

そこでアーノルドは思い切って、息を吸ってみる。

(呼吸すらできるのか‼)

普通に呼吸ができたのである。おそらくこれは水であって水ではないもの。太陽の光が反射しているように見えるが、それすらもマードリーによるものかもしれない。まさしく概念的なものだろう。

アーノルドは魔法とは自由であるとはよく言ったものだと納得した。たしかにこんなことができるのであれば自由だろうと。そしてその使い方に想いを馳せ、胸の高まりを感じていた。

「あら、いきなり呼吸をするなんて度胸があるのね。でも戦闘の際にそんなことしてはダメよ? もしこれが悪意ある攻撃ならその魔法を体内に忍び込ませていくらでも体内から攻撃できるのよ?」

実際そんなことができる魔法師などほんのひと握りであろうが、可能性があるのならやるべきではないだろう。

アーノルドがたしかにそうだろうと納得していると、マードリーは指をこちらに向けてウインクをしてきた。アーノルドが怪訝《けげん》に思っていると、

「ゴハッ‼　ゲホッゲホッ……」

マードリーはアーノルドに纏わせていた水魔法を本当の水に変えたのである。マードリーの制御を失った水はすぐに地面に落ちていったがアーノルドは水を少し吸い込んでしまった。それゆえ、咽《む》せたのである。

「こんな風に自由にできるのよ？」

「ゲホッ……ゲホッ‼　……ゲホッ……なる、ほどな」

アーノルドは一瞬ギロリとマードリーを睨んだが、それも刹那《せつな》、次の瞬間にはびしょびしょになりながらも不敵に笑っていた。

それを見るマードリーもまた不敵に笑う。

「どう？　少しはイメージできたかしら？」

そこにアーノルドに対する罪悪感といった悪びれる様子など皆無《かいむ》である。控《ひか》えていたメイドが慌てたようにタオルを持ってアーノルドに駆け寄ってきた。

だがマードリーがそれを制す。

「ああ、それはいらないわ」

マードリーがメイドにそう言ったあとアーノルドに手を向けると、アーノルドの全身がまるで元々濡れていなかったかのように一瞬で乾いた。

「ね、便利なものでしょ？」

マードリーはまるで幼児のように楽しそうな笑みを浮かべていた。その様子は本当に魔法が好きなのだなと誰であれわかるものであった。教師というよりは、夢中で自分の好きなものを他者に布教《ふきょう》している者といった感じだろう。

だが、それでもこのマードリーの扱う魔法の可能性は素晴らしいものだ。普通の魔法ならば、まずそれぞれの属性に定められた下位魔法から始めることになる。そして、詠唱《えいしょう》をして魔法を発動する。

だが、自由に作る魔法に詠唱などあってないようなものだ。もちろん入れたければ入れられるそうだが、戦闘中にそんなタイムロスになることをわざわざするつもりはない。この魔法を扱えれば、魔法師に対してもかなりのアドバンテージが取れるはずだと、アーノルドは笑みを抑えきれなかった。そして訓練へと没頭《ぼっとう》していく。

——あれから何分が経過しただろうか。

アーノルドは魔法を発動するために何も聞こえぬくらい没入していた。

マードリーが魔法を使うときに感じた何かの波動。そして実際にマードリーの魔法に包まれたことによって感じた何か。ただひたすらにイメージする。

イメージするのは蛇口から水が流れ出るような光景だ。それならば、何かあったとしても蛇口を捻れば水を止められるはずだと。

マードリーも周りにいる騎士や使用人達の誰も言葉を発さず、ただひたすら待っていた。周りの騎士達からすれば何をやっているのかという状況であるが、あのマードリー・レイラークの授業である。普通ではないだろうと特に気にしてはいなかった。だが、あわよくば自分も少しばかり得るものがあればと思っていただけにいまの状況は拍子抜けであるとも言えるだろう。

まだアーノルドは動かない。

マードリーもその集中力には驚嘆《きょうたん》したほどである。それは魔法師にとって大事なものの一つ。たしかに詠唱によって繰り出す魔法は、ある意味詠唱し、そこそこの集中力があれば〝勝手に〟発動するというメリットともいえるものがある。だが、マードリーのようにイメージで魔法を発動するには慣れるまで多大な精神力が要求される。いつも万全の状態ならばそれほど支障はないだろうが、戦闘中にダメージを負えばそれだけ集中が乱れるのだ。

そこで大事なのがどれだけ他を切り離し一つのことに没入するかである。もちろん戦闘中にそれ一つに没入するのは論外であるが、肉体と精神を切り離せるのはある意味才能だ。その点ではアーノルドにも魔法師として戦う才があると言えるだろう。

マードリーは特に何も言わない。初日はアーノルドの自由にやらせるつもりであった。いきなり自分で考えさせることもなしに教えるだけというのは、魔法の発想の柔軟性という点で支障が出ると思っていたからであった。教えられてそれを実行するだけなら簡単だ。ただ最低限魔法を使えるようになりたいというのならばそれもいいだろう。

だが、アーノルドは頂点を目指すと言った。ならば凡人《ぼんじん》の製造方法などに意味はない。たとえ、アーノルドに時間がないと知っていても、マードリーの矜持《きょうじ》がそんなことを許さない。魔法に妥協《だきょう》はしないのである。

そのとき、ピチョンとアーノルドの手のひらから水滴が地面に落ちた。

周りの騎士やメイド達からおお～と歓声が上がった。

マードリーは表面上は微笑んでいたが内心ではそれに驚いていた。たしかに自分はいきなりこの方法でやったわけではない。普通に初等部に通い、そこで初めて魔法というものを習ったのだ。だが、初めて魔法を使えるようになるまで数ヶ月はかかった。それをアーノルドは魔法の原理が違うとはいえ、一時間もかからず発現させたのである。十分驚嘆に値した。

水が出せたアーノルドは目を開け自分の手を見つめた。

「おめでとう。まさか初日に使えるようになるとは思わなかったわ」

マードリーの表情は驚喜といったものであった。そこに妬《ねた》みなどは一切ない。本心からアーノルドが魔法を発現させたことを喜んでいるのが伝わってくる。本当に魔法が好きなのだろう。

「使えたと言ってもたかだか水を一滴出せただけだけどな」

アーノルドは若干照れも混じった表情を抑えてそう言った。

「まぁみんな最初はそんなもんよ。使えただけでも十分すごいことよ。あとは練習あるのみね」

アーノルドはその後もひたすらイメージの練習を繰り返し、日が暮れるまで魔法の練習をやめなかった。

剣術に魔法。アーノルドはやっとこの世界の武の力の習得に一歩踏み出したのである。

第五章　覚悟と覚醒

メイドを殺した一件から一五日後。

アーノルドの剣術の訓練も本格的に始まり、コルドーだけでなく数人の騎士と一対一での実戦形式で打ち合いの訓練をすることが増えてきていた。

それとは別に基礎トレーニングもしているが、そんなすぐに筋肉も体力もつくことはなかったのでたいした違いはないといえるだろう。

いくら潜在能力が高かろうとそう易々と人間の限界というものは超えられないのだ。

だが、五歳になる前から走り込みはしていたため、この年齢の平均以上の持久力は持っているのは間違いない。

それに子供の体というのはある意味では疲れるのも早いが、自分の好きなことをやっているときというのはなんとも元気なものであるためか、回復も早い。

身体強化についてはまだ長時間は無理であるが、効率よく使って全く動かない状態ならば数時間程度は維持できるようになってきていた。

だが、そうは言っても、まだ身体強化の強度も弱いし、それを使った状態で一時間ほど動けば解けてしまう状態だ。まだまだ磨きをかけなければとても実戦で使えはしない。

だが、コルドー曰く、こんな成長速度はありえない、ということであった。

そもそも身体強化は生涯をかけても使えない者が多いのである。それを五歳で使えるというだけでも異質だと言う。

はたしてダンケルノゆえなのか、それともアーノルドが異世界からきていることが原因なのか。理由はアーノルドにもわかってはいない。

だがアーノルドにとってそんなことはどうでもいい。たとえただの血筋だろうが、見知らぬ神からの贈り物だろうが知ったことかと。もうこれは自分の力である。その事実に違いはないのだから。

そしてアーノルドは、マードリーの言う概念の呪いの枠外にあるからか、手や足だけといった部分的な身体強化ができるようになっていた。

コルドー達のような普通の騎士達は、身体強化をすると全身をエーテルで覆うことが普通であるので、部分的に使用することはできない。するとしても全体に身体強化がかかった状態で、ある一部分だけを強化するといったもの。

部分的に使えるメリットとしてはその消費量を抑えられるということが挙げられるだろう。

だが、この言葉からもわかると思うが、アーノルドにとってエーテルは実在しているもの。マードリーの言葉が正しいのならばエーテルは存在しないもののはずだ。存在しないものの消費量など抑える意味などない。アーノルドは一度それがあると考えたからか、エーテルという概念を払拭《ふっしょく》できていない。

だが、はたしてエーテルやマナというものが存在しないというのも本当かどうかは疑問に思わなくもない。

マードリーを疑うわけではないが、アーノルドは既にエーテルというものの存在を感じ取っている。いや、それこそが概念の呪縛《じゅばく》なのかもしれないが実際どうなのかアーノルドにはわからなかった。

だが、成長目覚ましいアーノルドは予想を遙かに超えて強くなっていっていた。

最初は剣の持ち方や振り方も素人同然《しろうとどうぜん》のアーノルドだったが、コルドーに教えられ数日もすればまるで元から知っていたかのように熟練の剣士のような綺麗なフォームとなっていた。

だが、これはアーノルドの努力の賜物《たまもの》とも言えるものだ。寝る間すら惜しみ身体強化をしながら一心不乱に素振りをし続けていたのである。それに付き合わされたコルドーは文句こそ言わなかったが、その執念ともいえる専心《せんしん》には若干引いていたといえる。それゆえ一概に才能という言葉だけでは片付けられないだろう。

そしていま現在行っている模擬戦では、身体強化なしでもダンケルノ公爵家で見習い騎士として訓練している小姓《ペイジ》級相手の模擬戦ではもはや負けることはなくなり、従騎士《エスクワイア》級とも互角と言えるまでには渡り合えるくらいにはなった。

だが、もちろん互角とはいっても筋力差があるため、ある程度の手加減はされている。戦いになるほどの次元には至れたということだ。これはアーノルドにとって本当に嬉しい誤算であったと言える。

前世では喧嘩《けんか》すらまともにしたことがなかったが、アーノルドのいまの体がハイスペックだからなのかその吸収速度が凄《すさ》まじい。

魔法の方も順調であり水、土は大分扱えるようになってきた。

まだ、水は水、土は土といった風に扱えるだけで、マードリーのように水であるけれど水ではないといったものを生成することはできなかった。

目に見えるものを否定するというのは存外苦労することなのである。

しかし着実にできることは増えていっていた。

ちょっとした事故としては、風魔法を扱おうとしたときに台風のような暴風を想像してしまったために庭が凄まじいことになってしまった。庭師には申し訳ないがなんとか元に戻してもらうとしよう。

そもそも練習できる場所がないのが問題である。この別邸には訓練場がなく、毎日本邸の近くにある訓練場を往復するのも時間効率が悪い。

この屋敷は生活するのには困らないが、訓練という意味ではかなり遅れを取るのだろう。

だがそれでもその移動時間を考慮すれば、わざわざ本邸にいく選択肢はない。コルドー達騎士には申し訳ないがこれからもこの別邸に来てもらうことにした。

マードリー曰く、一つの魔法が扱えたならもうあとはイメージだけの問題らしい。だからやろうと思えばもう大きな魔法を放てるはずだと言われた。

だが、いくら魔法は自由に作り出せるといっても、それを扱えるかどうかは別問題だということだ。扱い慣れていないときに大きな魔法を使えば、それこそ被害が広まるどころか自分にも牙を剥く。それゆえ今は細かいコントロールができるように練習をしている。

ここ二週間はだいたいこんな感じである。

だが、あの部屋を覆った黒いオーラはいまだに何か判明していない。それどころかあのオーラを出すことすらできない。自分の力であるはずだが、全く理解できないものである。

そしてオーラについても学んだが、とある本によれば基本的にオーラというものはエーテルやマナといったものを扱うときに漏れ出た力の断片のようなものだという。だが、それだけではなく、オーラそれ自体を力として扱う者もいるのだとか。

コルドーに聞けばそれはコルドーのような大騎士級《マスター》の者達が扱う『オーラブレイド』というエーテルを押し固め飛ばす技に由来しているのではないかと言われた。

オーラの色についてはまだ不明な点も多いそうだが、オーラの色によってある程度得意不得意といったものがわかることもあるそうだ。だが、これは気休め程度で誰にでも当てはまるものではないらしい。

そしてアーノルドのもう一つの色である金色のオーラについても調べてみた。これについてはいくつかの書籍を読んだが、金色という色については載っていなかった。色にも微細な違いがあるので、アーノルドのこれは金色なのではなく黄色に分類されるのかもしれない。だが、明らかに金色に輝いているように見える。

それと問題となっている黒だが、これは記載があった。

数は少ないらしいが、それでも今までも何人かは黒色に近いオーラというものはいたそうだ。だが、それはアーノルドのように純然たる黒ではなく、何かの色に近い黒といったものであるそうだ。だがそれであっても、正直大したことは書かれていなかった。黒に不吉な印象を持つかもしれないがそんなことはないだの、相手の動きを阻害したり、精神に働きかけたりするような魔法を好むものが多いなど、アーノルドが知りたいようなことは載っていなかった。

マードリー曰くおそらくアーノルドは闇に対して適性があり、闇で魔法を使うのが最も効果的に魔法の効果を発揮できるだろうということであった。

が、なぜだかいまだに闇魔法を扱うことすらできていない。そもそも闇というものをどう想像したらいいのかがわからない。闇とは何なのだろうかと。

だがしかし、予想よりかなりまともに戦えるようになってきたのは本当に嬉しい誤算であった。この調子なら守られるだけで終わるなどといった惨《みじ》めな結果にならなくて済むだろう。

そして数日後、従騎士級の昇格試験を受けることになっている。

これを受けるアーノルドの目的としては、自身がいま一体どれくらいの実力があるのかということを試してみたいというもの。

ただの模擬戦と昇級試験では、そこにある戦闘への緊張感や経験値が段違いである。戦争の前にそういった実戦に近しい雰囲気というのは味わっておきたい。

それとダンケルノとしてのアーノルドにとって重要な目的として、ダンケルノ公爵家に所属する騎士達にいまのアーノルドがどれほどの力を有し、仕えるに値するのかというのを見せる場というのも兼ねている。

戦争は一人でできるものではない。少なくともいまのアーノルドは一人で勝てるほどの力など有してはいない。

だからこそ、その騎士を集《つど》うために従うに値するということを見せに行く。

だが、正直アーノルドはそれについてはついで程度としか考えていない。戦争はあくまでも降って湧いてきたものであり、勝つことはあくまでも目的ではない。アーノルドの目的は強くなることである。強くなるために勝つ必要があるならば勝つだけ。それだけをしておけばいい。

だが、問題というのは常に向こうからやってくる。

「アーノルド様、サーキスト第二王子の使者を名乗る者がお越しになられました。現在客間にお通ししておりますがどうなされますか？」

マードリーと魔法の鍛錬《たんれん》をしているときにクレマンがそう報告してきた。

それを聞いたアーノルドは思わず顔を顰《しか》める。

（王族だと？　この時期に来たということはワイルボード侯爵家《こうしやくけ》の件と無関係ではあるまい。だが、何をしに来た？）

サーキスト・ハルメニア。この国の第二王子にして、王妃の第二子。

アーノルドは王族との関わりなど当然ない。そして訪ねてくる理由など、この前の一件くらいしか思い浮かばなかった。

面倒なことになりそうだと心の中でため息を吐く。

だが、面倒であろうとも無視するという選択肢はない。

「わかった。今すぐ行く。マードリー、悪いが講義はここまでだ」

「わかったわ。それじゃあまた明日ね。言うまでもないでしょうけど練習しておくのよ」

マードリーはそう言い残し、そのまま去っていった。それと同時にアーノルドもすぐに屋敷の方に若干《じやつかん》早足で歩き出す。

王族の使者ということで最も高い格式の客室に通しているということであった。

しかし、アーノルドはいま現在訓練用の服装であったため、使者を出迎えるのに相応《ふさわ》しい服装に着替えに一度自室に戻る。

「用件は何かわかるか？」

アーノルドには戦争の件しか心当たりがない。戦争の件にせよ、そうでないにせよ、何かクレマンならば知っていそうだとアーノルドは睨んでいた。

「申し訳ございません。私もどのような内容かまでは把握できておりません。ただ、ワイルボード侯爵家が王家に助けを求めたという情報が入ってきております」

それを聞いたアーノルドは不愉快《ふゆかい》そうに眉を寄せ、難しい顔をした。

その後、着替えを済ませたアーノルドは客間へと早足で向かっていった。別に使者程度待たせておいてもいいのであるが、いまはアーノルドとしても時間が惜しい。さっさと用件を済ませて訓練に戻りたかった。

アーノルドは程なくして屋敷の案内のときに聞いた最も格式高い客間の前に到着した。

「ここだな？」

「はい」

アーノルドは使者が待っている部屋の扉の前で一度自身の服装に乱れがないかだけ確認し、扉を開ける。

「お待たせした使者殿。私がアーノルド・ダンケルノだ」

部屋に入るとすぐさま使者が席を立ち、アーノルドへの礼を示してきた。

「お初にお目にかかります、アーノルド・ダンケルノ様。この度サーキスト第二王子の使者として参らせていただきましたラントン・ドラゴノートと申します。以後お見知りおき頂ければ光栄でございます」

使者はアーノルドが予想していたよりもだいぶゴツい男であった。歳は五〇代ほどか、渋い声が特徴的だ。

（ドラゴノート。王族に忠誠を誓っている公爵家か。そしてラントンといえば現当主ではないか。ダンケルノとはいえ、たかが娼婦の子に使者として送ってくるにしてはなんとも大物だな。だが、ここまでするということは軽い用件ではないだろう。面倒だな）

アーノルドがそんなことを考えていると、ラントンが立ったまま話し出す。

「それでは早速ではありますが、サーキスト殿下のお言葉を伝えさせていただきたく存じます」

「悪いが、跪くことはせんぞ？」

本来王族の言葉を伝える際には使者は王族と同一の身とみなされるため跪いて聞かなければならない。そうでなくとも公爵家の現当主などというほぼ頂点の地位に位置する人を前に跪かなくてよい者など限られる。

現公爵と公爵の一子息、王家の使者と公爵の一子息、使者というのは場合にはよるが、それでも今この場においてはどちらであっても一般的にはラントンの方が地位は上だ。それゆえアーノルドの態度は不遜とも言えるもの。

だが――

「かまいません」

ラントンは表情一つ変えずにそう言い切った。そこに王族や自分の顔に泥を塗ったことに対する不快感など微塵も浮かんでいない。

それにラントンはアーノルドに対して子供ではなく、一人の貴族として接している。使者としては当然であろうが、並大抵の精神力ではないだろう。

（忠誠心とはすごいものだな。五〇にもなろうかという大人が、たかが五歳の子供に舐《な》めた態度を取られているというのに不快感一つ表さんとは。それともこれが上に立つ者としての資質なのか？　マードリーも感情をコントロールしろと言っていたしな）

アーノルドは心の中で感嘆の声を上げるが、あくまでも表情は冷徹なままであった。

「それではサーキスト第二王子のお言葉をお伝えします。しばしの間、静聴《せいちょう》の程お願い申し上げます」

アーノルドは鷹揚《おうよう》に頷いて続きを促し、ラントンが王族の言葉を厳粛《げんしゅく》なる声で読み上げる。

「『此度《こたび》のワイルボード侯爵家との戦いにおける一切に王族として介入することはない。また、此度の戦いにおいて出した被害の一切を不問とすることとする。ただしできるだけ被害は最小限に留めておいて欲しく思う。そして此度の戦いに勝利した際には、ワイルボード侯爵家の領地を王家が一〇〇〇億ドラで買い上げたく思っている。検討の程宜しくお頼み申す』以上でございます」

それを聞いたアーノルドは思わず目を細めた。

アーノルドはてっきりワイルボード侯爵家に頼まれ、和解の仲裁にでも来たのかと思ったが、どうやら王家はワイルボード侯爵家を助ける気がなさそうであった。

だが、思っていた内容とは違ったが、それはそれでアーノルドを悩ませる。

（前半は恩着せがましくこちらに寄り添っているアピールだろうが、そもそも王族とダンケルノには不可侵条約がある。介入しないことも不問とすることも当たり前のことでしかない。子供だから気づかず恩にでも感じると思ったか？　それに使者の名義が第二王子とは……。まぁそこは今はどうでもいい。問題は後半の土地の買い上げだ。王族としてはワイルボード侯爵領にある鉱山がダンケルノの手に渡ることを防ぎたいのだろうが……。正直、私も勝ったあとの土地の扱いに関しては困っていた。ダンケルノと繋がった土地でもなく、また管理を任せられる人員もいない。かといって放置しているだけでも経営資金がかかる。今の私には鉱山の開発もできないし手に余るだけのもの。しかし、かといってそれを他者に渡すのもできれば避けたい。おそらく私が管理しきれないとわかった上での提案なのだろうが、唯々諾々《いいだくだく》と従うのも許容できん話だ。何が最善か難しいところだな。まったく、頭の痛い問題だ。本当にあのバカメイドは余計なことをしてくれたな）

「金額にご不満があるなら増額もご検討されているとのことでございます」

アーノルドが考え込んでいるのを見てか、ラントンが粛然《しゅくぜん》たる声でそう告《つ》げてくる。

（……こちらの心を揺さぶってくる提案をしてきやがる。何をやるにも、これから多くの人員を動かしていくにも金がかかる。到底年間支給される一億ドラ程度では足りないだろう。必ず何らかの金策を用意しなければならない。一〇〇〇億ドラもあればそこに関する心配は当分の間なくなるだろう。どの道、商家との繋がりは必須であるが、軌道に乗るまでに時間がかかるやもしれん。いかに使用人共が私に忠誠を誓っていようと金がなければ生活もできんし家族も養えん。そう考えるとこの提案は短期的に見るとこちらにとっては厄介な土地を手放せつつ大

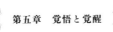

金が手に入る、一見するとよく見えるもの。だが、長期的に見ると鉱山が生む利益は一〇〇〇億ドラを超えるであろう。それだけでなく、王家としては単に土地が欲しいだけなのかもしれんが、周りから見れば王家が土地の買取という名目でその金を用意すると言っているとも取れる。そうなれば他家の力を借りないというルールに抵触したとみなされる可能性もある。取引ではあるが相場がわからん以上、はたしてその金額が適正のものと思うかどうか。そもそも王家と懇意《こんい》とみなされるのが此方《こちら》としてはマイナス要素であるし、王家がそれを見越して罠を仕掛けてきた可能性もある。互いに納得した契約であれば不可侵条約には抵触せんしな。たとえ実際に懇意でなく、ただの損得関係であっても、周りは勝手に邪推《じやすい》してそれが事実であるかのようになっていく。そしておそらくダンケルノと何かあったとしても切り捨てられるように、王家の人間でも王太子である第一王子ではなく第二王子の使者なのだろうな……。たしか第二王子はまだ七歳であったな。到底第二王子が考えたものとは思えん。形だけ第二王子の言葉というだけでほぼ間違いなくこの案を考えたのは王やその側近だろう。魅力的ではあるが、やはりこの提案は受け入れるべきではないか。それに解決方法がこれしかないわけではあるまい。わざわざ危ない橋を渡らずとも良いだろう）

この国の王家には現在、王子は三人、姫が二人いる。

ダンケルノはこの大陸では知らない者がいないほど有名であるが、この後継者争いの間が最も隙ができることもまた全世界に知られている。

基本的に何か起こっても後継者候補がそれぞれ対処しなければならないため、無能な後継者候補だと対処できず暗殺される者や、詐欺《さぎ》にあう者なども過去にはいたらしい。

敵は内部の人間や自国だけでなく他国の貴族や教会すら、削れる機会にダンケルノの力を削いでおきたいと考えてちょっかいをかけてくることが多いのである。

だが、公爵となってしまえばおいそれとは手を出すことはできない。それゆえ公爵になる前に厄介《やっかい》な芽は摘んでおこうと考えるのである。

アーノルドが何も言葉を発さないので部屋には沈黙が落ちていた。この場にいるクレマンもラントンも表情を変えずアーノルドが話すのをただ粛々《しゅくしゅく》と待っている。

幾許《いくばく》かの時が過ぎ、ついにアーノルドが姿勢を正してラントンを正面から見据えた。

「ラントン・ドラゴノート殿、サーキスト第一王子の申言《もうしごと》、相わかった。だが、その上でその申し出、断らせていただく」

アーノルドははっきりと断ると断言した。

ラントンは自身が敬愛《けいあい》する主人の申し出を断られたにもかかわらず一切表情を変えることなくアーノルドをしっかりと見据《みす》えるだけであった。

そして少しの間を空けてからその口を開く。

「そうですか……。その旨《むね》、しかとお伝えいたします。本日はお忙しい中お時間をいただき誠にありがとうございました」

「時間も遅い、良ければ晩餐を共にさせていただきたく思うがどうだろうか？」

アーノルドは貴族の義務としてラントンを夕食に誘った。もう時刻は夕方である。いまからここを出発したとしてもどうせ近くにある街で泊まるだけであろうし、泊まれるのかも定かではない。それにこの公爵城の領域内は広大ゆえに街に行くまでにもそれ相応の時間が掛かる。

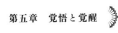

アーノルドは他者に阿《おもね》る気がないだけで礼をもって接してくる相手にはそれ相応の礼は尽くすつもりだ。

だが、ラントンは悩むことなくその申し出を固辞した。

「いいえ、お誘いいただき恐縮ですが、お気持ちだけ頂戴しておきます。すぐに帰らなければならないので」

「そうですか。残念ですが仕方ありませんね。それでは、お気をつけてお帰りください」

そう言うアーノルドの表情に微塵《みじん》も残念などという気持ちが浮かんでいないのは誰の目にも明らかであった。

「ええ、ありがとうございます」

「クレマン、案内して差し上げろ」

「は」

クレマンがラントンを案内する際に、ラントンが顔は動かさずアーノルドを一瞥《いちべつ》した。その瞳に込められた意味はわからないが、その目は僅《わず》かながらに細められていた。

ラントンを見送ったアーノルドは誰もいない客間のソファにグデンと行儀悪く座ってため息を吐いた。

(はぁ、あれが貴族の当主というものか……。ここの公爵とはまた違った威厳のようなものを感じたな。威圧《いあつ》されたわけでもないのに手が少し震えているか……。しかし、何のためにあのような大物がわざわざ来たんだ？　あの程度の話ならそれこそ、そこいらの使者でもよかっただろうに)

アーノルドは気づいていなかったが、アーノルドの体から黒いオーラのようなものがほんの僅かに薄らと揺らめいていた。

だがそれもすぐに引っ込み消えていく。


――▽▽――


「アーノルド様。お迎えに上がりました」

屋敷を出るとコルドーが敬礼して姿勢良く立っていた。

先日の使者の件から数日経って、今日は従騎士級の昇級試験を受けるために本邸の訓練場まで行くことになっていた。

さすがにここで試験をするには環境が悪すぎる。もちろん戦いなど、どんな環境で起こるともわからぬものであるためどこでやろうとも構わないと言えば構わないのであるが、今回の試験はそれだけでなくある種アーノルドのお披露目会《ひろめかい》だ。

そのために騎士が多くいる本館地区の訓練場まで行くのである。

この広大な敷地を歩いていくと時間がかかるので馬車でまた八〇分ほど揺られながら行くことになる。

「それで、何でお前もいる？」

アーノルドは若干呆れたように目の前の人物に問うた。

「え〜、弟子《でし》の活躍を見に行ったっていいじゃない？」

馬車の扉を開くとマードリーが馬車の中で既に座って寛《くつろ》いでいたのだ。

「そ・れ・に私がいるおかげでこんなにのんびりした空間で寛いでいけるのよ？　感謝してくれてもいいのよ？」

いまアーノルドが乗っている馬車は外見は普通の四人ほどが乗れる程度の馬車であるが、馬車の中を見ると屋敷の一部屋くらいの広さがあった。ダンケルノの馬車だからそういう高度な技術が使われている馬車なのかと思っていたが、どうやらマードリーの魔法によるものらしい。

「相変わらず便利なものだな」

アーノルドは本心からそう述べた。魔法一つで部屋を広くできるなど平民にとっては喉から手が出るものだろう。

だがこれもマードリーだからこそできることなのであろうが。

「あなたももう少し訓練すればできるようになるわよ。多分ね」

それから数十分、馬車に揺られ本館地区の訓練場に着いたアーノルドは馬車の外に出た。

そこでアーノルドが見たのは別邸とは比較にならないほど広大な土地であった。

辺り一面に訓練をしている騎士達がおり、その向こう側にアーノルドが前に見た本邸が見える。

アーノルドはたしかに本邸に住んでいれば簡単にここに来られるだろうと鼻を鳴らした。

だが、聞けば本邸が大きすぎるがゆえに近く見えるが、実際には歩けば十数分はかかるらしい。それでも許容範囲であることには変わりないだろうとアーノルドは内心で悪態《あくたい》をついた。

「失礼いたします、アーノルド様」

そこに一旦離れていたコルドーが戻ってきてアーノルドに声をかけてきた。コルドーの方を振り返ると後ろに四人ほど騎士を引き連れていた。

「本日昇級試験を担当する試験官をご紹介してもよろしいでしょうか？」

「ああ」

アーノルドが許可すると、その四人の騎士がアーノルドの前まで来て跪いた。

「左から順にアーノルド様にご挨拶せよ」

「大騎士級《マスター》のロマニエスと申します‼」

「騎士級《ナイト》のライザックと申します‼」

「騎士級のバフォリーと申します‼」

「エ、従騎士級のパラクと申し、ます‼」

四人がそれぞれ大声でアーノルドに対して自己紹介をした。最後の一人は緊張でもしているのか少ししどろもどろであった。

「ロマニエス、ライザック、バフォリーが試験の立会人を務めます。そして本日アーノルド様の従騎士級昇級試験のお相手を務めるのがパラクとなります」

アーノルドは改めて四人を見た。

ロマニエスは三〇代くらいのがっしりとした体型の男、ライザックとバフォリーは二〇代くらいの整った容姿の男達、パラクは一三歳から一五歳くらいといった、まだまだ他の騎士に比べたら体の線が細く小さい少年であった。だがそれでも当然ながらアーノルドよりは大きい。

「アーノルド様の体格を考慮《こうりょ》しまして、騎士の中でも最も体格の近いパラクを選ばせていただきました。パラクは一〇歳で従騎士級になった、この公爵家の騎士の中でも有望株として注目を集めている者です」

コルドーがそう説明すると、パラクは緊張しているのか背筋をピンと伸ばし、表情を強張《こわば》らせていた。

「試験の内容は、アーノルド様とパラクによる一対一での模擬戦闘となります。勝敗は試験の合否に関係ございません。見るのは従騎士級に相応しい力を持っているかどうかです。ただし、あくまで見るのは剣術の力となるので魔法の使用は禁止いたします。何か質問はございますか？」

「素手《すで》での格闘はありなのか？」

「はい、ありでございます。実際の戦闘においても素手での牽制などは日常茶飯事《にちじょうさはんじ》です。そのようなこともできなければ真に剣士とは言えないので試験での使用も可能となっております」

アーノルドはまだそのようなことができるほどの修練を積んでいないが、相手がやってくる可能性があるのならそれを頭に入れておかないと不意を突かれてしまうだろう。

（できることの説明はなく、禁止事項の説明だけなのはそれも含めて試験というわけか？）

アーノルドは念押しとして確認しておく。

「魔法以外のあらゆることがありなんだな？」

「はい、ありでございます。また、試験における不慮の事故に対しては……」

「ああ、一切を不問とする。たとえ試験によって怪我《けが》を負わされようがそれに対して何らかの処罰を与えることはしない」

アーノルドはパラクの方を見てはっきりと断言した。

そんなことを気にされて手を抜かれるというのもアーノルドの望むところではない。

「は、はい‼　全力で挑ませてもらう所存でございます‼」

ガッチガチに緊張した様子でパラクはそう答えた。

アーノルドに対して緊張しているのか、試験というものに対して緊張しているのかは知らないが、アーノルドの落ち着いた様子とはまさしく正反対であった。

お互いの顔合わせを終えたアーノルドとコルドー達は訓練場の一角に移動した。

（見物人が多いな……。まぁ当然か。こいつらは自らの主人を見定めなければならんのだ。こんな絶好の機会をふいにするはずもないか。不甲斐《ふがい》ない結果を見せればそれこそ私の味方につこうなどという者はいなくなるだろうな）

アーノルドにとっては力を試すためという意味合いが強いが、元々アーノルドの実力を見せることも目的の一つだ。見物人が少ないことに文句を言うことはあれ、多いことに文句などない。アーノルドはただ、いまできる全力を尽くすだけだ。そこに緊張など微塵《みじん》もなかった。

（いくつか不快な視線もあるが……。さすがにこれだけの人数の前で仕掛けては来ないと思うが、用心はしておかなければな）

もちろん不快な視線の理由にアーノルドが娼婦《しょうふ》の子だから、その者がザオルグ陣営の者だから、という理由もあるのだが、不快な視線の大半はアーノルドがこの従騎士級昇級試験を受けることに対する不満の感情だ。

そもそも従騎士級に至れるのは、才ある者で剣士としての訓練を積んで少なくとも五年、凡人ならば一〇年から二〇年はかかるのである。パラクは七歳から訓練を始め、僅か三年で従騎士級となったが、それでもかなり異例の出来事であり、それを面白く思わない者も当然いた。

もちろんヘタをすれば自分の首が飛ぶため任務で何か嫌がらせをするといったことはないが、それでも訓練中に嫌がらせを受けることはあるのだ。

にもかかわらず、たかだか二週間程度訓練しただけのアーノルドが従騎士級の昇級試験に挑むのである。

〝先日〟同じようなことを見たばかりの騎士達にとっては、また貴族による八百長《やおちょう》か、と疑うのも無理はないだろう。

それが騎士達の厳しい視線の正体であり、パラクのような若輩《じゃくはい》が試験官に選ばれた実際の理由でもあった。誰も八百長に参加などしたくないというのが本音である。

それゆえ不甲斐ない結果など関係なく初めからマイナス寄りの感情となっている者の方が多いのである。

もちろん中には色眼鏡で判断などせず、実際に見てから判断しようとするような者もいるが、人間とはやはり最初に感じた印象に左右されてしまうのである。

いよいよ試験ということで、訓練場の一角をそのまま使い、そのだだっ広い一面にアーノルドとパラクだけがポツンと向かい合って立っていた。その場所を取り囲むようにたくさんの騎士達がおり、中には空中であぐらをかきながら観戦しようとしている者もいる。

試験官の二人が近づいてきてアーノルドとパラクに話しかけてくる。

「これより、試験において武器による不正が起こらないようにアーノルド様にどちらか一本の剣を選んでいただき、残りの剣をパラクが使うものとします。また今回は両者同じ剣を使うため、万が一のために刃を潰しております。しかし刃を潰しているからといって斬れないわけではございませんのでご注意ください」

昇級試験では自らの武器を用いることも当然可能ではあるが、現在アーノルドはまだ自分専用の武器を持っていないので騎士に支給される武器を使っている。ある程度実力のある者ならば寸止めをすることができるが従騎士級レベルでは事故が起こる可能性もあるため刃を潰しているのである。

そしてアーノルドには当然後継者争いによって公爵家内部に敵がいることは自明である。

それゆえ、もちろん今日使う剣は試験官達が厳重に管理していたのだが、アーノルドにとっては信用できるものではないだろうという配慮により、先にアーノルドに選んでもらうことで剣に細工などしていないということを示したのである。

「礼を言う」

アーノルドもその配慮に気づき、その試験官に礼を言いそのまま一本の剣を選んだ。

「アーノルド様、ご武運を」

試験官はそう言うと、パラクにも剣を渡し、この一面の外に出るように下がっていった。

よく見ればその観戦している者の中にはアーノルドが屋敷で模擬戦をした騎士達もいた。

それ以外にもかなりの数がいることからもアーノルドに関して、というよりも後継者に関してかなり関心が高いことが読み取れる。

特に合図などはなくお互いの準備が整ったとなれば自然と試験は開始となる。それゆえもう既に油断などない。

だが、パラクは試験官という立場ゆえか自分から仕掛けてくる気はなさそうである。

アーノルドが剣を構えると、それに反応したようにパラクもまた剣を構えた。

そこに先ほどまで緊張でガチガチになっていた少年の姿はなく、一人の騎士の顔つきをした戦士が佇《たたず》んでいた。

アーノルドとパラクが向かい合うと、先ほどまでザワザワとしていた訓練場が一瞬で静寂《せいじゃく》に包まれた。

（やはり動かぬか。まぁこれは私の試験である。私から攻めるのが道理か）

パラクが完全に待ちの姿勢であるのを見て、アーノルドは自分からパラクに攻撃を仕掛けていく。

出し惜しむつもりはない。身体強化を施し、風を置き去るかのような速度でパラクへと接近していく。

だがアーノルドの振るった剣は難なくパラクに受け止められてしまった。それこそ全力の踏み込みであったにもかかわらず、一歩も後退させることができなかったのだ。

思わずアーノルドは小さく舌打ちをした。

油断するならば、それこそ一番初めだ。もし油断していたのならばこの一撃で決めるつもりだった。

だが、パラクに油断などはなかった。そしてそこそこ速いだけの攻撃程度で崩れるほどパラクは甘い相手ではない。その程度ではパラクの牙城は崩れない。

アーノルドは腕にも身体強化を施し、パラクに向かって再び渾身の力で剣を振るう。

「ックっ!!」

身体強化によって突然重くなった剣を受け、パラクが思わずうめき声をもらす。

しかしそれでもパラクの体勢を崩すほどの衝撃ではなかった。だが、体勢は崩れなかったがパラクの心は揺さぶられていた。

(重い⁉　最初よりも格段に……ッ⁉)

パラクはアーノルドの存在を当然知っているが、その実力はコルドーから教えられてなどいない。

ここ二週間、この公爵城にいれば嫌でも入ってくる噂がある。ダンケルノ公爵家の三男は才能など皆無《かいむ》の落ちこぼれだと。そういう吹聴《ふいちょう》の言葉は何度となく耳に入っていた。

だがパラクはそんなことは信じていなかった。自分自身もその手の噂を流されたことがある。だからこそ信じるのは自分が実際に見たもののみだと。

だがそれでも、たった二週間程度で従騎士級の昇級試験を受けると聞いたときには眉を顰めざるをえなかった。

たとえ才があるのだとしても、それは自惚《うぬぼ》れ過ぎだろうと。逆に才がないならば、それこそただ権力を振りかざすだけの愚者にすぎなかったのかと。

だがそれら全てが、いまの数合で吹き飛んだ。油断すれば自分とて危ないだろうと。

だがそれでも、油断すれば、だ。パラクとて負けるなどとは微塵も思っていない。

パラクの良い点は一般的にありえないことであろうが事実を事実としてすぐに受け入れられることである。アーノルドが身体強化をもう使えるなど、一般的にありえぬことだからとそれを否定し思考を止めたりしない。

アーノルドが身体強化をして動くというのであれば、次からはそれに即して動くだけ。そうやって心を切り替え、より一層気を引き締めた。

一方、アーノルドはアーノルドで攻めあぐねていた。

緩急をつけ、型から外れた連撃を繰り出し、多種多様な攻撃をしたがその悉《ことごと》くをパラクに防がれてしまった。

アーノルドがここ数週間で学んだことは、模擬戦を通して戦闘中の立ち回りや気をつけることと、そして最低限の型とでもいうような攻め方だけだ。

それでもアーノルドの天性とでも言うべきセンスで従騎士級の騎士達と戦えるほどにはなっていたのだ。

だがこう言ってはなんだが、アーノルドが共に訓練していた騎士はそれこそ生涯を従騎士級として過ごすか、ギリギリ騎士級になれるかというような者。

それに対してパラクはこの歳で既に騎士級に至るか否かというところまでいっている騎士だ。同じ従騎士級でもその実力は全くもって違う。それに身体強化ができる騎士との戦いにも慣れている。

それゆえ付け焼き刃の攻撃で崩せるほどパラクは甘くないのだ。

アーノルドは現状、パラクの防御を崩せるイメージが全く浮かんでいなかった。それこそパラクに抱く感想は強固に守られた城といったもの。いまだその門にすらヒビを入れることができていない。

（屋敷で戦った従騎士級の騎士達よりも明らかに格上だ。だが……ッ！）

アーノルドは再び力を込めてパラクの剣を弾こうとするが、そこで僅かながらに力みが生じる。

パラクはその一瞬を見逃さず、アーノルドの力に合わせるかのように流れる動作でアーノルドの剣を弾いた。

予想だにしていなかった出来事に驚きの表情を浮かべるアーノルドであるが、驚く余裕すらもはやなかった。

すぐそこにパラクの剣が迫ってきているのである。

横薙ぎの攻撃をアーノルドは上体を反らすことで間一髪避ける。

そのまま押し切られないために即座に牽制の一撃を入れるが、難なく受けられてしまう。

そこからは防戦一方。何とか攻勢に回ろうとするがその隙をパラクは見せなかった。

（ッチ！　やはり経験の差はでかいか。なんとか崩す一手が欲しいところだが……ッ！）

そこに突然パラクの鋭い一撃がアーノルドへと襲いくる。

いままで実力を隠していたのかと思うほど、その一撃は鋭いものであった。

いや、現に隠していたのだろう。いままでアーノルドにとってギリギリであろうとも、パラクにとってはまだ余力があったのだ。

アーノルドの実力を粗方《あらかた》見終わったパラクが、まずは様子見とばかりに仕掛けてきた攻撃。

だが様子見とはいえ、しくじればその一撃で終わるほどの鋭いものだ。

アーノルドはその一撃を咄嗟《とっさ》に体を反らすことで避けるが、それは悪手であった。

パラクの一撃はそれで終わりではない。元々避けられることなど想定されていた一撃だったのだ。

本命はここからである。

アーノルドに再び追撃の刃が迫ってくるが、先ほどの攻撃を回避したことでそれをもう一度捌《さば》く余裕はなかった。

まるでスローモーションにでもなっているかのようにパラクの刃が迫ってくるのが見える。もはや頭でも避けられないと断定している。あとはそれが当たるだけだと。痛みに備えろと叫んでいる。

だが――

不協和音《ふきょうわおん》のような不快な金属音が鳴り響く。その音の正体はパラクの剣とアーノルドの剣が当たったことによるものだった。

時が止まったかのような一瞬の静寂が二人の間に落ちる。

驚愕の表情を浮かべるは、パラク、アーノルド両者であった。

パラクはよもや自分の剣が弾かれるなどとは思っていなかったため、その顔を驚愕《きょうがく》に染めている。

そしてそれを為《な》したアーノルドに至ってはパラクよりも驚愕に目を見開いている。自分ですら、なぜいまの攻撃を弾けたのかわからないのだ。体に動けという命令は下していた。だが、本来ならば間に合うはずもないもの。いかに経験が浅いとはいえ、その程度はわかった。

考えるのは後とばかりに両者は即座に詰め寄り、剣を振る。


――▽▽――


既に数十分は戦局が動くことなくお互いがしのぎを削っている状態だ。

「ハァ……ハァ……」

さすがに何十分と戦っているからかアーノルドの息が徐々に上がってきていた。

いくら身体強化で体力を補おうともいまのアーノルドではやはり限界がある。動きこそまだ鈍るほどではないが、それももはや時間の問題。

むしろよく持ったものであろう。当初の予想では持って三〇分ほど。既にその時間など超過している。

あれからパラクの攻撃は一段と鋭さを増していき、何度も危うい場面はあった。だがアーノルドはそれらの攻撃を驚異的な粘《ねば》りを見せながら凌《しの》いでいる。

いくらパラクがその力を上げようともそれに喰らいつくようにアーノルドも間一髪でそれを防ぐ。

何とか戦えてはいるアーノルドであるが、状況はアーノルドの方が悪いと言わざるをえなかった。

（身体強化が使えて、使えない相手に互角程度か……ッ。このままじゃエーテルが底を尽く方

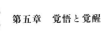

が先だな）

まだもう少しの間は持つだろうと感覚的にわかるが、少しばかり倦怠感のようなものが体に表れている。長くはない。

絶対に勝てるなどと驕《おご》るつもりもないが、それでもいまだ負けるつもりなど毛頭なかった。

アーノルドは身体強化を強めて競《せ》り合《あ》っていたパラクを弾き飛ばす。

それによって、ここ数十分、息つく暇もないほど繰り広げられていた攻防が一旦止まり、再び二人は向かい合う形となる。

アーノルドは肩で息をしている状態であるのに、パラクはまだ胸が僅かに上下する程度。

その有《あ》り様《さま》はまさに対照的であった。

アーノルドは乱れた息を整え一息吐いたあとに、脱力したように腕をブランと下げ、身体強化を完全に解いた。

それを見たパラクはアーノルドの行動の意図がわからず警戒を強める。

身体強化には体力を賄《まかな》う意味もある。アーノルドからすれば、それが本命ともいえる使い方だ。

身体強化を使っていなければアーノルドは今頃動くこともできないだろう。

だからこそわからない。

もはや諦めて短期決戦に切り替えたのかとも思ったが、それならばむしろ身体強化を全力にして勝負を決めにくるだろう。

短い時間しか相対していないが、それでもこれまでの間剣を交えたことでアーノルドの剣に宿る是が非でも勝利を摑まんとする意志は感じ取っていた。

それゆえ、この程度で潔く諦めるなどとは到底思えない。

（エーテルが切れた？　いや、まだもう少しは余裕があるはず……。何をするつもりか知りませんが、いつも通り、真正面から叩き潰すだけです）

パラクは同じ従騎士級の先輩騎士に模擬戦闘という名の嫌がらせを何度も仕掛けられているが、その都度あらゆる小細工《こざいく》を真正面から打ち破り勝利しているのである。

普段はおどおどとしているパラクであるが、その経験がパラクの中で自信となって戦闘中の積極性を生み出していた。

アーノルドもまた、パラクが今の実力で正攻法で倒せる相手ではないということは嫌というほど身に染みていた。

訓練で戦っていた騎士達とは明らかに手応えが違う。

だが追い詰められてなお、アーノルドの口元には笑みが浮かんでいた。

（笑み？）

パラクはただ脱力しているだけのアーノルドを視界に収めながら、少しばかり目を細め口端を歪めた。

パラクも外から見ている限りではそれほど焦《あせ》りなど見えないが、その内心は少しばかり焦っていると言ってもいい。

パラクは既に何度もアーノルドを本気で倒すための攻撃を繰り出していた。何度もこれで終わりだと決めに行っていたのだ。

だが、決まると思った攻撃であってもアーノルドはなぜだかその攻撃をギリギリ捌くのだ。

反応速度が異様に速いとかそういうレベルの話ではない。どれだけそれを考慮《こうりょ》に入れ、動きを修正しようともまた避けられ、往《い》なされる。

明らかに成長しているのだ。この短時間で。目に見えるほどの急激な成長を。

（身体強化が使えるというだけでも意味がわからないのに、この悪寒《おかん》……）

アーノルドと相対しているパラクは徐々にまるで猛獣に睨《にら》まれているかのような感覚を覚えるようになってきた。そしてその気配は刻々と色濃くなってきている。

そのアーノルドの気配がパラクに踏み込ませるのを躊躇《ちゅうちょ》させていた。

ただそこに立っているだけだというのに、それこそ脅威という点では身体強化を解いているいま、先ほどよりも格段に下がっているはずなのに、そのアーノルドが醸す雰囲気だけがパラクを圧するのだ。

ただだらんと脱力しているだけのアーノルド相手に踏み込む気になれない。

（これが五歳の出す気配……冗談でしょう？）

だがそんなことを考えていると、ずっと静止していたアーノルドの重心が僅かながらに前に倒れる。

それを見たパラクは気を引き締め、より一層防御を固めた。

アーノルドは脱力状態から足を蹴り出す一瞬だけ身体強化をし、爆発的に速度を高める。

たった一瞬の脈動。踏み込んだ地面が僅かに放射状にひび割れるほどの踏み込み。

アーノルドは先ほどよりも素早い動きでパラクへと迫ることに成功した。それでも音速にす

ら遥かに及ばぬ、視認できる程度の速さでしかない。

だが、これは速さではなくその一挙動で迫ることで相手のリズムを崩すことが目的だ。ここに至ってまだパラクを一撃で仕留められるなどと甘い考えなど持っていない。必要なのは速さではなく、相手を崩すための一撃。

アーノルドは迫ると同時にその剣を振り抜く。

だが、今は脚にしか身体強化をしていない。それゆえ先ほどまでの身体強化ありの動きに比べれば緩慢とも言えるほどパラクには遅く見えるものであった。いくら迫ってくるのが速かろうと、肝心の剣を振る速度が遅ければ何の意味もない。

パラクもアーノルドの剣筋に合わせて受けようとする。

だがアーノルドは剣と剣がぶつかる瞬間だけ更に身体強化を行い、普段の二倍以上もの力を注ぎ込む。

甲高い、金属と金属が激しくぶつかる音が辺り一帯に響き渡る。その音はいままでの比ではないほど大きかった。

「ック‼」

パラクはいままでになかった予想外のアーノルドの剣の威力に、受けにいった剣を盛大に上方へと弾き上げられていた。

それこそ今までで一番隙がデカいといえるほどに無防備になっている。重心が後ろに傾き、即座に立て直すことも難しい。

パラクとて予想していなかったわけではない。予想していた上でそれをぶち抜かれたのだ。

だからこそパラクの顔には悔しさと驚きが混じったような苦々しい表情が浮かんでいる。

アーノルドは素早く次の攻撃へと移行する。ここが決め時であると自身の中に残った僅かなエーテルを惜しみはしなかった。

胴体ガラ空きという絶好の機会。

アーノルドはそのまま袈裟《けさ》斬りのように斜め上方から斬り下ろす。

だがその瞬間、驚愕の表情を浮かべていただけのパラクがその表情をいままでにないほど引き締めた。

そしてまるで綺麗な半円を描くかのように滑らかな動きで自身の持っている剣を逆手に持ち直し、流れるような動作でアーノルドの攻撃を剣の側面で滑らすようにして受け流した。それは今までのパラクの動きとは一線を画した動き。まさしくパラクが強いと騎士の間で言われる所以《ゆえん》たる動きであっただろう。

アーノルドはその華麗《かれい》とも言える動作に僅かながらその表情を硬くした。

受け流されたことによって力が外側に逃げてしまったアーノルドは体勢を崩してしまい、今度はアーノルドが隙を見せる番になってしまった。

「アーノルド様、これで終わりです!!」

アーノルドに初めてできた明確な隙にパラクは食いついた。

パラクもいままで何度かアーノルドの体勢を崩すことはできた。そしてそれ自体は別に難しくもないことであった。だが、何度崩そうがその度にギリギリその攻撃を躱《かわ》すのだ。

だが、今回のこれはいままでとは明確に違う。明らかに避けられぬ間合い。

体勢を崩しているアーノルドはパラクが斬りかかってきている様子をまるでスローモーションであるかのように見ていた。

（くっ……！　ここだ‼）

アーノルドは体勢を崩している状態から身体強化で無理矢理その体を動かしてパラクの首筋に向けて突きを繰り出した。

完全に意表を突いた一撃。その動きはいままでの動きは何だったのかというほど素早いものであった。そして身体強化もできぬただの人間には到底できぬ動き。

人間というものは自分の想像できる範囲でしか物事の予測などできない。身体強化を使えないパラクには人間を超えた動きなど想像できない。

だが、それほどの強行ともなれば、いまのアーノルドでは自分すらもダメージを受ける限界を越えるための諸刃《もろは》の剣であった。

アーノルドもパラクに正攻法で勝てるなどともはや思ってなどいない。勝てるとすればそれはもはや必然などではなく偶然という要素に加え、意識の外の一撃にて制さなければならないだろうと。

それが今まさにここである。

だが――パラクは驚きながらも反射的に首を右に傾けることで間一髪アーノルドの突きを躱した。

躱したパラクですら驚きに目を見開いている。

（ッ⁉　これをも避けるというのかッ‼）

アーノルドは歯をギリッと噛んだ。

パラクの反応速度は常人のそれを遙かに凌駕《りょうが》していた——否、これも当然の結末でしかない。

この程度の攻撃に反応できぬのならば、パラクが優秀などという声望が、ここダンケルノの騎士達の間に広まることもなかっただろう。

騎士級に上がれる素質ある者ならば、身体強化など使えなくとも皆この程度できなければ話にならない。

パラクが驚いたのもただ単にいままで極限の状態になっていなかっただけのこと。要は、いままでアーノルドに気圧され、また言ってしまえば緊張感が足らなく本来の実力が出せていなかっただけなのだ。

刹那《せつな》、驚きで固まっていたが、互いが互いに思考するよりも先に体が動く。

だが早かったのはパラクの方であった。

首筋に伸びているアーノルドの剣を咄嗟に弾き、そのままアーノルドの左側から片手でアーノルドに斬りつけてくる。

アーノルドは突きの攻撃で腕が伸び切っており、その上弾かれたことで体勢を僅かに崩していたため剣で受けるのも引いて避けるのも無理だと判断した。

「クッ……！」

即座にパラクの懐に潜り込み、剣ではなく左手で相手の手元を押さえることによってその攻撃を中断させる。

それと同時にパラクもアーノルドに攻撃されぬように、空いている左手でアーノルドが剣を持っている右手を握りしめる。

この間コンマ数秒。少しでも躊躇《ためら》っていれば両者とも斬られていただろう。

だがここにきて初めての徒手による戦い。

「ぐっ‼」

もはやどっちが出した声かもわからないほどの極限状態。互いの腕が相剋《そうこく》し、プルプルと震え、少しでも力を抜けばやられるであろうことは互いにわかっていた。

だが、状況が悪いのは明らかにアーノルドの方だ。

何せアーノルドはパラクの力に拮抗《きっこう》するために身体強化が必須だ。それが切れればそのまま負け、切れずともその後の戦いに使えるエーテルが減り、より不利になる。

それがわかっているからこそアーノルドはいつまでも拮抗状態のままでいるつもりはなかった。

パラクの表情が徐々に苦しいものへと変わり、苦悶《くもん》のような声を上げ始める。

アーノルドが身体強化の出力を上げたことで僅かながら力負けし始めたのだ。

だが、それに反応したパラクはアーノルドに対して足払いした。

「ッ⁉」

アーノルドは体幹ができあがっていないのに加えて、疲労により少しの衝撃を加えられただけで思った以上にバランスを崩されてしまった。

当然できた隙は先程の比ではない。

「今度こそ本当に終わりです‼」

そう言って振るわれたパラクの剣がアーノルドを斬りつける。

その衝撃でアーノルドはゴロゴロと地面を転がっていく。

幾人かの騎士達の顔つきが険《けわ》しいものへと変わる。いくら騎士にとって怪我をするのが当然であるとはいえ、アーノルドは痛みになど慣れていないはずだと。それこそ気絶でもすればまだいい方で、痛みに精神が壊れる可能性もある。即座に処置できるように皆が身構える。

アーノルドが転がった地面に点々と血の跡が続いており、その傷の程度が読み取れる。

いくら刃を潰しているとはいえ、真剣は真剣だ。パラクの技量をもってすれば、胸当ての上からであろうと斬ることはできる。

といっても致命傷になるほどでは当然ない。だが、痛みに耐性がないであろうアーノルドが動けるような傷ではない。本来ならばそこまでの傷を負わせることなど想定外であったほどの傷。

だが、パラクの頭の中にアーノルドを傷つけてしまったなどという焦りなどなかった。そこにあるのは戦いが終わったという焦りを孕んだ余韻だけだ。本当にギリギリだったと。

パラクは地面に倒れ、微動だにしないアーノルドを見て、目を瞑《つむ》り呼吸を整えるために一度大きく息を吐いた。

だがそれも束《つか》の間《ま》、パラクの体を怖気《おぞけ》のようなものが駆け巡る。

すぐさま目を開いたパラクの目に入ってきたのは、口から血を吐き、幽鬼《ゆうき》のように立ち上がっているアーノルドであった。満身創痍《まんしんそうい》でありながら、アーノルドが放つ闘気とでもいう何かがパラクを呑み込むかのように襲いくる。

ゾッとするような重圧。自分よりも圧倒的な上位者に相対したときに感じる威圧感。

そして射殺《いころ》さんばかりのアーノルドの鋭い目を見て、パラクは思わずたじろぎ慄《おのの》いてしまった。

アーノルドの体から血がポタッと滴り落ちた。

刃が潰してあったため致命傷になるほどではないが、アーノルドの体の前面にはバッサリと斬られてできた血痕が防具に滲《にじ》み出ているのが目に入る。

胸当てがあるためそれほど深いものではないが、初めての痛みとしては十分過ぎるほどの深傷《ふかで》だ。

それを見たパラクは自分でしたにもかかわらず痛々しげに表情を歪める。

元々パラクもここまでするつもりはなかった。それこそ、ある程度で本当に戦いを終わらせるつもりだったのだ。傷をつけず寸止めでケリをつける。当初の予定では十分できるはずであった。

だが、アーノルドが予想外の粘りを見せ、その実力をメキメキと上げていったため自分にも余裕がなくなり、こんな結果となってしまった。

それでも、いまはアーノルドへの罪悪感よりも、理解できぬものに対する恐怖感、畏怖感の方が強い。

なんであんな傷を負ってまだ立ち上がれるんだと。なんでそんな傷を負っていまだにその闘志が死なないのだと。

パラクも初めて傷を負ったときは泣き叫びこそしなかったが、痛みに顔を顰《しか》め、蹲《うずくま》っていた。

だがそのときの傷でもいまのアーノルドよりはマシであっただろう。

言ってみればこれはたかが試験だ。命を懸けた戦いでもない。

これまでの戦果がこの試験に落ちるほど酷いわけでもなければ、落ちたとしても死ぬわけではない。

にもかかわらず、まるでここで負ければ死ぬと言わんばかりにアーノルドはその体から威容《いよう》さを醸し出している。

パラクはアーノルドのその姿に、その目に気圧《けお》され、無意識に一歩下がった。

その一瞬をアーノルドは逃しはしなかった。

まるで逃げる獲物を追う猛獣のようにアーノルドがパラクへと迫り、斬りかかる。その動きは傷を負っているとは思えないほど素早い。

パラクは一歩下がってしまっていたことにより、その重心が後ろに傾き初動が遅れてしまった。コンマ数秒の差であるが、そのコンマ数秒が戦いにおいては重要だ。

「ぐっ‼」

パラクはそれでも何とかアーノルドの剣を受けることはできたが、そのまま力で押し込まれてしまう。

（なんて力だ⁉　満身創痍でなんでこんな力が出せるんだッ……⁉）

「うらあああ‼」

パラクは雄叫びを上げ、力を振り絞ることで何とかアーノルドの剣を跳ね返した。だが、先ほどまでの比ではないほどの素早さで即座にアーノルドの返し手がきた。

（速いッ‼）

パラクは上体を反らすことでなんとかそれを避けたが、髪先が少し斬れるほどギリギリであった。

パラクもすぐに体勢を立て直してアーノルドを迎撃する。

地力の差か、はたまた経験の差か、気を抜けばすぐに終わってしまう一瞬の剣戟《けんげき》、それら全てをパラクは凌《しの》ぎ切る。

（あ、危なかった……‼　なんで、なんで傷ついた方がさらに強くなっているんだ‼　体も満身創痍、体力もすでに限界のはず‼　なのに……ッ‼）

鍔《つば》迫《ぜ》り合いとなったことで心にできた余裕が、いま目の前にいる理不尽に対して向き合わせてくる。

そこに込められた速さ、力、技術、どれをとってもさっきまで数百合と斬り結んだアーノルドのそれではなかった。

力を隠していたのではないかと思うほどの力量。

口端から血を流しながら妖魔《ようま》のような邪悪な笑みを浮かべているアーノルドを見てパラクは刹那《せつな》呑まれてしまった。

「っ……‼」

パラクが押され、一歩後退する。

幼い子供が少年を力で押し込める。異様な光景だろう。

パラクの顔が泣き顔とも取れるような苦悶《くもん》の表情へと変わっていく。

だがそのとき、アーノルドの力が急激に弱まる。身体強化がついに切れてしまったのである。パラクは驚きで目を丸くするのも束の間、アーノルドに蹴りを入れ即座に自身から引き離した。

その蹴りを喰らったアーノルドは何の抵抗もなく吹き飛ばされてゴロゴロと転がってしまう。戦闘開始から予想していた継戦時間などとうに超過している。いつ身体強化が切れてもおかしくはなかった。

ずっと身体強化なしで全力で動き続けてきたパラクも一度止まってしまうとさすがに息が乱れてきていた。

「ハァ……ハァ……ハァ……ハァ……」

だが、実際パラクが息を切らしている原因は体力だけではないだろう。

恐怖の念、畏怖の念、それらがパラクの心を乱しているのである。

パラクは試験官の方をチラリと見たが試験官が何も言う様子がないのがわかると、トドメを刺すべくアーノルドの方に歩いて行った。だがトドメを刺すと言っても本当に殺すわけではない。首筋に剣を当てるだけだ。それで騎士同士の戦いでは一つの決着とみなされる。

だが正直、いまのアーノルドにトドメを刺すことに罪悪感のようなものもある。だがそれでも罪悪感よりも恐怖の方が勝っている。またさっきのように起き上がるのではないかと。

それに試験官が止めぬ限りは試験は続く。ならばパラクがやることはどの道一つ。

一方、アーノルドは気絶こそしていなかったが、息も絶え絶えでうめき声を上げることしかできなかった。

「グッ‼　……うぅぅ……ハァ……ハァ……」

（クソ……。意識したらより痛くなってきたような気がするな。はは……、強くなるためには痛みに慣れる訓練もしておいた方がいいかもな）

もはや体力もエーテルも完全に底をつき意識も朦朧《もうろう》としてきて、ここまでかとアーノルドは乾いた笑みすら浮かべ諦めの境地にあった。

たとえどれだけ覚悟を持とうと、現実は残酷だ。力以上の結果を得ることなどできないと突きつけてくる。

アーノルドとて驕《おご》っていたわけではない。いまの状態で誰にも負けないなどと思っていたわけではない。だがそれでも、それでもなお、負けるつもりなど毛頭なかったのだ。

まだ立とうとその身に滾《たぎ》る不屈の意志がアーノルドの体に喝《かつ》を入れるが、その意志に反してアーノルドの体は悲鳴をあげるかのように軋《きし》むだけで、もはや動かない。どれだけ動こうとその体に力を込めようとも返ってくるのは痛みだけ。

だがその痛みを代償《だいしょう》に立ち上がれるというのならばアーノルドは喜んでその代償を払っただろう。

しかし、そのような悪魔の契約は都合よく降ってはこない。

アーノルドが僅かに顔を上げると目に入ったのは、心配そうにこちらを見ているマードリーとコルドーの姿である。

その表情を見たときにふと思い出したのは前世の妻であった。

（ああ、たしか冤罪《えんざい》をかけられた後に離婚しようと言ったとき優奈《ゆうな》もあんな顔をしていたな～

……）

アーノルドがそんなことを考えていると、自分でももはや無意識にフラフラと立ち上がっていた。アーノルドには立ち上がったという意識すらない。先ほどまで感じていた痛みも軋みも何もアーノルドは感じていない。

その異様なアーノルドを見て、トドメを刺すべく近づいていっていたパラクは一旦足を止めてそれ以上近づくことはしなかった。

いまのアーノルドにはそんなパラクすらも視界に入っていない。意識すらももはや虚実の狭間《はざま》で彷徨《さまよ》っている。

（そう心配そうな顔をするな。もう私は前の私とは違うんだ。今度こそ間違うことなく、誰にも侵されぬ力を、何もこの手から零さぬ力を手に入れる。そのためならば修羅にもなろう）

前世の最後、アーノルドの心は荒みきっていた。それこそ誰もが自分を見捨て蔑んでいたと思い込むほどだ。だからこそ他者など一切信用しないとアーノルドは決めた。信じられるのは己自身だけだと。

だが、何十年も前のことで、もはや記憶が薄れていたが、あの時妻だけは最後までアーノルドのことを見捨てないでくれたのだ。むしろ見捨てたのは自分であった。

あのとき、もし自分に全てを抱え込むほどの覚悟があったのならばまた違った人生だったのかもしれない。考えるだけ無駄な仮定であるが、いまはその仮定こそがアーノルドにとっての根源。

（優奈、真由《まゆ》。今度はお前達を手離さなくて済む力を手に入れる。だから見ていてくれ）

アーノルドが心の中で妻と娘の名に誓った瞬間、アーノルドから金色のオーラが溢れ出て、その身をまるで鎧でも身につけるかのように覆っていった。

それだけでなく、アーノルドの金色の瞳はその溢れ出る金色のオーラに反応するかのようにより一層キラキラと輝いていた。

本物の宝石のように光り輝くそれは神々しく神秘的とも言える姿であるが、それに相対するパラクはゾッとするような怖気が背中を駆け巡った。

その怖気が体を駆け巡るや否や、パラクは体の疲れなどもはや感じていないかのような素早い動きで大きく後ろに飛び、アーノルドから距離を取った。

アーノルドから溢れ出ていた金色のオーラがまるで生物のように動き出し、アーノルドが持っていた剣に纏わりついていく。

アーノルドが金色のオーラを剣に纏わせたのを見て、パラクは即座に剣を構えた。

騎士級でも上位の者、エーテルの扱いに長けた者になってくると、いまアーノルドがやっているように物にエーテルを纏わせ使う者がいる。更に大騎士級ともなれば、それを自身から切り離し飛ぶ斬撃『オーラブレイド』という技を放ってくることもある。パラクはそれを見たことがあるし教えられている。ゆえにその危険性もまた重々承知していた。

いまのアーノルドが異様なことは見ればわかる。先ほどまでのアーノルドと同じなどとは微塵も思ってはいない。警戒は最大限。気持ちはもはや任務に出たときの本気の殺し合いの場と変わらぬほどであった。

だが、それだけ警戒していたにもかかわらず、視界に入れていたアーノルドの姿が忽然《こつぜん》と消えた。

音一つ立てず、動いたことで生じるはずの砂煙すら立たず、ただ元々そこに何もなかったかのように忽然と。

「――え？」

パラクは思わず惚けた声を出してしまった。

「パラク!!　左だ!!」

どこからか聞こえてきた怒鳴り声に反射的に体が動いたパラクは咄嗟に左に剣を振る。

その反応がパラクを救う。

だが瞬間、パラクは訳もわからず弾き飛ばされた。

訓練の賜物《たまもの》か剣を離すことはなかったが、凄まじい衝撃に体に痛みが走っていた。

（な、なにが起こった……⁉）

パラクは吹き飛ばされた先で片膝をつきながら先ほどまで自分が立っていた方を見た。

「……ッ!!」

そこには体にゆらゆらとオーラを纏わせ、パラクを映してもいなそうな無機質で金色に光り輝く瞳でその場を静観しているアーノルドがいた。

（な、なんだ、あれは……⁉）

アーノルドの目を直視したパラクは、まるで自分が今から食われる被捕食者であると錯覚させられるほどの正体不明の圧を受けた。圧倒的な上位者を前に何をしようとも無駄だと思わせられるほどの畏懼《いく》の念が体を突き抜ける。

カタカタと金属がなる音がし、ふとそちらに視線を向けると、自分の手が震え、手に持っている剣が地面と擦れることで奏でている音であった。

（ッ‼　アーノルド様はたしかにダンケルノの一族ではあるけど、今はまだ五歳なんだ。この程度で怖気《おじけ》づいていていいのか⁉　僕は……僕は……）

アーノルドがその年齢を言い訳にできないのと同じで、相手が誰かなども言い訳になりはしない。

ダンケルノに属するならば、そこにあるのは勝つか負けるかでしかない。負けた者には何も残りはしない。勝って勝って勝ち続けた果てに自らの望むものが得られるのである。

パラクにも目標があった。その目標を達成するために人一倍訓練に取り組んだし、くだらない嫌がらせもその身をもって打ち負かしてきた。全ては自らの目的を達するため。

もしここで何もできずアーノルドに負ければ、その者達の反応など想像に難くない。たとえアーノルドが騎士級相当の力を発揮しようと、神々しいオーラを発していようと、ダンケルノ公爵家の直系であろうと、五歳児に負けたという事実は変わらない。

だからこそパラクは初めからアーノルドに負けるつもりなど微塵もなかった。勝つ意志なき者が剣を握りはしない。いつでも、誰であろうとも、ただ最良の結果を求める。その果てに強さとは、力とは、手に入るのだとパラクは信じている。何事も全力で取り組み結果を出す。それこそが大事であると。

だからこそパラクは震える自分の体を叱咤し、立ち上がった。恐怖は戦いには要らぬと。

（なんでアーノルド様が攻撃せずにいてくれたのかはわからないけど、全力で向かわせてもら

います）

パラクとていままで全力でなかったつもりはない。だが、格下だと思っていたことは否めないだろう。いまの今までアーノルドに負けるなどと思ったことはないのだから。

パラクはアーノルドのことをここにきて格上だとみなしたのである。そこにもはや一片たりとも油断などない。

パラクは今までも格上とされる者達を数多打ち破ってきた。常に自分は挑戦者。挑む者は自分よりも多くの訓練を重ね、経験豊富な者達。だからこそそこに慢心などという気持ちは生まれなかった。

いまここにきてそれはアーノルドへも適用される。アーノルドがもはや格下などとは微塵も思わない――否、思えない。それに限界などいまここで越えればいい。

パラクはそう自身の心を鼓舞した。

そして剣を構え、アーノルドへと駆ける。

「うぉおおおおお」

今までの待ちの姿勢を捨て、自ら活路を開く一斬。

だが、先ほどまでとはまったく逆で、アーノルドはパラクの攻撃を意にも介さず軽々と受ける。

掛け値なしの全力で斬り込んだにもかかわらず、アーノルドは微動だにしない。

（くっ！　手応えがさっきまでと全然違う……‼）

金色のオーラを身に纏ったアーノルドはまるで巨大な岩石のように全く動かせる気がしな

かった。歯を食い縛り両手で斬りかかっているパラクに対し、アーノルドはまるで何事もないかのように片手で防いでいる。

一体その細く小さい腕のどこにそんな力があるのかと思うほどだ。そしてこれが身体強化の力かと。

焦《じ》れたのか、飽きたのか、アーノルドが小さく鼻を鳴らしたかと思えば、力を入れたように見えなかったにもかかわらずパラクの剣が盛大に弾かれた。

(なんだ、いまのは⁉　衝撃波⁉)

パラクは顔を驚愕に染めた。そして盛大に舌打ちをする。

既にアーノルドが上段から斬りかかってきていた。先ほどよりもアーノルドの動きが雑に感じられるにもかかわらず、その剣筋は比較にならないほど鋭い。

パラクは苦悶《くもん》の表情を浮かべながらそれを紙一重に躱した。よく躱せたと自分で自分を褒めたいほどであった。

パラクの感覚は間違っていない。もし先ほどまでのパラクならば避けることはできなかっただろう。いままさにパラクの中でも変化が起きているのだ。

それに避けるという選択は正しい。

アーノルドが剣を振り下ろした地面には一〇メートルほど先まで亀裂が入っていた。

エーテルを纏った剣が生み出す破壊力。

それがパラクに死の感覚をもたらす。

もしさっきの攻撃を避けられなかったらこの攻撃が自分に当たっていたとパラクの心臓がバ

クバクと音を立てている。

だが不思議とパラクには恐怖心はない。むしろ感じるのは愉悦《ゆえつ》に近い感情だろう。

パラクがそんな心の変化に気を取られている間、アーノルドも待ちはしない。

パラクが気がついたときにはアーノルドの剣尖《けんせん》がパラク目掛けて迫ってきていた。

パラクはまるでそれをスローモーションであるかのように認識すると、咄嗟に後ろに倒れながらアーノルドの腕を蹴りあげる。

なんとか串刺しは免《まぬが》れたが、完全に避けきることはできず、パラクの額が熱を持つ。

背中から地面に落ちたパラクは間髪を容れずに地面から起き上がり、剣を構え直す。その額から出ている血が頬をつたうがパラクは気づいてもいない。

「ハア……ハァ……ハァ……」

だがそうは言っても、息はもはや乱れ、パラクの体は尋常ではないほど倦怠感で重たくなってきていた。

そこに再びアーノルドが迫ってくる。

「ぐっ……‼」

重い体に力を入れ、何とかアーノルドの攻撃を躱すが、もはや完璧に形勢は逆転したと言えるだろう。

アーノルドは満身創痍どころか、息一つ乱さずその表情には余裕すら窺《うかが》わせている。もはやアーノルドが漂わせている雰囲気はこの戦いが始まったときとは別人のそれだ。

仮にパラクが万全の状態であったとしても果たして勝てるのか。そう思わせるほどの雰囲気を纏っていた。

この世界で強さに年齢は関係ない。

たしかに積み重ねた年月というのは裏切りはしないが、それでも最終的に物を言うのは才能という言葉だろう。

だからこそ、年齢で相手を侮る者など愚者の誇りを受ける。

だがそれでも、アーノルドの年齢で侮るなどというのは少々酷な話だ。

しかしいまここにいる誰も、いまのアーノルドを見て侮るようなことはしないだろう。

それほどアーノルドが纏う雰囲気は尋常ではなかった。

もはやアーノルドに勝てる道筋が見えないほどの差となっていた。そしてパラクもそれを痛感している。そうでなくとも、いまのパラクはもう息があがっている。

それゆえ出すつもりもない弱音が顔を出す。

(だ、ダメだ。もう僕が勝てる相手ではない……)

歯をギリッと悔しげに嚙みながらそんなことを思う。だが、そのパラクの頭の中にどこからか声が聞こえた気がした。

(──本当に？)

その声に何の疑問も持つことなくパラクは自身の思いを吐露《とろ》する。

(あれはもう騎士級の領域だ。エーテルも扱えない僕がどうにかできるはずがない)

(──それじゃあここで止める？)

それにはパラクも口ごもる。

（……いや、僕は……僕は……こんなところで終わるわけにはいかない……）

想うのは自身の目的。それを叶えるために剣を取り、いままで一心不乱にやってきた。才能があると言われようとも慢心などせずただひたすらに。

たしかにここで負けたからといって、勝つことを諦めたからといって、その願いが叶わぬわけではない。だが、そんな程度で、そんな覚悟で望むほど安い目標でもなかった。

「僕は……僕はまだ負けるわけにはいかないんだぁあああああああ!!」

パラクが雄叫びを上げながらアーノルドに向かっていったとき、パラクの剣が水色に輝いた。

明確なエーテルの発現である。パラクの覚悟が形となって現れた。

だが、いまのアーノルドはたかが同じステージに立ったくらいで倒せるほど甘くはない。

感情の高まりに身を任せ突っ込んでくるパラクに対し、アーノルドは戦いの最中とは思えないほど粛然とした様子で佇み、パラクを一瞥《いちべつ》したかと思えば、そのままいままでがお遊びであったかのような速度で迫りくるパラクの剣を無造作に打ち払った。

そしてその一振りでパラクの剣もオーラを纏っていたにもかかわらずボロボロに砕け散ってしまった。

「ッ!!」

パラクは驚愕と悲壮さが交じった表情で目を見張る――負けたと。

だが、勝負はまだ終わっていない。剣がなくなろうともこの拳があると再び奮起する。

――が、もう終わっているのだ。

パラクは気がつけば地に体を叩きつけられていた。

声にもならぬ息が肺から抜け、一瞬意識が飛んでいたかと思ったのも束の間、すぐさま顔を上げると、アーノルドが地に伏すパラクへと泰然《たいぜん》とした動きで近づいてきていた。

その瞳に浮かぶのはとても友好的とは思えぬ冷めたものだ。

睨んでいるわけではない。疎《うと》んでいるわけでもない。何の感情も浮かんでいない無機質な瞳であった。

そしてアーノルドがパラクに向かって剣を振り上げ、なんの躊躇もなくそのまま振り下ろす。

「――そこまでだ！」

アーノルドとパラクの間にロマニエスが割って入ってきて、アーノルドが振り下ろした剣を青紫色のオーラを纏った自分の剣で受け止めていた。

止めなければパラクは間違いなく死んでいただろう。

そしてロマニエスはアーノルドへと告げる。

「試験はもう終わりです。充分見させていただきました」

ロマニエスは果たしていまのアーノルドに自分の言葉が届くのか疑問であった。

アーノルドの様子は金色のオーラを纏って以降明らかに違う。もはや別人と言ってもいいほどだ。

元々鋭い雰囲気を漂わせていたが、いまではもはや凍《こご》えるような鋭さを持っている。人を人とも思わぬような冷たさだ。その冷徹さはダンケルノらしいといえばらしいが、それとは違う何かも感じ取っていた。

だがロマニエスの予想に反し、意外にもアーノルドはその言葉で金色のオーラを霧散させた。

そしてそれと同時にアーノルドが持っていた剣もまたパラクのものと同じように砕け散ってしまった。

アーノルドとパラクが持っていた剣は従騎士級用の剣の刃を潰したものでありエーテルを纏わせた運用は考慮されていない。

それゆえエーテルを纏わせるなんてことをすると剣がその負荷に耐え切れず砕けてしまうのである。

アーノルドは無意識に剣をオーラで固定してなんとか砕けさせずに使っていたが、オーラを解除させるとその負荷が一気に剣へとかかり砕けてしまった。

そして剣だけでなくアーノルドももう限界であった。アーノルドはそのまま膝から崩れ落ちた。辛うじて地に這いつくばることはなかったが、それでも手で体を支えなければ、倒れ伏してしまうだろう。

「ハァ……ハァ……」

明らかなオーバーワークによるツケと斬られた痛みが一気に押し寄せてきた。斬られた傷が治っていたわけではない。ただ先ほどまでは前と同じで何やら自分が自分ではないかのようにまるで操り人形であるかのように動いていただけだ。

それゆえ、痛いなどという感情は生まれなかった。だが、それがなくなればもはやその痛みも無視はできない。

「大丈夫でございますか⁉　おい、早く来い！」

ロマニエスは崩れ落ちたアーノルドに焦ったように声をかけ、治癒魔法を使える者を呼び寄せた。

その者によってアーノルドの傷が完璧に治される。それほど傷が深かったわけではないということもあるが、たった数秒であった。そしてアーノルドが感じていた痛みがまるで嘘であったかのように引いていく。だが、余韻のように残っているズキズキとした痛みがそれが現実であったということを示している。

だが、傷は治ろうともアーノルドはまともに返事すらできなかった。失った体力とエーテルは戻らない。

「ハァ……ハァ……ハァ……、ああ……ハァ……」

それゆえそう言うのが限界であった。

限界以上の力を行使した反動とでも言うべきものか、アーノルドの息は乱れに乱れていた。苦しさで呼吸すらまともにすることが難しいほどである。

だが、そんな中でもアーノルドが考えるのは先ほどの出来事だ。

なぜ突然エーテルが噴き出てきたのか。そしてそれをまるで以前から知っていたかのように自由自在に扱えたのか。少なくともアーノルドはエーテルをあんな風に扱ったことなどない。

だが、コルドーがそう言えば言っていたなと思い出す。

エーテルは突然使えるようになるという。それまではそれこそ何一つわからないという状態であるにもかかわらず使えるようになれば一瞬だと。

戦いの中で限界を突破するということはよくある。

パラクもまたそうやって騎士級への切符を手に入れたのだ。アーノルドもまた、この戦いが始まる前と違って明確にあの金色のオーラの存在を自分の中に認識できるようになっていた。

これが成長かとアーノルドは乱れる息を整えながらもその口元に笑みを浮かべていた。

一方パラクも息を乱し、起き上がることができていなかった。

「おい、大丈夫か？」

試験官の一人であるライザックがパラクに話しかけにいった。

「ばい、だいじょうぶです……ハァ……ハァ……」

それを聞く限りはとても大丈夫そうではないが、騎士の中ではこの程度は大丈夫の部類である。喋れる気力があるのなら大丈夫である。

だが、顔は青くなっており、斬られた額から血はまだ流れてきていた。戦いの中ではアドレナリンが出ているからか痛みなど感じなかったが、戦いが終わればズキズキと痛む。

ライザックは治癒魔法を使える者を呼び、パラクにも治癒魔法をかけてその傷を治させた。

その後、アーノルドとパラクの二人がある程度落ち着くのを待ってから試験の結果発表となる。十数分くらい経っていたのだが、その場を離れる者はごく一部を除きいなかった。

「アーノルド様、そろそろ大丈夫でございますか？」

「ああ」

息の乱れ自体は落ち着いてきていたが、やはり体力は即座に戻らず座ったまま試験の結果を聞く。

パラクもまた無理矢理立とうとしていたが、ふらついてそのまま倒れ込んだので起き上がる必要はないと座らせた。

アーノルドもそんなところで礼を尽くせなどというつもりはない。

むしろパラクには感謝している。いまのアーノルドは明確に力を認識できている。パラクと戦ったからこそ、アーノルドはまた自身の望みに一つ近づけたのだ。もちろん満足な力には程遠いだろう。だが、その積み重ねがアーノルドを高めていく。

ロマニエス、ライザック、バフォリーがアーノルドの前に立った。そして一礼する。

「御前にて失礼いたします」

「ああ」

アーノルドが許可を出すと、ロマニエスが大声を張り上げるためか息を吸い込む。

「アーノルド・ダンケルノ様の昇級試験の結果は可とする‼　異議がなければ沈黙によって答えよ‼　異議があるのなら今ここで申し立てよ‼」

本来ならばここにいる四人の試験官の判断で事足りることであるが、ロマニエスはあえてこの場にいる皆に問い掛けた。

アーノルドの戦いは金色のオーラが出る前であっても従騎士級としては十分なレベルであった。

パラクの実力は身体強化さえできれば騎士級に相応しいほどだ。パラクが序盤は様子見に徹していたとはいえ、あれだけの時間打ち合えれば十分だ。

それゆえ、試験前にアーノルドが貴族の八百長で騎士階級を上げようとしていると思っていた者は少しバツが悪そうな顔をしていた。ここで文句など言おうものならばそれこそ頑愚《がんぐ》の謗《そし》りを受けるだろう。

「それでは異論もないとのことなので、アーノルド・ダンケルノ様をこの時点より従騎士級に――」

「いいえ、異論ありよ!!」

だがそのとき、訓練場にそぐわない甲高い声が響き渡った。

その声の方を見ると、訓練場には場違いな動きにくそうなドレスを身に纏ったオーリと太々《ふてぶて》しい態度のザオルグ、それと後ろに付き従う様に数人の騎士がアーノルド達の方へ歩いてきていた。

「……異論ありということですが理由をご説明いただけますか？」

ロマニエスはオーリに対して丁寧な口調でそう問うたが、その声には少し棘が含まれているように感じた。

「あのような無能な娼婦の子がたかだか二週間程度訓練したくらいで従騎士級になるなんて、ありえないでしょう？」

蛇のようにまとわりつくような嫌な視線をアーノルドに向けてきたオーリは言葉の醜悪《しゅうあく》さに反し、手に持つ扇子を口元に当て優美《ゆうび》に微笑《ほほえ》んだ。

「無能かどうかは置いておくにしましても、たしかに一般的に二週間程度の訓練で従騎士級に至るなどありえないでしょう」

その言葉にオーリはさも当然とでもいうようにふふんと得意気な笑みを浮かべ、アーノルドへと勝ち誇ったような視線を向けてきた。

だが、そこにロマニエスの力強い声が響く。

「ですが、夫人は直接アーノルド様の試験をご覧になられたのでしょうか？」

ロマニエスの声にジロリと視線を向け直したオーリは不快げにロマニエスを睨みつける。

「……何ですって？」

その声には無言の脅しとも取れるような声色が含まれていた。

だが、ロマニエスはそれに気づかずか、ただ無視しているだけか、再度問う。

「夫人はアーノルド様の昇級試験をその目でしかと確認したのか、ということを問わせていただきました」

ロマニエスの声はギリギリ不敬にならぬくらいに鋭いものであった。だが、周りの騎士もそれをヒヤヒヤとなど見ていない。

この場にいる騎士達が仕えるのは公爵家であり、いまの任務はこのダンケルノ公爵家に相応しき者を見定めること。

公爵夫人として敬意は払うが、それも絶対ではない。

公爵夫人として相応しくないとみなされれば、騎士達はその者に唯々諾々と従いはしない。

そしてそれが許されるのがこのダンケルノ公爵家の騎士。

「見ていないけど、それが何か関係があるというの？」

オーリは本気で不思議そうに聞き返していた。

だが、その言葉によって騎士達の視線がより険しいものへと変わっていく。そしてロマニエスもまた鋭い視線でオーリを見据えて口を開く。

「当然あります。それに期間をおっしゃるのならば一週間の訓練で従騎士級となられました夫人のご子息であるザオルグ様という前例があるではないですか」

その声は驚くほど淡々としていた。そこに敬意などといった感情は一切乗っていない。

オーリは自分の息子をアーノルドと比較されたことで眉間《みけん》に皺《しわ》が寄ることも気にしないくらい怒りを露《あらわ》にしてロマニエスを睨みつけていた。

高貴なる自分の子を卑《いや》しい娼婦の子の比較対象にされるだけでもオーリにとっては屈辱ものなのだろう。

「それは私の息子とあの下賤が同じレベルだと言いたいのかしら？」

オーリはアーノルドを指差しながら鋭い目つきでロマニエスを睨みつけた。だがそれでもアーノルドに対して前にしたように声を荒らげることはなかった。

それに対しアーノルドは目を細める。別にオーリの言葉が気に障《さわ》ったわけではない。ただ、アーノルドの知るオーリならば、ロマニエスの言葉に激昂し、手に持つ扇子で殴りつけるのではないかと思ったのだ。だがそれに反しオーリは睨むだけ。

その頭の中のイメージとの違いに、やはりこの女も馬鹿という皮を被っていたのかと考えていた。

だが、単純にロマニエスが貴族であるがゆえに殴らなかったということも考えられる。ただの一介の騎士であるロマニエスが貴族か否かをオーリが知っているかどうかは知らないがアーノルドもまたロマニエスやオーリの今までを知らないがゆえに判断できない。

「そうであっても何も不思議ではないかと存じますが？」

ロマニエスはオーリの睨みなどに全く怯むことなく毅然《きぜん》とした態度で言い返していた。

言葉では丁寧に話しているがそこにオーリへの敬意は微塵《みじん》も存在しないことは誰の目にも明らかだ。

「私の息子とそこな娼婦の子を比べるなど、その不敬、万死に値するとわかった上での言動ととって良いのかしら？」

より視線を険しくしたオーリの声はもはや地響きかと思うくらい不機嫌さを窺わせるものであった。

ただ単に自分の息子の優位さを保ちたいという想いもあるだろうが、それ以上に貴族という矜持《きょうじ》ゆえに娼婦などと肩を並べているということが我慢ならないのだろう。

オーリの表情は憎々しげに歪《ゆが》められ、もはや取《と》り繕《つくろ》うことすらしていない。

「どうぞ。私と敵対するというのならば、ご勝手に。そんなことで武術の強さに生まれは関係ないという事実は変わりませんので」

だがそんなオーリの様子すらも一切考慮することなく、ロマニエスはピシャリと言い放った。

「なっ⁉」

オーリはまさか言い返されるとは思っていなかったのか、とても驚いた表情をしていた。

これまでの人生で使用人に言い返されるという経験をしたことなどなかったのだろう。

ロマニエスに言われたことは正論であるが、オーリにとってはそんなことは関係ない。

オーリにとって貴族が白と言えば黒もまた白となるのだ。貴族の武力が、そして学力が平民よりも劣っているということなどあってはならない。もしそんな平民がいるというのであれば、その平民は貴族を侮辱《ぶじょく》した罪で罰を与えるべきだと本気で思っているし、現にこのオーリは罰を与えている。平民ごときが貴族を凌駕することなどあってはならないと。

それと同様に貴族まがいの卑賤《ひせん》な子供が自らの子供と並ぶなどあってはならない。むしろ平民以上に分を弁《わきま》えるべき人間であると思っている。たかが貧民が貴族を詐称《さしょう》するなどという行為に我慢ならない。

そしてそれらの考えは貴族全体の考えであり自分だけの考えであるなどと思っていない――いや、自分の考えこそが世界の考えだと思っている。オーリにとってはそれが当然のことだ。そこに疑念を抱くことなどない。この世の真理とでもいうように誰であれ覆せぬ純然たる事実に他ならない。

この場にいる最も高貴なる人物はオーリである。それゆえ、オーリの言葉に従うことが当然であると。それ以外など認められはしない――否、それ以外の選択肢などないと。

だが、それでも声高に、貴族と平民で武術の強さに違いがあり、生まれながらに決して覆せはしない格というものがあると主張することはできなかった。

この公爵家の使用人の大半は平民であり、その発言をすればこの公爵家の大半の騎士を敵に回すことになる――が、オーリがたかが使用人にすぎない騎士の感情などに気を回すことなどありえない。オーリが気にしていることは、平民の騎士を積極的に雇用している公爵を侮辱することになるということである。

オーリの言葉を貴族の言葉として訳すのならば〝貴族の方が平民よりも強いにもかかわらず平民を雇うなどありえない。公爵は人を見る目がない〟と言っていることになる。

いかにオーリといえど公爵に逆らうほど愚かではない。その程度は弁えている。というよりも貴族であるがゆえにそれが当然なのだ。

それゆえオーリはただ感情のままに反論することができなかった。あのメイドのユリーとは違い、そんなことをすればどうなるか、その程度のことを考えられるくらいには理性を失ってはいない。

「それでは、他の理由がなければ異議を棄却させていただきますが、よろしいですね？」

しかしオーリはまだ諦めていなかった。自分ができないならば他の者にやらせればいいだけ。当然のことだ。いつの世も弱者は使い捨てにするためにあるのだから。

なのでオーリは微笑みすら浮かべてその口を開く。

「いいえ、私の騎士が先ほどの試合内容に不満があるそうよ？　たしかさっき言ってたわよね、そもそも対戦相手があのようなまだ少年の騎士だなんて試験官の実力に違いがありすぎると。私の息子のザオルグは騎士級の試験官と立ち会い、その相手に勝つような形で従騎士級になったのよ？　せめて騎士級に近い人物じゃないと不公平というものだって。ねぇ？」

オーリにそう問われた後ろに控えている騎士はたじろいだ。

ある種、生贄《いけにえ》に選ばれたということである。これから先、オーリの言葉はこの騎士の言葉となる。何を言おうとその責を押し付けられるのだろうと。

だが、この場にいる誰もがその程度のことはわかっている。わかっていてもそれが罷《まか》り通るのが権力というものだ。

そしてその場にいる騎士全員の視線がその騎士へと向く。

「ヒイッ‼」

その圧を受けた騎士は思わず悲鳴をあげたが、オーリはそんな圧を感じられるほど敏感ではないので、自身の騎士が情けない声を上げたことに少し眉を顰めたが何も言うことはなかった。

この場にいる騎士の大半は平民から騎士になった者だ。だからこそ、そういった貴族の横柄で横暴な行いというものを許せない。そしてそれに加担する者も。

オーリの息子のザオルグは既に従騎士級となっている。

だが、その昇級試験はひどいものであった。明らかな八百長。騎士級の騎士がまだ剣の振り方すら怪しい子供に負ける。

それらは騎士からすれば侮辱極まりない行いだ。それは平民だけでなく、騎士としての誇りがある貴族出身の騎士ですらその顔を顰め、擁護《ようご》するなどといったことはなかった。

今この場にザオルグ陣営に属する騎士以外でザオルグとオーリのことを認めている騎士などいないと言っていい。

オーリは手段を間違えた。

だがオーリにとって貴族とは見栄と虚飾《きょしょく》だ。いかに自らを飾りつけるか、そして他者によく見せるか。貴族令嬢としてのオーリはそれしか知らない。だからこそ、何もわかっていないザオルグにもそうする。

どれだけダンケルノ公爵家が実力によってのみその優劣が決まるとわかっていようと、貴族としての思考がそれを上書きする。貴族なのだからそれらは大前提だと。実力よりも見栄と虚飾があればいいと。実力などなくともどうとでもなると。それにどこまでいこうと騎士は騎士でしかない。貴族達に対する態度などとる必要はないと。

だからこそ騎士達の鋭い視線になど気がつかないオーリは、まるで名案でも閃いたかのように機嫌よく口を開く。

「そうだわ？　今から私の騎士ともう一度試合をすればいいのよ！　そうすれば同じ条件で試験を受けられるでしょう？」

指名された騎士はそれどころではなく、もはや消えそうなくらい縮こまっていた。何せアーノルドの試合を最後まで見ていたのだ。

自分ですら圧倒されるほどの威圧感を放っていたアーノルド。

たしかに今ならば疲労困憊《ひろうこんぱい》のアーノルドに勝つなど赤子の手を捻《ひね》るよりも容易いだろう。

だが、そんなことをすればこの公爵家の誰かに謀殺される可能性すらある。

弱った状態を見せた方が悪い。謀《はか》られた方が悪い。それを覆せるだけの実力を持っていなかった方が悪い。

そう言う者もいるであろうが、人間とは一意ではない。

そう思いながらも、殺しにくる者。アーノルドに追従しようとしている者からの報復。騎士としてあるまじき行為に加担した者への見せしめ。

死ぬ要素は数多くある。

だがそうは言っても、もし断ればオーリに同じような目に遭わされることなど想像に難くない。下級貴族出身の自分などそれこそオーリの一声で、自分も家族もその周りの者も全てが終わる。もはやどんな選択をしようとも自分は詰んでいるのだと疑う余地はなかった。

オーリはザオルグが勝った騎士がアーノルドを完膚《かんぷ》なきまでに叩き潰すことで、アーノルドよりザオルグの方が優秀であるという印象を植え付けようと画策していた。

だが、それを評価するのは純然たる貴族だけだ。ここにいる騎士には全く効果がない。むしろ逆効果ですらある。

オーリもまた典型的なお嬢様だった。典型的な貴族が集う社交界の花になり、男は自分の言いなり、女も自分に従う従者のようなもの。何をやろうと周りが勝手に良いように取《と》り計《はか》らう。

だがそれでも言ってしまえばオーリは侯爵令嬢だった。社交界というのは時に身分すら超越《ちょうえつ》して主役になることができる。だがそれでもやはり、生来の身分というものを覆すのは難しい。

少なくとも自分よりも上に王女と公爵令嬢という存在がいるのだ。

オーリはそれが我慢ならなかった。なぜ自分こそがこの世の頂点ではないのかと。世界の主人公は自分であり、自分を中心に世界は回っている——いや、そうあるべきなのだと。

だからこそ、この国で王族よりも権威あるダンケルノ公爵家に嫁《とつ》ぎ、その権威を自らのものにする。それこそがオーリにとって野心であり、この世でそれ以外の結末など許さない。

自分こそがこの世の女王であり神。全ては自分のためにある。

だからこそ自らの策に疑問を覚えるなどということはないし、そもそも疑念を抱く必要もない。もしそれが間違っているのだとしても、それを正解にするのが周りの者の仕事だ。それができぬ者には自分に仕える権利も、生きる資格すらない。使えない者は殺して次を補充すればいい。自分はそれが許される存在なのだからと。

「ほら、さっさと用意しなさい」

命を下した時点で、それはもう絶対事項。騎士ごときが逆らうことなど微塵も考えてはいない。

「……どうしたの？　さっさと動きなさい‼」

誰も動かぬことに痺《しび》れを切らしたようにオーリが怒鳴《どな》るが、その場の誰も動かない。

誰もオーリを真の主人とは認めていない。公爵夫人になった程度でこのダンケルノ公爵家の騎士を意のままに操れると思っているのならば、それは愚鈍に過ぎると言わざるをえない。

オーリの顔が徐々に恥辱《ちじょく》に塗れ、赤く染まっていく。

それでも醜《みにく》く喚くことだけは公爵夫人としての矜持が許さないのか、その身を震わせ口元を手に持つ扇子で隠していた。

だがオーリが歯を食い縛る音が聞こえてくるほど屈辱に塗れていることは誰の目にも明らかであった。

ロマニエスはそんなオーリなど気にも止めず、オーリの生贄にされかかっている騎士へと問い掛ける。

「お前は先ほどの試験内容に不満があるそうだが、具体的にどういった不満があるのだ？」

それは問い掛けられた騎士にとって一種の分岐路である。このままオーリに従って破滅の道を辿るのか、それともここで反旗を翻すのか。

「あ、ぐ……」

だが、口から出るのは言葉ともつかぬ嗚咽のようなうめき声。

この騎士としても不満などないとぶちまけたかった。

だが、それをすれば待っているのは破滅だ。それも自分だけではなく家族までも巻き込んだ破滅。

だからこそ、それ以上言葉を紡ぐことはできない。

この騎士は子供の時から少しばかり剣術に才能があり、そして騎士級に至った。

だが、今ここに至ってはその自分の才能がなければこんなことにはと思わざるをえなかった。

騎士級に至らなければオーリなどという悪魔に目をつけられることもなかっただろうと。

当時はヴィンテール侯爵家などという大物に仕えることができて喜んでいた。だが今ならばその当時の自分を殴ってでも止めるだろうと内心嘆《なげ》いていた。

ロマニエスはその騎士の様子を見て、心の中で嘆息《たんそく》した。

真に公爵家の騎士であるならば、己というものに自負を持っている。

だが目の前で嘆いているだけの騎士にはそれがない。所詮はオーリの駒。ただ駒となるためだけにこの公爵家の騎士になったに過ぎない者。だからこそ自らの意志というものが存在しない。ここぞという場面で保身しか考えられず、どちらの選択肢もそれが為せないとなると固まるしかないのだ。

「どうした？　不満があったのであろう？」

ロマニエスは先ほどまでより幾分鋭い声色で重ねてそう問うが、その騎士は震えるだけで声を出すことができない。

それに業を煮やしたのか、オーリが口を挟む。

「さっきから――」

「申し訳ございませんが、いま私はこちらの騎士に聞いております。いかに公爵夫人といえど口を挟まないでいただきたい」

「なっ⁉」

公爵夫人の話を途中で遮《さえぎ》るなど本来ならばありえぬこと。だからこそその行為はロマニエスがもはやオーリを公爵夫人とみなすつもりはないという宣告にも等しい。

オーリは怒りに顔を赤く染めるどころか、まるで理解できない未知の言語でも話されたかのように呆けたように口を開いていた。

だが、言われた言葉の意味が徐々に頭に浸透してきたのか、怒りも露にロマニエスを譴責する。

「お前‼　騎士の分際でこの私に、この私になんという口の利き方を⁉　どこの家門の人間⁉　簡単には殺さないわよッ‼」

当然この私よりも上回ると言うのでしょうね？　もしそうでないならば覚悟しなさい！　簡単には殺さないわよッ‼」

自分に口答えをしていい者は自分よりも身分の高いものだけ。それこそ王族と公爵家出身くらいでなければ――いや、そうであったとしても騎士ごときが自らの言葉を遮るなど到底許せないもの。

普通なれば、主君の奥方にそんなことを言われれば恐れ慄いてもいいだろう。騎士たる者、主に逆らわぬことは絶対である。逆らう者はそもそも騎士たりえない。

だが、ロマニエスの主君は目の前のオーリではない。オーリの命よりも公爵の命の方が遙かに勝るのだ。

だからこそ慄きなど微塵もなく、毅然とした態度で言い返す。

「何を勘違いしているのか知りませんが、我々騎士が仕えるのは主君ただ一人です。断じて貴方ではない」

ロマニエスは威圧すら伴わん勢いでそう断じた。

「なっ⁉　お前はこの公爵家の騎士でしょう？　ならば公爵夫人であるこの私に従うのが当然でしょう！　そもそも騎士としての淑女に対する敬意はどこにいったの？」

「その理論が当てはまるのはただの貴族家だけです。ここダンケルノ公爵家にはここの法があります。むしろ貴女こそ、このダンケルノ公爵家の公爵夫人と称するのならばそれを理解しておくべきではないのですか？　我々が傅《かしず》くのは、傅くに値するとみなした者のみ。ただの権力や言葉には従いません。このダンケルノ公爵家に相応しき真なる者に仕えることこそが我らに与えられた任であり、至上命令です。よもや貴女の言葉が公爵様よりも上回るとでも仰りたいのですか？」

それにはさすがのオーリも黙らざるをえなかった。

知ってはいるのだ。このダンケルノ公爵家の騎士が普通の騎士とは違うことを知識としては知っている。

だが知っているだけで理解などしていない――いや、するつもりがない。

なぜならオーリにとって騎士とはどこまでいっても自分よりも下の存在。下の存在であるならば、それがたとえ誰であれ、なんであれ、どんな地位であれ、自分に傅きその身全てを自分のために捧げなければならない。

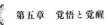

それこそがその者の存在意義。それ以外に存在する意味もない。だからこそ目の前の愚物が自分に対して口答えすることなど赦すことができない。

だが、公爵は数少ない自分よりも上位の者。

オーリとて公爵に逆らおうなどとは微塵も思わない。それは何も公爵などという地位ゆえではない。公爵が持つ冷徹さ厳粛さが醸す威圧感、要は人間の根源から湧き出る恐懼《きょうく》の念によって逆らおうなどという気すら起きないのだ。

「――はっ、その程度でその醜い口を閉じるのならば最初から引っ込んでいればいいものを」

そう口を挟んだのはアーノルドであった。

時間が経ったことで何とか立ち上がれるくらいまで回復したアーノルドはオーリの近くまで歩いてきた。

いま話しているのはアーノルドのことだ。

それをただ見ているなどできようはずもない。オーリが文句を言ってくるというのならば、それを処理するのはアーノルドでなければならない。

「卑賤な子供ごときが、この私に向かってなんという口の利き方をッ！」

オーリの怒髪天を衝いたかのような言葉にアーノルドは鼻で嗤《わら》う。

「どいつもこいつも言うことが変わらんな。貴様らはもう少し語彙というものを習わなかったのか？　卑賤だ、卑しいだの、貴様らの心に比べれば血筋など些細であろう。そもそも、貴様のその血筋自慢で一体誰が従うのだ？　くだらん妄想に巻き込まれる身にもなってやれ」

この程度の挑発に乗るのならば、オーリは感情抑制もできないただの愚物だ。だが、これに乗らず、流してくるのならば奸智の女狐ということだ。

「……卑賤な者はまともに教育すらされていないのかしら？　それとも教育されても理解できないのかしら？　血筋が些細？　よくもまぁそのような戯言《ざれごと》を言えること。貴族にとっては血筋こそ全てでしょう？　お前こそくだらぬ妄想に浸っているのではないかしら？」

挑発に乗らなかったのか、それともただ単に挑発にすらなっていなかったのか、オーリは声を荒らげることなく、アーノルドに害虫でも見るような視線を向けるだけであった。

いまの言動だけでは判断できない。

その時のザオルグはというとアーノルドのことになど全く興味がないのか騎士を数人連れて辺りを見回していた。

そしてアーノルドとオーリが睨み合い、シンと静まりかえっていた訓練場に突然ザオルグの声が響く。

「お前とお前！　俺様に仕えることを許してやる」

ザオルグが指差したのは、マードリーとパラクであった。

ザオルグが何を思って二人を選んだのかはわからない。ただ単純に、それこそ二人の才を見抜いたのかもしれない。ただ適当に選んだのかもしれない。

だが、もしかしたら、アーノルドの魔法の教師、そしてアーノルドといま戦った騎士であると知っていたのかもしれない。アーノルドには何も与えない、そういう意図なのかもしれない。

アーノルドもザオルグがその二人を選んだからといって別段に気分を害するということもなかった。

自分のものを奪う者は許せぬが、マードリーもパラクもアーノルドのものではない。

だからこそアーノルドはただザオルグが一体何をするのか粛々《しゅくしゅく》と見守るだけだ。

ザオルグが声を発してから幾許か経つが、誰もが言葉一つ発さぬためその場は静寂に満ちていた。

「ん？　どうした？　さっさと俺様の前に跪け」

断られるなど微塵も想像していないザオルグは自分の前に来ることが恐れ多いのだろうと思い、さっさと来るように二人を急かした。

マードリーは沈黙をもって答えとした。マードリーはアーノルドだから教えているのだ。それは何もダンケルノだからではない。言ってしまえばザオルグ如きに構う気すらないのである。

だが、パラクはそうもいかない。

「い……、いえ」

疲れも相まってか蚊のようにか細い声が訓練場に発された。

「ん？」

マードリーの方を向いていたザオルグはその言葉がよく聞き取れなかったのか鷹揚たる態度でパラクの方へと振り返った。

「わ、私はザオルグ様に仕えることはできません。申し訳ございませんが、お断りさせていただきます」

パラクは声を絞り出し、ザオルグに対してそうハッキリと言い放った。

騎士にはそれぞれ主君を選ぶ権利がある。それは若いパラクとて例外ではない。そしてザオルグを主君と仰ごうなどと、現状では微塵も思わなかった。

だが、断るということは度胸のいることだ。もし、後にその者が当主になれば、そして当主にならなくとも、その人物次第では恨まれるだろう。自らの誘いを断った者にいい顔はしない。ある意味命にも関わる選択だ。

だがそれでも、ここで感情を殺して受け入れるよりは、断る方がいいとパラクは決断した。

パラクは動けない状態で断ったため、まるで土下座でもしているかのような体勢となっていた。そんなパラクにザオルグは歯を覗かせるほどの笑みを浮かべながらゆっくりと近づいていった。そこに怒っているような様子は窺えない。

「そうか、お前の考えはよくわかった。俺様は寛大であるからお前の意志を尊重してやろう」

ザオルグはそう言うと、持っていた剣をゆっくりと鞘から引き抜いた。

それを見たそこにいる者達の視線が険しくなるのが感じられる。だが、誰一人として動きはしない。

ザオルグはそのまま剣を振り上げ、アーノルドから見れば緩慢な動きでパラクを斬った。

パラクは身じろぎしていたが、アーノルドとの戦いで体力を使い果たしていたからか、動くことができずそのまま斬られた。

ザオルグはそのまま倒れ伏すパラクに満足げに鼻を鳴らすが、そんなザオルグに対してアーノルドが静かな声で問う。

「……おい、なぜそいつを斬った？」

だがそう問われたザオルグはアーノルドの方を見て、まるで虫にでも集《たか》られたかのように顔を顰めた。

「うるさいぞ？　下郎《げろう》が俺様の許可なく喚くな。この俺様の誘いを断ったのだ。死んで当然であろう？　死にたいと言う者を殺してなぜ斬ったなどと、下郎ともなればその程度のことすら聞かなければ理解できんのか？　まったく、くだらぬことを問うな」

さも当然のことをしたかのような態度。

アーノルドがザオルグを見る視線がより険しくなる。

「慈悲深い俺様は無意味な死ではなく未来の公爵であるこの俺様の糧となることを許してやったのだ。この下郎も俺様の糧となれたことに感謝していることだろう」

糧というのは生命力のことだ。生命を殺せばそれだけレベルという格が上がる。確かにただ殺すよりもよっぽど有効な命の使い方だろう。

だが、アーノルドはそのザオルグの行為に対して静かに怒り猛っていた。決して人道に反するなどという義憤《ぎふん》などではない。自らの前で自分勝手な主張を繰り返し、アーノルドを不快にさせたという憤懣《ふんまん》からくるもの――そう自分を騙してはいるが、所詮人間の本質というのは変わらない。

アーノルドは理不尽というものが赦せない。それはたとえ他人がされていようとも赦せない。その理不尽を行使している者を赦すことはできない。アーノルド自身が理不尽を行使しようとも、他者がすることは赦さない。

「お前はそうやって何人も殺してきたのか？」

アーノルドは心の中から湧き上がってくる黒い感情を抑えながらそう問うた。

その視線は鋭いが、まだ表情は淡々として見える。マードリーに言われた精神力を鍛えろという言葉に従っているのである。

「？　当然であろう？」

ザオルグはまるで知らない言葉を初めて聞かされたかのように眉を寄せ、アーノルドを一瞥した。

「たかだかお前の勧誘を断っただけで殺したというのか？」

己の都合だけの究極の理不尽。アーノルドの声が一層低くなる。

「俺様の誘いを断るなど重罪であろう。それに上の者が下の者をどうしようと勝手であろう？下の者はせいぜい俺様の役に立っておけば良いのだ、それを拒むのならその命をもって役に立つしかなかろう。むしろ一度は直接聞いてやっただけ俺様は優しいほうだ。まぁ役に立ちそうにない奴は問答無用《もんどうむよう》で殺すがな」

そう言って声をあげて笑っているザオルグを見て、アーノルドの中の感情が一つ消えたような気がした。

「……うぅ」

その時パラクがうめき声を上げた。

容赦なく肩から胸にかけてバッサリと斬られていたので明らかに致命傷《ちめいしょう》かと思っていたが、まだ息はあったようである。

だが、それを見ても他の騎士達は一切動く気配がない。

騎士たる者であるならば、自らの発言に責任をもたなければならない。パラクは自ら断るという選択をしたのだ。その結果の行く末を決めるのはパラク自身であり、その結末がたとえパラクの死であろうとも自己責任なのである。

自分の意見を通したければ強くあるしかない。それは使用人にすら適用される。主人を選ぶ資格があるのもまた強者のみの特権である。もちろん今回のようなことは極端な例ではあるが、過去にも当然このような暴君はいたのである。そういった者と接する術を身につけることも大事であるのだ。

少なくともザオルグとアーノルドが相対しているときには誰も助けに動けはしない。

アーノルドは泰然《たいぜん》とした動きでパラクへと近づいていく。アーノルドにとってパラクはただの他人にすぎない者だ。だが、パラクによってアーノルドはここ二週間で得た実力とは比較にならぬほどの力を得ることができた。それに対する恩として治癒魔法が使えぬかと近づいたのだ。恩には恩を、讐《あだ》には讐を。

だが治癒魔法はいまだに使えたことはない。それでも、魔法は自由である。どうにかして治療できないかと考える。

だが、アーノルドよりも近くにいたザオルグの方が動くのが早かった。

「ふん、なんだ……まだ生きていたのか。さっさと死ねばよいものを」

そう言ったザオルグが再びパラクに対して剣を向ける。

それを見たアーノルドは、湧き上がっていたドロドロとした感情がもはや自らの意志では堰《せ》き止められないほど溜まっていた。

まるで意識が途絶えるかのように、アーノルドの心が何かに塗りつぶされていく——

――▽▽――

ザオルグは先ほどからごちゃごちゃと何やら言ってくる者が煩《わずら》わしくて仕方なかった。

（まったく、下郎の分際でうるさい奴だ。この死に損ないの下郎をさっさと殺してあの女を連れて帰るか）

そう思いながらパラクに向けて剣を振り上げた。

パラクはもはや傷で動くこともできず、そもそも先ほどのアーノルドとの戦いによってエーテルが底をついた状態になっており、体を満足に動かせていなかった。

そしてザオルグはもはやただの作業のようにパラクの方を碌に見もせずに勢いよく剣を首に向けて振り下ろした。

その瞬間ザオルグは手に衝撃を感じた。

（ん？）

何やら腕に違和感を覚え、ザオルグが自身の手を見ると、両腕の手首から先がまるで鋭利なものに斬られたかのようにスッパリとなくなっている。

それを知覚すると途端に痛みが襲ってきた。

「グァアアアアアアアアアアアア‼　痛い、いたいいたい～‼」

まるで獣の咆哮《ほうこう》のような叫び声を上げ、泣き叫びながらのたうち回るが、両手共になくなっているので患部《かんぶ》を押さえることすらできなかった。

「ザオルグ様!!」

即座にお付きの騎士がザオルグに駆け寄り治癒魔法を施した。それによってザオルグの腕が徐々に生えてくる。

「遅いぞ!! もっと早く治さんか!!」

そう言ったザオルグは治癒魔法を使った騎士をその治してもらった腕で殴る。

殴られた騎士は大したダメージはなさそうではあったが、その表情はとても愉快とは言えないものであった。

ザオルグは自らの腕を斬り飛ばした要因を怒りの表情を浮かべながらキョロキョロと探した。

「……ヒィッ!!」

だがザオルグは辺りを見渡し、〝それ〟を見つけて目を引《ひ》き攣《つ》らせ思わず悲鳴を上げた。

ザオルグが見つめる先にいたのは禍々《まがまが》しい漆黒《しっこく》のオーラを身に纏った、先ほどよりも明らかに少し成長した姿のアーノルドであった。

金色の瞳は真っ黒に塗りつぶされ、身につけていた鈍い銀色の胸当てももはや元の色がわからないほど漆黒に覆われている。まるで漆黒の黒衣でも身に纏っているかのようにアーノルドの体の周りで黒いオーラがゆらゆらと揺らめいているのである。

その威容《いよう》は見る者全てに、どこまでも呑み込まれていきそうな闇に対する根源的な恐怖を、呼び起こさせた。

周りにいる騎士も、ザオルグも、オーリもそして黒いオーラを見たことがあるコルドーすらも、アーノルドのその姿の前では何一つ言葉を発することはできなかった。

アーノルドが泰然とした足取りでパラクに近づいていくとザオルグはその分だけ後退《あとずさ》る。

そしてアーノルドがパラクのいるところにたどり着くと、パラクの体をアーノルドから出てきた黒いオーラが包み込んでいった。

それを見た皆の顔が引き攣る。それはまるで黒い怪物に人が捕食されているような光景であったからだ。思わず剣に手を掛ける者までいたが、周りの他の騎士に制されていた。

皆が息を殺して見守る中、黒いオーラが引いていきパラクの姿が見えた。遠くからしか見えないため正確なことは言えないが、騎士達にはパラクは傷ついているどころか斬られていた傷がなくなっているように見えた。

ザオルグはパラクを呑み込んでいた闇がアーノルドに戻っていく様を、年相応とも言える恐怖の表情を浮かべながら見ていた。その闇は根源的な恐怖を呼び起こすが、決して目を逸らすことを許さない。

その闇に呑まれそうになっていたときにアーノルドの声が聞こえてくる
「――剣を取れ。人を人とも思わぬ貴様が上に立つなど私が認めぬ。貴様のその命、その取るに足らぬ虚妄に満ちた泡沫《うたかた》の夢と共に消えていくがいい」

闇を纏うゆえか少しばかり成長したかのように見えるアーノルドはいつもの幼げな声とは違い、どこかどっしりとした壮烈《そうれつ》さに溢れ、厳粛さを伴った声に変わっていた。

その声は訓練場によく響き、ただ悠然《ゆうぜん》と話しているだけなのであるが、五歳式の公爵同様、その声すらも威圧となってザオルグに襲いかかっていた。

圧に押されて地に跪くザオルグを見てアーノルドが愉快とでも言うかのように僅かに嗤笑《ししょう》を

浮かべる。

「貴様ッ……、よくも下郎の分際で――！」

格下如きに馬鹿にされたような笑みを向けられたザオルグがその手にもつ剣をアーノルドへと向けようとしたその瞬間、ザオルグはその首が斬られたかのような光景を幻視した。

「カハッ……‼」

咄嗟に首に触るが、斬られてなどいない。だが、先ほど感じたあれは幻覚などと言うには生々しすぎる感触であった。

「どうした？　先ほどまでの威勢はどこにいった？」

そのときアーノルドから声がかけられる。ザオルグが震える体を叱咤しながら顔を上げると、まるで無価値なものを見るような漆黒の瞳がザオルグを射貫《いぬ》いていた。ただ黒いというだけなのにそれが、ザオルグの体に恐怖を刻み、震えさせる。

「クッ‼　こ、殺せ‼　あいつを今すぐ殺せ‼」

恐怖に呑まれそうだったザオルグは半狂乱状態になりながらも自らの騎士達にアーノルドを殺すように命じた。

オーリはアーノルドのその姿を見て、ただただ震えて何も言うことができなかった。耐性がないオーリが抗えるほど優しい気配ではなかった。

周りで見ている従騎士級以下の者はアーノルドが放つ黒いオーラの蠢動《しゅんどう》に当てられて動けず固まっており、騎士級以上の者は何が起こってもすぐに動けるように緊張で顔を強張らせながら待機していた。

この場を支配しているのはアーノルドである。その威容は誰であっても警戒させるには十分すぎ、誰もが迂闊《うかつ》には動けない。

アーノルドが一歩一歩泰然とザオルグに向けて歩を進めると、その間に割って入るように騎士が立ち塞がってくる。

「行かせん‼」「止まれ‼」

この二人は騎士級の騎士である。従騎士級のアーノルドなど本来ならば相手にならないほどの相手だ。

「――邪魔だ」

アーノルドが静かな声でそう言うと、足元からまるで意志を持っているかのような禍々しいオーラが生み出された。それはまるで地獄から顕現《けんげん》せし触手のようにユラユラと蠢《うごめ》いている。

アーノルドがまるで虫でも払うかのように手を払うとその触手のようなオーラが凄まじい速度で地を這い、その騎士達に襲いかかる。

騎士達は咄嗟に自身の剣にオーラを纏わせ、その攻撃を受けることできたが、凄まじい威力の攻撃を完璧に受け流すことなどできず大きく吹き飛ばされた。

それを見たアーノルドは不愉快そうに鼻を鳴らし、再び泰然と歩を進め、ザオルグの方へと向かっていく。

アーノルドが歩む道はまるでレッドカーペットのように地が黒いオーラに侵食されている。

そして歩を進めるごとにまるで失った何かを補完するようにその黒いオーラがアーノルドへと吸い寄せられる。

それをザオルグはただ見ていることしかできなかった。悲鳴すらあげられず、怒号《どごう》すらあげられず、ただ茫然とアーノルドに目を遣り、一歩一歩近づいてくるのを待つだけだ。そして近づいてくるたびに心が恐怖で満たされるのを感じていた。

だが恐怖に満たされてなお、アーノルドから目を離すことができなかった。まるで目を離せば死ぬとばかりに。

そして徐々にザオルグの顔が恐怖に歪んでいく。身長は変わらぬくらいであるにもかかわらず、ザオルグにはアーノルドが実物以上に大きく見えていた。

だが、ここでザオルグとアーノルドの間に入るように複数の騎士が陣取った。元々観戦していた中にいたザオルグ陣営の騎士達だ。そして先ほど飛ばされた騎士達も合流する。

全員が騎士級以上である。本来ならば考えるまでもなくアーノルドがどうこうできるはずもない戦力差である。だが、この場にいる誰もがアーノルドが戦力で劣っているなどとは考えなかった。

「この私に二度も同じことを言わせる気か？　君主同士の争いを下僕風情《げぼくふぜい》が邪魔をするとは万死に値する醜行《しゅうこう》であるぞ？　これ以上邪魔立てするならば貴様達の命をもってその咎《とが》の代償《だいしょう》を払ってもらうぞ」

絶対者による大命。抗うことすら許されぬ絶対の法理。

だが本来ならば抗《あらが》えぬ法理も、いまのアーノルドは完全には程遠い。それゆえ騎士達も恐怖は覚えるが、その程度で屈しはしない。

アーノルドはそれを返事と受け取り、一際《ひときわ》その瞳を鋭利に細める。

「──そうか。ならば仕方ない。身の程を弁えぬ者が死ぬというのは世の道理だ。それに従い死ぬといい」

アーノルドがそう言うや否や、その身に纏っていた漆黒のオーラが勢いよく溢れ出し、アーノルドの周囲の地面を再び黒く染めていった。それは先ほどとはまるで規模が違った。

騎士達は即座に避けようとしたが、その広がる速度に抗《あらが》えず、騎士達の足元に黒いオーラが満たされていく。侵食されぬように足元を自身のオーラで固めるが、時間が経てど特に何も起こらないのを見て怪訝《けげん》そうにアーノルドに視線を向ける。

だが、視線を向けた騎士達は瞠目《どうもく》する。そこにいたのはもはや化け物であった。少なくともアーノルドの双眸《そうぼう》を直視した者達はその吸い込まれそうなほどドロドロとした漆黒なる黒の中に化け物を幻視した。背中にゾッとするような怖気が迸り、心拍数が異様に高まり、動いたわけでもないにもかかわらず息が乱れ始める。

──遂には恐怖に支配された者が先走る。

「……ッ‼　死ねぇぇえええええええ‼」

「おい‼　待て‼　やめろッ‼」

最も位の高い騎士が制止の声を掛けるが錯乱している騎士は止まらない。

「クソ……。全員一斉にかかれ‼」

もはやどうしようもないと考えた高位の騎士は少しでも生存率を上げるために全員での突撃を指示する。

だが、この騎士は気がついていない。そもそもこの戦いは騎士達の方がアーノルドを殺すという戦いであったのだ。だが、いつの間にか自分達が生き残る戦いになっている。それに気がついていない。

だがそうは言っても叫んだ騎士にはわかっている。アーノルドのこの力がもはや自分一人でどうにかなるほど矮小《わいしょう》なものではないと。

アーノルドは錯乱した騎士とそれに追従する騎士が突っ込んでくる様をまるで塵芥《ちりあくた》でも見るかのように見つめ、不愉快《ふゆかい》そうに鼻を鳴らした。その瞳はまるで圧倒的な上位者が取るに足らぬ者に集られたかのような冷厳《れいげん》さに満ちていた。少なくともただの一欠片も臆した色などは見えない。

そんなアーノルドの瞳に見つめられたその騎士は思わず背筋がビクリと跳ねる。

アーノルドはその場から動くこともなく、無造作にその端麗《たんれい》な人差し指を下から上にクイッと上げた。

それを見た騎士達はすぐさま散開する。あからさまな攻撃の予兆。だが、錯乱していた騎士だけがそのまま突っ込んでいった。

アーノルドが指を動かしてすぐ、地面に広がる漆黒から騎士達を貫かんと蒼黒の槍のようなものが生成された。

間一髪のところで騎士達はその槍を避けたが、錯乱していた騎士だけがその槍に貫かれる。

ピクピクと動き、血を吐いていた騎士であるが、その槍が貫いた箇所から徐々に黒いオーラが侵食し遂には闇に呑み込まれていった。

それを見ていた誰もが動きを止め、声一つ発することができなかった。

そして恐怖が伝染したかのように別の騎士が今度は雄叫びを上げた。

（ッチ！　なんだこの状況は⁉　一体何が起こっている？　まさか……ッ！　いや、ありえん‼）

最も位の高い騎士は混乱する頭を無理やり鎮め、いまの状況を打破するための方法に頭を巡らせる。

だが、状況は待ってなどくれない。

アーノルドが広げた地面の漆黒から今度は無骨《ぶこつ》な剣の形をした何かが生み出され、周囲に浮かび上がってきた。その数はもはや数えることも無駄だと言わんばかりに膨大である。

ただオーラで造られた剣などと侮るような者はいない。

「全力で固めろ‼　さもなければ死ぬぞ‼」

その漆黒の剣はその一本一本に凄まじい力が包含《ほうがん》されているのが見てわかった。生身で受ければ間違いなく肉塊になるだろうと。

騎士達は即座に身体強化を施し、その身を固める。

だが、眼前に広がる光景は無情にして、騎士達を絶望させるものだった。空を埋め尽くすほどの昏冥《こんめい》なる剣の堵列《とれつ》。

相対する騎士達は思わず奥歯を嚙み締めた。

そしてそれは外からそれを見ている他の騎士達も同様だ。これはもはや大騎士級の領域へと足を踏み入れている。だが、そんなことはありえぬ。ありえぬのだ。さっきまで身体強化にすら手こずっていたアーノルドが、その器すら完成していないアーノルドが、大騎士級になるなどありえない。

だが現実が、目の前の光景が、それを否定する。まるで鬼夢でも見ているかのような面持《おもも》ちであった。

アーノルドに相対する騎士達は剣を構え、防御の姿勢をとっている。いかに絶望を胸に抱こうともその程度で諦めはしない。

それを見たアーノルドはまるで嘲笑《あざわら》うかのように鼻で嗤うと、浮かぶ剣の形をしたものを無造作に一本摑み取り、指でかかって来いと騎士達を挑発した。

それを見た騎士達が目を見合わせ、神妙《しんみよう》な顔でコクリと頷くと示し合わせたかのように散開し、四方からアーノルドに迫り来る。

どの道その場に留まっていても状況はよくならない。ザオルグに下された命はアーノルドを殺せというもの。騎士としてそれは完遂せねばならない。それがたとえどれだけいけ好かない主君であろうと自らの主君である限りそれは絶対である。

アーノルドは表情を変えることなく騎士達が迫る様を退屈そうに見つめ、まずは左から向かってきていた者にその剣を振るう。

その者は自身の剣にオーラを纏わせそれを受けようとするが、アーノルドのその漆黒の剣はそれをものともせずそのまま斬り飛ばし、騎士の体すら貫通した。

その騎士は驚愕に顔を染め、悲鳴すら上げることができず絶命する。

「怯《ひる》むな‼　四方から叩け‼　だが、その剣は絶対に受けるな‼」

他の騎士達が同時にアーノルドへと迫り来る。

だが、アーノルドはまるで演舞《えんぶ》でも踊っているかのような軽やかなステップでその騎士達の剣を避ける。その顔には薄らと笑みすら張り付いている。まるでお前達の攻撃など無意味だと言わんばかりに。

それに焦った一人の騎士が陣形を崩してアーノルドへと攻撃を仕掛ける。だが、その愚行の末路は自身の死という現実だけだ。

「え――？」

足をかけられ体勢を崩したその騎士はそのままアーノルドによって首を刎ね飛ばされる。

陣形が崩れたこと、そして容易く騎士級に属する者が殺されたことで他の騎士達の足が止まる。

「――どうした？　私を殺すのだろう？　ならば来い。貴様らに残された選択肢など、私を殺して生きるか、それとも私に殺されるかしかない」

その声はどこまでも粛然としていた。まだ荒々しく言われたほうが人間味というものを感じられただろう。

本気の殺し合いの最中だというのにこの落ち着き様。それが半人前の騎士ですらなく、まだ子供の容姿をしているという事実。いくらダンケルノ公爵家の子供とはいえ、その異様さは不気味を通り越して恐怖心すら呼び起こす。

そのときまとめ役の騎士の一人が叫んだ。

「喝っっっっっっっっっっ!!」

自らの中に溜まった劣弱なる心の膿《うみ》を吐き出すかのようにそう叫びながらオーラを放出した。

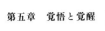

大騎士級には及ばずとも、少しばかりはオーラを放出することはできる。

「ッ……⁉」

だが、その騎士は震駭《しんがい》した。自らのオーラで周りにあるアーノルドの黒いオーラを吹き飛ばすつもりであったのだが――結果は何も変化せず。

それどころか自らのオーラがアーノルドのオーラに飲み込まれるかのように消えていった。

それはアーノルドのオーラが自らのオーラを凌駕《りょうが》しているという証。

それゆえ自身のオーラが飲み込まれる様を見て慄然《りつぜん》としてしまった。戦っている最中に相手に恐怖の心を持つなどもはや負けも同然だ。目の前に立つのはただの五歳の、幼児ともいえる年端《としは》もいかぬ少年のはずなのだ。だがもはやその騎士の瞳にはその子供が化け物にしか見えなくなっていた。

だからこそ動きも止まり、アーノルドの接近に一拍遅れてしまう。

真性の怪物を前にしたかのように体が硬直している。

だがその騎士を助けようとしたのか、他の騎士達が雄叫びを上げながらアーノルドへと斬りかかってくる。

アーノルドは目の前の騎士以外は興味がないとばかりに、襲いくる騎士達を見もせずにただその剣を無造作に振った。

それだけで騎士達の足音は消えて、代わりに地面に倒れる音や喘《あえ》ぐような声が聞こえてくる。

その光景を見て、目の前の騎士は絶望したかのように膝《ひざ》をついた。もはや立っていることすらできはしない。

この騎士は見た。アーノルドが腕を振るった瞬間、騎士達の体をアーノルドのオーラと同じような漆黒の何かが鋭利に貫いていた。

あんなものにどう抗えというのか。

「身の程を弁えん愚物の結末など初めから決まっている。この世の闇は全て私の支配領域だ。貴様ら如きがどうにかできるとでも思ったか？」

アーノルドの攻撃は単純なものだ。ただ単に地面に広がる漆黒と同じ要領で騎士達の体にできる影から自らの武器を生成したに過ぎない。影がある限り逃げることすら許さぬ必中の攻撃。ただそれだけのことだ。

そのメチャクチャな攻撃に思わず笑みすら溢れる。

「はは……、ぅぐッ……」

だがその騎士は直後、宙に浮かんでいた無数の剣に貫かれた。

アーノルドはもはや表情一つ動かさない。ただその騎士の命の灯が消えるのをジッと見るだけであった。

その騎士の灯が潰え邪魔者がいなくなったことで、アーノルドは再びザオルグへと向き直る。

その周囲にはまるでいまのアーノルドの心を表すかのように漆黒のオーラが荒ぶっていた。

「な、なんなんだあれは……！　化け物めッ……！　貴様ら、さっさとあいつを殺せ‼」

ザオルグは震える声で自分を守るために控えていた騎士、そして周りで見ているだけの騎士達にまるで自分が主君であるかのように命を下すが、動く者はいなかった。

ザオルグを守るために控えている騎士とて訓練を受けた者達だ。主君のために死ぬ気で守れと言われれば本当に死に行くくらいの気概は持っている。

だが、アーノルドのその威容はそれすらも否定する。その異様な姿、そして黒きオーラが蠢動するたびに起こる恐怖心とでもいう虚脱感。それが騎士達の動きを止めるのだ。

「何をしている!!　貴様らの存在価値なぞ俺様に比べたら塵芥も同然であろう!!　さっさとあの化け物を倒しにいかんか!!　俺様が逃げるまでの時間を稼げ!!」

ザオルグにとってはオーリ同様下々の者など自らの肉壁くらいにしか考えておらず、またどう扱ってもいい存在であった。だが、逃げるとは言いつつも足がすくんで逃げられてはいない。

このザオルグの傲慢とも言える言動はオーリの英才教育の結果とも言える。ザオルグとてアーノルドと同じ五歳児なのである。周りの環境が違えば育ちも性格も変わるのは当然である。

ザオルグはオーリの使用人を人とも思わない扱いを見聞きしそれが普通であると思っている。

もちろんザオルグが何も考えず唯々諾々《いいだくだく》とオーリの言うことを信じたことも悪いのは明白であろう。だが、果たしてたった五歳の子供が親を真似《まね》るのを悪と責められるだろうか――是、責められる。

ここダンケルノ公爵家の直系の子息ならば親になど、そして他者になど左右されてはならぬのだ。親を真似る？　存分に真似ればいい。だが、何も考えずただ無心に真似るなど支配者の持つ資質にあらず。

支配者とは自ら考え、自らその道を切り開ける者のこと。ただ操り人形のように模倣《もほう》するだけの者など傀儡《かいらい》でしかない。

いまのザオルグに支配者としての才覚など微塵も見えていない。そんな者に騎士達も心の底から信望し付き従うなどありえないのだ。だからこそ周りに付き従う騎士達はこの程度のアーノルドの気迫にすら抗えず、そして抗おうともしない。芯から仕《つか》えているのであれば、騎士達は動けたであろう。

邪魔する者がいなくなったことで、アーノルドはもはやザオルグを殺せる距離まで近づいていた。だが、あと数メートルというところで止まり、いまだに自らの騎士に罵声《ばせい》を浴びせ喚いているだけのザオルグに対して口を開く。

「そう喚くな。臣下を使い捨てにするような奴についていこうなどという者がいるはずなかろう？　それすらわからんのなら貴様は君主たる器ではない。それとも貴様はただの暴君にでもなろうというのか？」

ザオルグは喚くのを止め、アーノルドを見据えるが何も答えはしなかった。

「貴様も君主たろうとするならば剣を取り、自ら立ち向かってきたらどうだ？　臣下に押し付け自らは逃げるなぞ、とても君主の姿とは思えんぞ？」

その触れれば吸い込まれそうなほどの陰惨《いんさん》たる雰囲気を醸しているオーラに当てられ、ザオルグは尻餅《しりもち》をついてそのまま後退る。

「……なかなか滑稽《こっけい》な姿であるな。よもや貴様は君主ではなく道化の類《たぐ》いであったか？」

アーノルドは冷笑を浮かべてその様を嘲った。ダンケルノとしてはザオルグのその様は無様極まりない姿であった。

それを指摘されたザオルグは顔が真っ赤になる。自分より遙かに下の身分である下郎《げろう》ごときにバカにされたのだ。ザオルグの頭を支配していた恐怖の感情が怒りの感情に変わるには十分であった。

だが、ここで怒りを抱けるというのもまた才と言えるものだろう。弱者は抗うことすらできない。その意志すら持つことができない。ならば無様であるが、いまのアーノルドに反抗の意志を持てたザオルグはダンケルノたる資質を垣間見せたとも言えるだろう。

「下郎ごときがこの俺様をバカにするだと……ッ‼　許さん、許さん、許さんぞ‼　未来の公爵たる俺様を侮辱したのだ！　貴様は確実にこの俺様が殺してやる‼」


――▽▽――


アーノルドがこれまでに黒いオーラを発現させたのは二回である。

一回目は今度の遠征のきっかけとなったユリーを殺したとき、二回目はマードリーとの講義中。

一度目の時は自分が変化していることにすら気づかず、何か別の視点からふわふわとした感じで自分を見ているような感覚であった。それゆえ自分のことであるが、どこか実感のないものであった。

二度目はマードリーの講義中にマードリーから聞いた言葉が原因となって起こったもの。

この時アーノルドの意識はハッキリとしていたが、周りは全く見えておらずマードリーに叱責されるまで自分の状態、そして周りの状態もわかっていなかった。気がつけば終わっていた。

そのオーラを放出したという感覚すらなく。

そして三度目。今のアーノルドは意識もはっきりしており、制御もできている状態であった。いままでとは違い、まるで生まれ変わったかのような全能感に包まれ、何でもできるような感覚に陥っていた。

しかし、騎士達を殺したあたりからアーノルドの体に異変が起きていた。制御できていたはずの黒いオーラが突然自らの意志に反し、荒ぶりだした。だが、それでもなおアーノルドの意識はより鮮明なるものへとなっていった。黒いオーラの感覚、その扱い方、そして体の使い方まで、それら全てがアーノルドに含蓄されるかのように入ってきたのだ。

だが、それに反するように体の意志が奪われていくかのような感覚が襲う。かと思えば今度はそれと同化でもするかのような感覚だ。自分であり、自分ではない。そんな感覚に陥りながらもアーノルドはただ一つ己の魂に刻んだことだけは忘れない。

〝何者にも侵されぬ力を手に入れる〟

自らの命を侵そうとする騎士達を殺し、そして自らの心を侵そうとするザオルグを殺す。それだけがいまのアーノルドを動かす原動力であった。

騎士を殺し、ザオルグの方を向くと喚き声が聞こえてくる。

「何をしている‼　貴様らの存在価値など俺様に比べたら塵芥も同然であろう‼　さっさとあの化け物を倒しにいかんか‼」

なんとも醜悪なる人間だ。自らのために他者を犠牲にする精神。

アーノルドとてそれが悪いなどともはや言うつもりはない。アーノルドとて今世はそれが必要な状況になれば躊躇うことなくそれをするだろう。もはや他者など自らの踏み台程度にしか思っていない。だが、それを他人がすることは赦さない。最善すら尽くさず、ただ自らの権力を振りかざすだけの者がそれをすることは赦さない。

他者がどう言おうとも、どう思おうとも、もはや関係ない。アーノルドはただ自身の快、不快だけで動く。そして自らの矜持に基づき行動するだけだ。

「下郎ごときがこの俺様をバカにするだと……‼　許さん、許さん、許さんぞ‼　未来の公爵たる俺様を侮辱したのだ！　貴様は確実にこの俺様が殺してやる‼」

ザオルグが顔を真っ赤にして怒鳴り散らしているのをアーノルドはただ冷めた瞳で見ていた。

力なき者の言葉はこうも軽いのかと。自らが力ある者だと驕るつもりもない。全能感に身を包まれようとも、まるで借り物のように暴走する力だ。扱えぬ力など自らの力などとは言えないだろう。それに自身の意志であるにもかかわらず、まるで自分ではないかのような感覚がさらに自らの力であることを否定する。

だがそれでもアーノルドが言うことは変わらない。

「喚くのは多いに結構であるが、実力を伴わぬ言葉なぞただの戯言《ざれごと》でしかないぞ？　まぁ、貴様がどのような大望を抱き、どのような理想を掲げて君主を目指そうが私にはどうでもいいが、この私を不快にするのならば、私は私の信念に基づき貴様を殺すとしよう」

そう言ったアーノルドから殺気とも呼べる重圧がザオルグに襲いかかる。

弱き者を虐げることを許さぬというアーノルドの本質。それはどこまで行こうとも容易に消え去ることはない。

だがいまのアーノルドはそれが主軸ではない。

己を不快にする者を排除する。ただそれだけだ。それだけのために力を振るう。

アーノルドが手をかざしたかと思えば、周囲からオーラが手に収束していき、一本の剣を創り出した。

先ほど騎士を串刺しにしたような無骨なものとは違い、誰が見てもオーラによる虚構なる剣でなく、実体ある剣であった。

その剣は美麗《びれい》さと妖艶さを併せ持っていた。だが、その剣に見惚《みと》れていられる者はそう多くない。ほとんどの者はその剣が纏う漆黒なるオーラを見て恐惶するからだ。

触れてみたいが触れたくはない。その矛盾する想いが人を惑わせる。

ある者はその剣に魅せられるように惹かれ、ある者は一刻でも早くこの場を離れたいとまるで遁走《とんそう》するかのように心が浮き足立つ。

だが、誰一人として動く者はいない。動ける者はいない。

ザオルグもまた、アーノルドが持っている剣に魅せられ、そして恐怖していた。

貴族としての矜持か一度は恐怖を抜け出したザオルグであるが、その剣を見て、恐怖せぬなど不可能であった。むしろ錯乱しなかっただけでも強靭《きようじん》な精神力を持っていると言っていいだろう。

アーノルドが一歩近づくとザオルグが一歩後退する。

「どうした？　なぜ退がる。貴様の後ろに控える臣下に見せる背中が、後退などと無様《ぶざま》なものでいいのか？」

そう言われたザオルグは悔しさからか歯を食いしばり後退するのをやめた。

それにはアーノルドも若干意外そうに笑みを浮かべる。

「ほう？　覚悟は決まったのか？　それならば剣を構えよ。それくらいは待ってやる」

「……などに……」

ザオルグが何かを言っているのは聞こえたが、声が小さすぎてよく聞こえない。

「なんだ。言いたいことがあるのならばはっきりと言うがいい」

アーノルドが聞き返すと、ザオルグが怒りの表情を浮かべながら俯いていた顔をバッと上げた。

「お前などに！　下賤《げせん》なるお前などに何がわかる!!　下の者には力を示し、力で押さえつけなければならない！　さもなくば増長し反旗《はんき》を翻《ひるがえ》すだろう！　そして強者を従えるのならば自らがさらに強者となるしかない!!　そのために犠牲となる者が存在するのは当然であろう!?　そして自らが気に入らぬ者を放置などしておけば、下の者が俺についてくることはない!!　舐められれば生きてはいけない世界にいるのだ！　弱者が強者に食われることなど、この世の常であろう!!　それをすることの何が悪いというのだ!!　お前こそ気に入らぬからと使用人の女を一人殺したのだろう!?　お前と俺様の何が違う!!　同じであろう!!」

母親の傀儡となっていたともいえるザオルグが初めて述べた自らの魂の叫びであった。

ザオルグとて考えている。強者とは何か、弱者とは何か。強者たるにはどうすればいいのか。強者たるとは弱者を虐げることにあり。弱者がいるから自らは強者たりえる。だからこそ、誰もが逆らおうなどと思わぬ圧政こそが強者の本質だと。

目の前の怪物は弱者を虐げることは赦さないと言う。だが、それはおかしい。この目の前の怪物もまた自らが気に入らぬからメイドを一人殺しているのだ。自分に従わなかったパラクを殺すことと何が違うというのか。どちらも自らに舐めた行動をとった者の末路でしかないと。

だが、アーノルドはザオルグのそんな言葉になど左右されない。

「然《しか》り。言ったであろう。私は私の信念に基《もと》づいて行動している。そこに他人から見た正しさなど存在せん。私は誰に否定されようとも己の信じた道を突き進むだけだ。他人に言われた程度で変える考えならばそんなものは捨ててしまえ。暴君だろうが大いに結構。貴様も自らの行動が正しいと思っているのならその道を突き進めばいい。だが、私の進む道に邪魔な者は容赦なく殺すだけだ」

鋭い視線と厳粛なる声をもってアーノルドはザオルグに確言する。そこに迷いなどは一切ない。

もはやアーノルドは前世のように自分の考えが絶対であり正義などとは思っていない。ただ自分が信じた道を偏《ひとえ》に進むということを胸に誓っているだけだ。そのためならばどこまでも非情になれるだろう。

だからこそ、アーノルドはザオルグの行いが悪だとは言わない。気に入らないから殺すだけ。ただそれだけである。

「ザオルグ、その下賤な者をさっさと殺してしまいなさい‼　お前達‼　今すぐ動かなければ家族がどうなっても知らないわよ‼」

アーノルドが醸している圧するような雰囲気が抑制されたからか、恐怖から抜け出したオーリが自らの騎士に命じる。

「貴様は黙っておけ」

アーノルドは静かな声でそう言った。だがその声はその場一帯に響くほどの重厚感を持っていた。

空間すらも震えているのではないかと思うほどの重圧が襲う中、アーノルドが今度は粛然と口を開く。

「今は君主同士の語らいの場である。貴様ごときが邪魔をすることは断じて許さん」

「ッ‼」

オーリはアーノルドから直接向けられた威圧に当てられ喋ることができず、その顔は屈辱に塗れ、到底人に見せられるような有り様ではなかった。だが、いまのアーノルドの威圧を受けてまだ屈辱を感じるだけの余裕があるというのもまた公爵夫人として資質は十全なのだろう。

ザオルグはアーノルドの君主同士の語らいの場という言葉を聞いてから、その表情を真剣なものへと変化させていた。

そしてずっと俯いていたザオルグは、さっきまでの棘を伴っていた声色とは違い、ゆったりとした声色で話しだす。

「お前の、お前の言うことが正しいなどとは思わん。だがお前の言う通り俺様には信念など、たしかにまだないだろう。ただ言われるままにそれが正しいと信じ込んでいただけだ。まだ俺様には、何が正しく何が正しくないかを判断することはできん。そのうえ、俺様の行いが間違っているかどうかもわからん。少なくとも俺様にとって今までの行いは正しいものであった。だが、一つ確かなことは他者の顔色を窺うなどということは俺様がやるべきことではない！」

ザオルグは先ほどまでとは違って少し晴れ晴れとした顔をして剣を構えた。その顔はまるで長年の疑問への答えに辿り着く兆《きざ》しを発見した者のような表情であった。

頼れる者は母親だけであり、生まれてから今までひたすらオーリに言われるままに従っていた。だが少し前、公爵家の教養の教師から教育を受け、本当にこれでいいのかという考えを自らの中に抱くことになった。しかし、それでも今ある環境を変えることに勇気を持てず母親の考えが正しいのだとひたすらに自らに言い聞かせていた。一種の自己洗脳状態に陥っていたのである。

しかし、アーノルドによって恐怖状態に陥ったことで一時的に自らの洗脳が弱まり、アーノルドの言葉がザオルグの洗脳という殻にヒビを入れた。そしてまだ何が正しいのかなどわからないが、自分の行動によって起こった闘争から逃げることが君主として正しくないことだけはわかった。それゆえザオルグはアーノルドに立ち向かうことに決めた。

たとえその結果死ぬことになっても、負けようとも、それがダンケルノである自分だと唯一《ゆいいつ》いま胸を張って行えることだと。

アーノルドはザオルグが剣を構えたのを見て、特に何の反応もせずただ剣を構えた。

アーノルドの顔には嫌悪すら浮かんでいない。もとより嫌悪感など持つだけ無駄だ。ザオルグのことなど終始どうでもいい。ザオルグが何を想い、どう変わろうともどうでもいい。既にザオルグに下した裁定が覆ることなどないのだから。

ゆえに、そのアーノルドが放つ気配は手心を加えるなどという甘い幻想を抱かせるものでは微塵《みじん》もなかった。

ザオルグの剣の構え方は少し前のアーノルドをして未熟極まりないと言わしめるほど不格好で無様《ぶざま》。

だがそれでも、基本に愚直なまでに従おうとするものではあった。

ザオルグは精神を整え一度深呼吸をした。

アーノルドが卑賤《ひせん》なる者であるがゆえに、公爵という地位に相応しくないという思いはいまなお変わらない。だが、オーリのように卑賤であるから弱いなどという馬鹿げた理論を信じてはいなかった。強さに貴賤《きせん》はないと。

アーノルドほどではないがザオルグも剣術の鍛錬はしていた。オーリによってただ自分が騎士相手に打ち込み自信をつけるだけのような無様たる訓練ではあったが、それでもザオルグなりに強くなるための努力はしていた。

だからこそ、いまのアーノルドに勝てるなどと思い上がるほど馬鹿ではない。

アーノルドとザオルグはお互いに駆け出す。

ザオルグの表情にアーノルドに対する畏怖の気持ちが表れることはなかった。そしてまた悔恨もなかった。君主たる者、自らの行動を省みて是正《ぜせい》することはあっても、その行いに異を唱えるなど決してしてはいけない。もし、自身の行動を悔やむ君主がいるのならばそれは暗君である。

それゆえザオルグは自らの行いに疑問を持つことはあっても後悔だけはしないと、この場で決意した。

お互いの剣が間合いに入り、今にもぶつかるところまで近づいていた。

しかし——お互いの剣がぶつかることはなかった。

突然どこからともなく一人の男がアーノルドとザオルグの間に割り込み、二人が振りかぶった剣を素手で止めた。

「——おう、そこまでだ」

アーノルドはその行為に僅かに目を見開く。止められること自体もそうであるが、それが素手などと到底信じられなかった。いままで感じていた全能感が一気に覚めた思いであった。

その男は無性髭《ぶしょうひげ》を生やしてどこかだらしなさを感じさせる風貌《ふうぼう》である。

アーノルドは掴まれた剣をその男の手から引き抜こうとしたが、びくともしない。

短く舌打ちをしながら即座に剣から手を離し、距離を取ってから再び漆黒の剣を創り出した。

所詮はオーラから創り出した剣だ。いくらでも創ることができる。

その男が持っていたアーノルドの漆黒の剣がそれと同時に霧散して消えていく。

その男はニヤニヤしながらアーノルドを見ていた。

「何の真似だ、貴様」

アーノルドに対して敵意があるわけでもなく、ザオルグに味方をするといった感じでもない様子の男を見てアーノルドはこの男が何がしたいのかわからなかった。

だがそのだらしなさとは裏腹に、ただ立っているだけでまるで威圧されているかのような感覚を覚える。どこかで感じた感覚だと思えば、公爵から感じたのと似たような圧であった。

「そこの第二公爵夫人とザオルグ様を公爵様がお呼びになってんだ。だから悪いけどそこまでにしてくれるか？」

お願いのようであるが、感じるのはその逆、有無を言わさぬ命令であった。まるでお前らのいざこざよりも公爵様の命令を優先するよなと言うかのような圧力。

だからこそアーノルドはより一層眉間に皺を寄せた。

「私がそれを聞く義理はないと思うが」

「まぁ、そうだわな。だからお願いしてるんだよ。命令じゃないぜ？　だが、そもそも後継者候補同士の殺し合いはたしかご法度《はっと》だったろ？　この辺でやめとくってのもありだと思うが？」

あくまで提案の体を崩さずにその男は話しかけてきた。

「私にとっては後継者争いごときのルールを守ることより重要なことだ。そこをどけ」

アーノルドはただ淡々とその男に言った。アーノルドが決めたならばその他一切どうでもいい。ルールごときで止まるつもりなど毛頭なかった。

「う～ん」

その男は困ったように無性髭を撫でていた。

「エルフレッド‼　貴様がなぜここにいる！」

惚《ほう》けていたザオルグが突然怒鳴り声をあげた。

「そりゃ、俺は騎士団の所属ですから」

その男は飄々《ひょうひょう》とした態度で悠然と答えた。

「そうではない‼」

「ん？　ザオルグ様に解雇された件でしたら、別に解雇されても本館に戻るだけですので。……それとも俺を襲ってきた男共のことですかね？　ハハハ、俺を殺したいなら、それこそ超越騎士級《トラシェンデレナイト》を数人は連れてこないと無理ってもんだぜ？」

そう言われたザオルグは固まっていた。

何やらザオルグと禍根でもあるようだが、アーノルドにとってはどうでもいい。自分の邪魔をするのか、それとも退くのか、重要なことはそれだけだ。

「おい、そこを退くのか退かないのかさっさと答えろ」

アーノルドはしびれを切らしたようにエルフレッドに返答を求めた。

「……よし！　それならこうしよう。退いて欲しければ力尽くで退かすといい。それが――ダンケルノってもんだろ？」

名案とばかりにその男はアーノルドにニヤリと笑いかけてきた。

「そうか」

アーノルドはそれまで引っ込めていた闇のオーラを全開に広げ、自分を中心に渦を巻くようにその地を満たしていった。

「……ほぉ～。まったく、今どきの若いもんは末恐ろしいね～」

少しばかり視線を険しくしたエルフレッドであるが、あくまで飄々とした態度を崩さない男
の態度がアーノルドの癇に障った。

アーノルドはエルフレッドの足元から闇の針のようなものを作り出し串刺しにしようと指を動かし、けしかけた。

しかしエルフレッドは予備動作など全くないまま別の場所に瞬間移動しているかのように移動しアーノルドの攻撃が当たることはなかった。

何度攻撃しようが全て避けられる。その顔には微塵も焦りなどというものは見えはしない。

「確かに強力な技ではあるけど来るタイミングがわかれば避けるのは容易いぜ？」

エルフレッドはアーノルドが指を動かすのをずっと見ていた。

もちろん技の発動に指を動かす動作は関係ないのであるが、そういう動作があった方が発動をイメージしやすい。予備動作なしで何かをするのは一朝一夕ではできない。

「それなら、これはどうだ」

アーノルドはまたしても足元に広がる闇から無数の剣を生み出し、逃げる隙間がないくらい無数の剣をエルフレッドを中心とし高速で回転させる。

そして逃げられぬように四方八方から不規則な動きで絶え間なくエルフレッドに向かって剣を射出した。

もはや外からは中の様子すら窺えない。だが、アーノルドはその剣が当たっているような感触は感じていた。だが、それら全ての剣を撃ちだし終えたアーノルドの息は少しばかり上がっていた。

「ハァ……ハァ……どうだ」

オーラの渦が次第に晴れ、そこから出てきたのは無傷のエルフレッドだった。着ている服にすら傷ひとつなかった。

そして付いてもいないホコリでも払うような動作をしながらアーノルドへと笑みを浮かべる。

「数があればいいってもんじゃない。一本一本の剣の威力が弱すぎて当たっても全くダメージがないぜ？」

エルフレッドは軽々とそう言うが、実際もし普通の騎士が今のアーノルドの攻撃を受けていたのなら今頃体中穴だらけであっただろう。エルフレッドが普通じゃないだけである。

しかしアーノルドにとってはそんなことはどうでもいい。

「クッ……‼」

アーノルドは体の内部から棘を生み出しエルフレッドの体を突き破らせようとした。

だが、体の内部を正確にイメージし、そこから棘を生み出さないといけないので即座にイメージすることもできず多大な集中力を要した。普段の状態のアーノルドならば確実にできない芸当だ。

「う〜ん、そりゃ少し面倒だな」

エルフレッドがそう呟くとアーノルドの体がまるで操り人形の糸が切れたかのように突然動かなくなり、アーノルドの目にはそのまま地面が起き上がってきたように見えた。

地に倒れ伏したアーノルドは何が起きたのか全く理解できなかった。

アーノルドにエルフレッドが近づいてきていることはわかるが、もはや指一本動かせはしなかった。

「まぁなかなか良い線いってはいるが……勇気と蛮勇《ばんゆう》は違うもんだぜ？」

ゆっくりと近づいてきたエルフレッドはアーノルドだけに聞こえる声でそう言った。

「ありゃ？　エーテル切れかな？　まぁあれだけ使ってたら仕方ないよねー」

エルフレッドはそこにいる人に聞こえるようにわざとらしく大声でそう叫んだ。

ここまでの大根役者も珍しいだろうと言えるほどその言葉は棒読みである。周りで見ている騎士達もそれには何とも言えないような表情になる。

だが、その意図がわかるがゆえに何も言いはしない。ただ黙々と見ているだけだ。

誰もが何も言わないのを確認したエルフレッドは僅かに微笑を浮かべる。

「コルドー!!」

そしてコルドーを大声で呼んだ。

「は」

呼ばれたコルドーはまるですぐ側にでもいたかのようにすぐにその場へと来た。

「アーノルド様を任せたぞ」

「は、かしこまりました」

エルフレッドはアーノルドを託した後にオーリの前まで近づいていった。

「それでは、第二公爵夫人。御同行願えますかね？」

オーリは少しばかりエルフレッドを睨んだが、すぐに観念したのか何も言わず大人しくついていった。そしてザオルグも一度アーノルドの方を見てから、その後を追っていった。

アーノルドは動かない体でザオルグ達が去っていくのをただ見つめ、自分の意識が徐々に遠のいていくことを感じていた。

幕間　王と貴族

ところ変わって王城では――。

「皆集まったようだな。それでは始めるとしよう」

そこは王城の会議室。主だった貴族達と王族が皆一堂に集結し深刻そうな顔で向かい合っていた。

王の年齢はまだ三十代ほどで若そうであるが、王に相応《ふさわ》しき威厳《いげん》と厳格《げんかく》さを伴っていた。

「ラントン・ドラゴノート公、報告を」

「は、サーキスト第二王子殿下のお言葉、確かにお伝えいたしました」

ラントンがそう言うとサーキスト第二王子の体がビクリと反応した。

「そうか。ご苦労であった。それで返答はどうであった？」

「は、此度《こたび》の殿下のお言葉に対してアーノルド・ダンケルノ様は拒絶の意を示されました」

その場にいる貴族達がざわめきだす。不敬《ふけい》だ、身の程を弁《わきま》えていないなどといった言葉が飛び交っていた。

「――静まれ」

王が厳粛《げんしゅく》さを伴った声でそう言うと次第にその場は静寂《せいじゃく》に包まれた。

静かになったのを確認した王は鼻息一つ漏らすと、再びラントンの方へと向き直る。

「して、なぜ断られたのかはわかったか？」

「いえ、わかりませんでした。しかし、即答ではございませんでした。まだそこに付け入る隙はあるかと」

「そうか……。我らの思惑を読み取ったのかはわからんが、まだ我らとの交渉《こうしょう》を考えるだけの余地はあるか……。時間を与えずに決断を迫れる状況を作り出せれば……あるいは……」

王は独り言のように小さな声で呟いた。

「ラントンよ。もしアーノルドとワイルボードが戦った場合どちらが勝つと其方《そなた》は見る？」

鋭い視線で王はラントンに問うた。

だが、それを周りで聞いていた貴族達、特に武闘派の貴族達は不愉快《ふゆかい》そうな顔をした。

ラントンが戦えぬということはないが、それでもラントンなどそこらにいる有象無象《うぞうむぞう》と同じ程度だ。ゆえに戦いについて聞くならばもっと他に適任がいるはずなのだと。

だが、もちろんラントンがアーノルドを直接見たゆえに聞いていることもまたわかっている。と言っても、アーノルド本人が戦うわけでもない。所詮はアーノルドにどれだけの騎士が付き従うのかという問題だ。それならば別に本人を見ずともある程度の予想は立てられる。

ゆえに王に重宝されているラントンが気に入らないのだ。たとえ表面上は味方であっても、所詮権力を手に入れるためには自身が王の一番でなければならないのだから。

貴族達はまたラントンの好感度が上がるのかと心の中で嘆息したが――

「わかりませぬ」

ラントンは毅然《きぜん》とした態度でそう言い放った。

「な、なに⁉　わからないだと？」

まったく予想していなかった返答を言われたためか、普段落ち着いている王にしては珍しく取り乱していた。

「は、私には推し測ることができませんでした」

王が驚きの表情を浮かべるのと同様に、他の貴族達も驚いた顔をしていた。だがそれと同時に内心ほくそ笑んでいた。

「わからないなどとは、これまた愉快なご返答ですな」

蛇のような笑みを浮かべた貴族の一人がラントンへと皮肉を込めてそう言った。

だが、ラントンは相手にしない。ラントンにとって大事なことは王に正確な報告をすることであって、気に入られることではない。それこそが忠義というものである。

そこに場違いなほどの声が響く。

「そもそも娼婦《しょうふ》の子ごときを気にする必要などあるのでしょうか？」

そう発言したのは、とある貴族至上主義の貴族であった。

「それにそもそもの話、本当にワイルボード侯爵領《こうしゃくりょう》を攻めるのでしょうか？　まだ後継者同士の争いが始まって二週間ほど、それも宣戦布告をしたのはまだ数日しか経っていないときでございます。攻めたとしても勝てるとは思えませんが」

何とも鼻につく話し方でその男は大きな声でそう言った。大貴族である自分がいかにダンケルノ公爵家とはいえ——いや、ダンケルノ公爵家だからこそ、卑賤《ひせん》なる子ごときのために集められるだけでも不本意極まりない。

「……一つ訂正しておくが、宣戦布告をしたのはワイルボード侯爵家のほうである」

ラントンが静かな声で訂正の言葉を上げた。

「そんなもの建前でしょう？　誰がそんな世迷《よま》い言《ごと》を信じるというのですか」

それはこの場にいる貴族の内心を表した言葉であった。誰がそのような言葉を信じるのかと。

だが、その世迷い言が通るのがこの貴族社会でもある。今回の件、どれだけアーノルドが仕掛けたように見えようとも、実際に仕掛けたとされるのはワイルボード侯爵家の方なのである。

それは他でもないユリーがワイルボード侯爵家の名のもとでアーノルドを先に侮辱《ぶじょく》したがゆえに。

　そしてそれはこの場にいる貴族もわかっている。わかってはいるがその相手が娼婦の子ということとダンケルノであるということが話をややこしくしていた。

「それで？　貴様は何が言いたい」

王が厳しい視線でその貴族に次の言を促した。王としてもそんなことは百も承知である。そしてそんなことを話し合ったところで何も進展などしない。少なくとも王にとっては、アーノルドが卑賤の子だとか、宣戦布告をしたのがどちらかなど考えるにも値しないことであった。

「は？」

だがその男は素《す》っ頓狂《とんきょう》な声を上げるだけであった。

「なんだ？　いまので終わりか？」

王はもはや不機嫌そうな声を隠そうともしなかった。

その貴族は思っていたような反応でなかったからか、口ごもる。
「い、いえ……」
誰も彼もが娼婦の子だからなどという理由で軽視などせぬというのに。
（このようなバカな貴族ですら切り捨てられんとは……。自由気ままに振る舞えるダンケルノ公が羨ましくなるわ。娼婦の子だからと考える必要がないなどと本気で思っているのなら救いようがない。このようなクズがこの場に紛れ込めるほど私の側には無能しかおらんということか……。娼婦の子ごときだと？　むしろ三人の中で一番警戒すべき存在であろうが。その程度
もわからんとは……）
王は当然であるが公爵家の情報、それも特に公爵夫人に関する情報は特に熱心に集めていた。
その中には当然第三公爵夫人のメイローズに関する情報もあった。
情報には、幼き頃に親に捨てられ孤児となり、娼館の見習いとして住み込みで働きそのまま
娼婦となったとある。実際に働いているところを見た者や客からの聞き込みもある。何も不自
然なことはない。
だが、公爵がメイローズとどうやって出会ったかなどの情報はない。果たしてあの公爵が娼
館などに行くのだろうか。
王はそこにずっと答えの見つからぬ疑問を抱いていた。
だが、こんなものはただ王が公爵に対して抱く想像でしかなく、もし公爵が本気で隠蔽《いんぺい》する
のならそれこそ誰にも知られずに娼館に行くことも可能であろう。
それよりも重要なのは公爵が本当の意味で自ら選んだ公爵夫人だということだろう。あの公

爵がだ。もはや娼婦だ貴族という枠になど意味がない。

確かに公爵夫人を選ぶ方法は王家とダンケルノ公爵家の条約によって定められているものゆえ他の貴族達は知らないだろう。だが、少し調べれば公爵自らが選んだことくらいすぐに判明することである。それすらせずに、ただ生まれだけで判断する貴族に王は唾棄したくなるほどの不快感を示していた。

すると、王と王妃の第一子であるエールリヒ第一王子が手を挙げた。

「陛下、発言をお許しください」

エールリヒ第一王子は現在九歳であるが、ことダンケルノ公爵家に関する会議においてのみ、たとえ子供であっても五歳を超えたのならば参加することが義務付けられる。

基本的には静観しているのが常であるが、何か意見があるときは発言することが許されている。

だがその発言には当然ながら責任が伴う。

「なんだ。申してみよ」

「ありがとうございます。私はワイルボード侯爵家を見捨てることに反対です。むしろこちらの方が圧倒的に有利なのです。増援を送り、支援すべきではないでしょうか？」

エールリヒは九歳とは思えぬ毅然《きぜん》とした態度でそう述べた。そしてそれには他の貴族達も幾《いく》許《ばく》かの驚きを浮かべていた。何せ王家がダンケルノ公爵家に明確に敵対するという意見。

貴族の中には今後のことも含め様々な考えを頭の中で巡らせている者もいた。

しかし、そう言われた王の声は今までになく不機嫌さを漂わせていた。

「――お前は、ダンケルノ公爵家と王家との間で交わされた不可侵条約の内容を知らないのか？」

「いえ、知っております。ですが、我らは王家でございます！　なぜ一臣下《いちしんか》ごときの言いなりにならなければならないのです。それに不可侵条約を結んだのはご先祖様であり、私達には関係ありません!!　今こそ我々王家の権威を取り戻すときでしょう！」

エールリヒが声に熱を籠めながらそう言い切った瞬間、突如《とつじょ》その部屋にまるで雷でも落ちたかのような轟音が鳴り響き、皆の前にある楕円状のテーブルが真っ二つに割れた。

武闘派の貴族、そしてそれを予想していた貴族達は動じることはなかったが、エールリヒの言葉に喜色を浮かべていた貴族、そしてエールリヒ本人はその音に肩をビクリと跳ねさせた。

当然テーブルを真っ二つに割ったのは王である。王家の者として聞くに値せぬ戯言《ざれごと》、そしてそれを言ったのがこの国の王子にして自身の息子であることなど許容できようはずもなかった。

「貴様……、いま、何と言った」

今までも国王である父親には何度か叱られたことがあるが、これほどまでの殺気を伴った怒りになど触れたことがなかったエールリヒは恐怖で何も言うことができなかった。

「王の役割とはなんだ」

「……」

エールリヒは問われた内容を考えたが即座に答えることができなかった。

「王とはな、自らの国を富ませ、正しき治世《ちせい》をし、我が国の民を導いていく者のことである。民はな、王の言動、王の姿を通して法を学び、今後の世を嘱目《しょくもく》するのである。それを貴様は王家自らが交わした約束すら破ろうとし、あまつさえそれが自分には関係ないことだと⁉　貴様は王族をなんたると心得ておる‼」

王の怒声がエールリヒを貫く。

エールリヒとて王族としての教育は受けている。だが、受けているがゆえに王家の権威について声を上げたかった。だが、それでもエールリヒはこの場でこれ以上声をあげることができない。王が王たる者として放つ威圧に逆らえるほどエールリヒの精神力は強くない。

「それで？　貴様は再びダンケルノ公爵家と事を構える戦乱の世にしようというのか？　それが何を意味するのか当然わかった上で言っているのだろうな？　たしかに王とはな、綺麗事だけではやってはいけぬ。ときには清濁併《せいだくあわ》せ呑《の》み我慢せねばならぬ場面もあるだろう。だが、当然全てを我慢して耐えることもまた王たる者のすることではない。常に最善の策を練り、その結果何が起こるか考えた上で進取果敢《しんしゅかかん》にことに当たらねばならんときもある。お前はダンケルノ公爵家が一臣下の分際で傅《かしず》かんのが気に入らんと、だから、不可侵条約など無視して排除に動くべきだと言うのであるな？　確かに王家が全力で支援すれば此度の戦いは勝てるかもしれぬ。だが、その後はどうだ？　王家が反旗《はんき》を翻《ひるがえ》したとなれば公爵とて黙ってはいまい。そこまで貴様は考えて発言したというのか？　ならば、その結果をどこまで思い描き、自らの理想を成し遂げる策を練ってきたというのだ？　今この場で申してみよ！」

王の言葉に呼応したかのように皆の視線がエールリヒへと向く。

確かに王の言うことはもっともだ。ただ一度勝てばいいというものではない。その程度でどうにかなるならば今頃ダンケルノ公爵家がここまで権力を持つことなどなかったのだ。

ダンケルノ公爵家に思うところがない貴族家の者はエールリヒが次期王に相応しき器か見るために視線を鋭くし、どちらとも言えぬ中立派の人間も同じく視線を鋭くした。

だが、ダンケルノ公爵家をよく思わない貴族家の者達の表情には薄らと笑みすら浮かんでいる。次期王がダンケルノ公爵家に隔意《かくい》を持っているのであれば、そしてその王が思慮《しりょ》に欠けた王であればあるほど御《ぎょ》し易《やす》い。だからこそエールリヒが王としての才覚を見せ、ここで何か答えるもよし、何も答えられず凡夫であるも良しなのである。

エールリヒは数秒の間沈黙していた。だが、いくら考えようとも口から出せる言葉などない。

そのエールリヒの様子を見た王は不機嫌そうに鼻を鳴らし、口を開いた。

「その程度の考えでどうにかなっているのならば、今頃このような会議の場で対策など考えておらんわ。下がれ、不愉快だ。しばらくの間部屋で謹慎《きんしん》しておれ」

エールリヒは何も言うことなくそのまま粛々と退出していった。

残ったのは、シンと静まり返った会議室に真っ二つに割れたテーブル。

もはや会議ができる状況ではなかった。

「皆の衆、見苦しいところを見せた。今日はこれでお開きとしよう。追って別日を連絡する」

王はそう言って不機嫌そうに会議室を出ていった。


――▽▽――

自室で謹慎しているエールリヒの心の内は荒れていた。

確かにあの場は政策を話し合う場であり、感情をぶつける場ではない。

そういう意味ではエールリヒの発言は馬鹿げたものであっただろう。何の策すら考えずただこうすべきなどと。

だがダンケルノ公爵家に阿《おもね》るような父親の、王の態度は気に食わない。王とは絶対者だ。確かに何でもかんでも好き勝手にできるわけではない。貴族に対してただ横暴に振る舞えるほどの力は持っていない。

だがそれでも、貴族が王に逆らうということはあってはならない。

それを赦せば王権の崩壊に向かうのは道理だ。

だからこそ王家が常に上に立ち、貴族家は内心どう思おうが王を支えるのが国というものだ。

しかしダンケルノ公爵家はそれに真っ向から反している。いかに不可侵条約があれど、王家に従わぬ貴族などあってはならない。

少なくともエールリヒはそう〝教えられた〟。

「クソ！　ダンケルノごときが……。僕は王族だぞ！　なぜ僕が謙《へりくだ》らなければならないんだ……。僕が、僕がやったとバレなければいいんだろ。それなら……」

怨嗟《えんさ》の声を漏らすエールリヒは一つの可能性に向けて動き出す。

第六章　寛容と意志

あの騒動の後、動けなくなったアーノルドはマードリーによって馬車に詰められ別邸に帰ってくることとなった。

あの飄々《ひょうひょう》とした男のせいでずっと動けないのかと思っていたが、その後も動けないのはアーノルドが限界を超えて無理をしたせいであるらしい。

結局その日の昼からも動くことができなくて、ベッドの上で寝転びながら聞ける座学くらいしかすることがなかった。

なんともモヤモヤとした消化不良の気持ちを抱えたままその日は終わることとなった。

次の日、本来であるならば今日から魔物の討伐訓練をするためにコルドーと共に冒険者ギルドに登録しに行く予定であったが、もう一日安静《あんせい》にし、体を休めるようにと医者であるカールに言われてしまったため渋々ながら従った。ここで無理をして余計に日にちを取られるほうが困ることになるからである。

アーノルドは、今は対人戦を主体とすべきではないのかと思っていたのだが、なんでも魔物との戦いでは剝き出しの殺意に当てられるため、いざ戦場においてその場の雰囲気に飲まれて動けないという状況にならないように、そしてそのような殺意の気配を探る力を上げるために必要なことらしい。死角からの攻撃でも気配さえ読めれば対処することが可能になるのだとか。

「さて、何をしたものか……」

訓練することも禁じられたアーノルドが空いた時間に何をしようかと考えているとクレマンが歩み寄ってきた。

「アーノルド様、取り急ぎしなければならないことがないのであれば、牢に捕らえている元使用人の処分をお決めになってはいかがでしょうか」

アーノルドはそのことを完璧に忘れていた。そもそもあの時は気持ちがふわふわとしていたのでそんな些事《さじ》など記憶に残っていなかった。

しかし、たしかに牢に捕らえているだけでも無駄に費用がかかってしまうためさっさと処分を決めたほうがいいだろうと思い、ついでに聞きたいこともあったので地下の牢に行くことに決めた。


地下は薄暗くお世辞《せじ》にも綺麗とは言いにくい場所であった。

アーノルドは数多《あまた》ある牢を横目に騎士を伴いクレマンの後ろを着いていくと、鉄格子《てつごうし》の牢屋《ろうや》の一室に二人で縮こまっている元使用人を見つけた。

衰弱《すいじゃく》しているといった様子は見られないが、髪は手入れしていないから見るからにベタついてでもいるかのように光沢を放ち、蹲《うずくま》っているだけで動きもしなかった。

「おい」

アーノルドのその声は別に怒りもなく、ただ煩《わずら》わしそうなだけの声色。

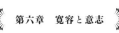

だが、声をかけられたリリーとランの二人はアーノルド自身が怖いのか、それとも審判《しんぱん》の日が遂に来たことに対する恐れからか体を震わせ始めた。

リリー・カザームス、ラン・ホイマール。両家ともに伯爵家《はくしゃくけ》の貴族。だが、別にワイルボード侯爵家《こうしゃくけ》に属する領地貴族というわけではなく両家ともそれぞれ固有の領地をもった貴族である。

ワイルボード侯爵家はダンケルノ公爵家《こうしゃくけ》に敵対的というわけではない。それは表立ってという意味合いが強いが、一応は中立派に属していた。

貴族達にも様々な派閥がある。

ダンケルノ公爵家に敵対派の貴族、中立派の貴族、親善派の貴族。

だが当然これだけで分けられるわけではない。

王に与《くみ》する王党派、王妃に与する貴族派、そしてどちらでもない日和見《ひよりみ》ともいえる堅守派の貴族達。

こうした貴族達が複雑に絡み合いそれぞれの派閥というものが作られている。

ワイルボード侯爵家は中立派にして王党派に属する貴族といえる。

前代のワイルボード侯爵は人並みの権勢欲を持っており、ダンケルノ公爵家に対してちょっかいをかけてくるような敵対派に属していた。

今代のワイルボード侯爵も前代よりも更に権勢欲は強かったが、子供が生まれてからはその考えに変化でも生じたのか、敵対派の貴族とは距離を置き、中立派の貴族と親交を深めるようになっていた。それこそ特にダンケルノ公爵家に対して隔意《かくい》があるような様子はなかった。

対して、カザームス伯爵家とホイマール伯爵家は中立派で堅守派の貴族だ。強い者に巻かれる貴族とも言える。今回ワイルボード侯爵家についていたのも様々な政治的な駆け引きの上での選択であったことが窺《うかが》えた。

ユリーと幼き頃から行動を共にしていただけあって選民思想《せんみんしそう》に対する忌避《きひ》というものはないようだが、普段の行動にはそういったことはあまり見られない。要は今回はユリーに巻き込まれただけとも言える。とはいえ、ユリーの間違った行動を諫《いさ》めることもなく東屋《あずまや》でお茶会などをしていただけで共犯であるともいえるので擁護《ようご》するつもりなど皆無《かいむ》である。

だが、アーノルドからすればこの二人などどうでもいい。それこそ忘れていたくらいだ。さっさと聞きたいことを聞き、終わらせるだけだ。

「さて、貴様達の処分を私自ら伝えにきたわけだが、まずは――」

「お、お待ちください！　忠誠を、忠誠を誓います！　ですからどうか！」

「わ、私もアーノルド様に忠誠を誓います！」

二人はアーノルドの言葉に被せるようになりふり構わず平伏《へいふく》してそう言ってきた。

だが、そう言われたアーノルドの反応は当然ながら冷めたものである。

「……貴様らの忠誠にどれほどの価値があるというのだ？　貴族令嬢としてプライドだけは高く、悠々と暮らしてきただけの貴様らが、一体この私に何をもたらせると？」

アーノルドは声を荒らげるでもなく静かな声で二人にそう問い掛けた。

「……わ、私は料理ができます！」

ランが真剣な表情でそう叫んだ。

だがそう言われたアーノルドは予想もしていなかった言葉に目を丸くした。そして徐々に抑えきれず思わず笑い声をあげた。

たしかに貴族の令嬢が料理ができるというのは珍しいだろう。だが、質問に対する返答としては馬鹿げているとしか言いようがない。わざわざ貴族令嬢に料理などさせずとも料理人がいるのだから。

アーノルドはこの状況においてこれほど頓珍漢《とんちんかん》な答えをあれほど真剣な表情で言っているのを見て我慢できず笑いが止まらなくなった。

「いやはや、人の才能とはわからんものだ。まさかこのような場で笑わせられるとは思わなかったぞ。貴様は料理人より道化師の方が向いているのではないか？」

そう言ったアーノルドはまだクスクスと忍び笑いを続けていた。

アーノルドの笑いが良いものなのか悪いものなのかわからなかったランは不安そうな表情で今にも泣き出しそうなほど目に涙を溜めながらアーノルドを見ていた。

しかし、アーノルドはそんなランに対してそれ以上何も言うことはなく、次はリリーの方を見た。

アーノルドに見られたリリーはビクッと身を震わせた。

「さて……、貴様はいったい何ができる？」

リリーは数秒の間、俯き体を震わせているだけであったが、何かを決意したのか勢いよく頭を上げ、言った。

「私の持ちうるワイルボード家の情報を全てお教えいたします」

そう言ってリリーは再度平伏した。

リリーからワイルボード侯爵家の様々な情報を聞いたアーノルドは神妙《しんみょう》な表情で頷いた。

「なるほどな。クレマンよ何か有益な情報はあったか？」

「は、第一王子と幼きころに友誼《ゆうぎ》を結んでいたことなどは詳細な情報は知りませんでした。あとは傭兵《ようへい》の可能性ですが、よほどのバカでない限りは我が公爵家と事を構えるなどという選択肢は取らないと思われます」

「第一王子が介入《かいにゅう》してくると思うか？」

リリーの話から第一王子がワイルボード侯爵家の娘と一時期よく遊んでいたという情報を聞いたアーノルドはクレマンにその可能性について問うた。

本来ならばありえないと一蹴しても良いかもしれないが、前世に子供がいたアーノルドは子供というのは合理性とは程遠い行動をする生き物であるということを知っている。

「王が許さぬでしょう。今の王は我が公爵家を敵に回すほどの気概はございません。ダンケルノ公爵家を完全に敵に回すような愚を犯すとは思えないかと」

「だが、裏を返せば完全に敵に回らん行動くらいならしてくる可能性はあるというわけか……」

「いえ、此度《こたび》に関してはありえないかと。既に王家の使者より言質がありますゆえ」

「……本気で言っているのか、クレマンよ。あんなものは何の意味もない。『此度のワイルボード侯爵家との戦いにおける一切に王族として介入することはない』。この一文は第二王子の使者としての言葉だ。主語は第二王子であり王家とはいっておらん。あくまで介入してこないのは第二王子だけだろう。それにこの文では王族でなければ介入するとも取れる。最悪の場合王籍を抜いて捨て駒にでもすれば充分この文には反しないことになる。極論ではあるがな」

アーノルドもこの一文を聞いたときは何を当たり前なことを、と思っていたが、よくよく思い起こしてみると違和感のある文だと思ったのであった。ワイルボード侯爵領の買い上げの話の方では『王家が』という主語があるにもかかわらずこの一文には主語がない。この手の文に主語がないなどいくらでも解釈が可能になると言っているようなものである。幼い第二王子の言葉などありえないからと無意識に王家の言葉であると頭の中ですり替えさせられていたのだ。

人間が油断するのは自分こそが優位に立っていると錯覚しているときである。

一見こちらに譲歩しているかのような言葉がその実、意味のないものだと見抜く、そして第二王子の使者と言いながらも王家の言葉であると見抜く。これらに気づいたという達成感は、幼い子供にとってそれはそれは甘美《かんび》であることであろう。それこそが罠であると気づかずそこで思考を止めてしまうのである。

だが、アーノルドは見た目は子供であるが、中身はもはや子供とは言えない。それに自分が経験したことにより、油断してしまう場も心得ていた。

だが、アーノルドは王家がこの一文を理由にそれほどまで大それたことをしてくることはないだろうとも思っていた。

せいぜい嫌がらせ程度。たとえバレたとしてもアーノルドが捨て置く程度のもの。

だが、それが子供の暴走ともなれば話は変わってくる。まだ幼き王子とはいえ、王族に連なる者だ。王族の言葉は国の言葉。王にバレずに事を起こすなど不可能であろうが、それも王が止める気があれば、だ。

それゆえ王家の子供の情報をより詳細に集めなければいけなくなったのである。

「それで、第一王子の印象はどうだ？」

ワイルボード家の情報を聞きに来ただけであったが、いま知りたい第一王子について直接見た者の意見が聞けるともなれば利用しない手はない。敵の動きを知るのならば、敵がどういった人物なのかの情報を集めるのがとても大事になってくる。

敵を理解すればそれだけどう動くかを予想することができるからである。

「は、はい。え〜と、四年ほど前の印象なので今もどうかは……わかりませんが、と、とにかく見栄っ張りでずっとミオちゃんに悪戯《いたずら》をしているような意地悪な男の子という印象でした。あ、ミオちゃんというのはワイルボード家の三女で、あ、それと一応さすがは王子だなと思った場面もあって、例えば——」

「今は具体例はいらん。第一王子は賢者か愚者かで言えばどちらだ？」

先に第一王子の印象を形作りたかったアーノルドは具体例は後回しにして話を強引に遮《さえぎ》った。

「ぐ、愚者寄りかと……」

「何をもってそう判断した？」

「……短慮《たんりょ》だからです。何かをする際に思いついたらすぐに実行といった側面が見られ振り回された記憶がございます。それに人の使い方が上手くないと感じました。自分が一番と思っていて下の者に対して何をしてもいいと思っている言動が多く見られ、王族があれでよろしいのかと疑問に思ったことがございます」

「貴様が王族の行状《ぎょうじょう》を語るか……」

アーノルドは少しリリーの言葉に反応し鼻を鳴らしたが、別に責める気はなかった。

たしかに普通の者が傲慢であればそれは周りのひんしゅくを買うだろう。

だが、いま話している対象は王族である。王族が他者を慮《おもんぱか》ることはあっても、上に立つべき絶対者が他者に謙《へりくだ》るなどあってはならない。そういう意味では限度はあるだろうが、第一王子の下の者への態度もそこまで気にはならなかった。見栄というのもその歳くらいの男児には珍しくない。

アーノルドが気になったのは悪戯をしていたという言葉であった。

その後の数分間アーノルドは一切話すことはなくただ思考に耽《ふけ》っていた。

だが、アーノルドが何も話さぬ間、リリーとランの二人は気が気ではなかった。

考えをまとめ終わったのかアーノルドは不愉快そうに鼻を鳴らすと口を開く。

「まぁとりあえずはいいだろう。ああ、それとな。お前達の忠誠などいらん。一度裏切った者が二度目も裏切らん保証などなかろう？　お前達は自らが窮地に陥ったときに容易《たやす》く元の主人を裏切り別のやつに尻尾を振るだろう。そのようなものを忠誠とは言わん。ゆえに、お前達の忠誠など不要だ」

にべもなくそう言い放ったアーノルドを見るリリーとランはこれから自らが死ぬ場面を想像したのか顔面が蒼白《そうはく》となり、小刻みに震えていた。

それに気づいたアーノルドが二人に言い放つ。

「安心せよ。殺しはせん」

リリーとランは先ほどまでの死にそうな様子ではなくなったが、それでも不安を拭《ぬぐ》いきれていない様子であった。

「たとえ我が臣下でなくとも、功を挙げたのなら無下《むげ》にはせん。まぁ片方は私を笑わせるというささか珍妙《ちんみょう》な功ではあるがな」

そう言ってアーノルドはまたクスクスと忍び笑いを漏らしていた。それほどランの言葉はアーノルドのツボをついたということだろう。

「お前達には二つの道を用意してやろう。一つ目は使用人を辞めて自らの家に帰る道。二つ目はもう一度使用人となりこの屋敷で働く道」

驚いたのは後ろに控《ひか》えていたクレマンと騎士達であった。

そのときアーノルドではない別の人物の声が響く。

「――何とも甘いことだ」

聞きなれない声だが、どこかで聞いた威厳《いげん》のある声がアーノルドの耳に入ってきた。

アーノルドが振り返ると、そこにいた使用人全員がその男に対して頭を垂れて跪《ひざまず》いていた。

そしてその男がいるだけで空気が一段階重くなったように錯覚するほどの威圧感がその場を支配していた。

だが、アーノルドは臆するどころか薄らと笑みすら浮かべてその男に対して声をかける。

「珍しいですね、公爵様。このような場所に来られるとは……。それとも、初めまして父上、の方がよろしかったですか？」

そこに公爵に対する阿《おもね》りの感情は一片たりとも読み取れない。ただ言葉が丁寧なだけだ。

だがそう言われた公爵は怒るでも笑みを浮かべるでもなく、ただただアーノルドを見定めるかのように凝視してくるだけだった。

そしてその見定めが終わったのかその重厚なほど厳粛なる公爵が口を開く。

「……ほう、何とも不遜《ふそん》な態度よ。よもやオーラを扱えた程度で思い上がっているのではあるまいな」

アーノルドはその言葉を聞き思わず身構えた。それはもはや反射的ともいえるもの。人間が人間たるために必要な危機感の発露《はつろ》。それが為されたにすぎない。

だが、公爵を前にしても毅然とした態度を貫くつもりであったアーノルドからすれば自らの意志に反する行動を取らされたことになる。それゆえアーノルドの視線は幾許《いくばく》か険《けわ》しいものへと変化する。

そんなアーノルドの様子を見た公爵は少しばかり何とも言えぬ笑みを浮かべ、鼻を鳴らした。

「そう構えずとも良い。今日は争いに来たわけではないからな。それに呼び名もどちらでも良いぞ？」

公爵はそう言ってからかうかのようにニヤリと笑った。

「それで？　なぜ其奴《そやつ》らを殺さぬ？　敵となったのなら、邪魔になったなら殺せばよかろう？」

威圧感をもって公爵はアーノルドに問い掛けた。並の者であれば自らの意見すらも言うことが許されぬ圧だ。ただ公爵の言うことに追従するかのように頷《うなず》くだけの人形となるだろう。

だがアーノルドの心は微塵《みじん》も揺らがなかった。

「確かに、殺せば後顧《こうこ》の憂《うれ》いも晴れるでしょう。ですが、もはや敵でなくなった無抵抗の者を殺すことは私の信条に反します。敵は殺す、その考えには賛同いたしますが、敵の定義は私が決めるものです。断じて貴方が判断するものではない」

アーノルドは公爵の威圧になど負けず堂々と自分の意見を言い放った。その瞳には確固たる意志が宿っている。

母親であるメイローズは公爵に対して敬意をもって接しろと言っていたが、アーノルドにその気はない。

身の程知らずと罵られようと、その末に殺されようと、アーノルドにもはや傅《かしず》くなどという選択肢はない。

生意気とも取れる言葉をアーノルドに言われた公爵は冷厳《れいげん》なる目でアーノルドを見据《みす》えていた。

「その歳で信条などと宣《のたま》うか。結構なことだ。だが、貴様の言は至極正しい。そうだとも、自らのことは自らで判断すればいい。そこに他者が介入する必要など皆無《かいむ》である」

その目は冷厳さを失っていないが、それでも公爵から漂う雰囲気は幾ぶんか緩和したような気がしていた。

「だがな、その結果の責を負うのもまた貴様であるということを忘れるでない。そしてその甘さが命取りになるということもな」

公爵は吐き捨てるようにそう言った。まるで甘い考えを持つアーノルドを叱責《しっせき》するかのような声色《こわいろ》であった。

「それで？　其奴らはもう貴様の敵ではないと判断したというのか？　我にはあと二つの家門を敵に回すことを避けたいがために其奴らを殺さぬようにしか見えんぞ？」

それは責めるような口調ではないのだが、アーノルドはその厳かな声に棘《とげ》を感じたように思った。

「この者達が私を害する力も気概もないのはもはや明白です。それに私は身の程を弁《わきま》えているのです。誰かに謙るつもりなどありませんが、今の状態でどこもかしこも敵に回すことを強さとは思いません。そんなものはただの蛮勇です。敵に回るというのなら受けて立ちますが、わざわざ自分から敵を増やす必要を感じないだけです」

そもそも五年間は力をつける期間にするつもりだったのである。

実戦経験という意味ではいいかもしれないが、それもまともに実力がついていない状態でやろうとも得られる利益など大してない。いま必要なことは純粋な地力の向上だ。

「ほう……。だがな、貴様はもう既に己より強い者に対して反抗していることに気づいているか？　何を思い、何を為《な》すかは貴様の自由であるが、それを押し通すだけの力がなければただの妄言《もうげん》であるぞ？　貴様が吐いた大言、成し遂げられるのか試させてもらうぞ？」

薄らと笑みを浮かべている公爵はアーノルドをまっすぐ見据えた。

その瞬間、アーノルドの体に心臓が止まるかと思うほどの怖気《おぞけ》が駆け巡る。

そして間を置くことなく、空気それ自体がまるで重さを持ったかのようにアーノルドを押さえつけてくる。それだけでなく、まるで酸素が薄くなったかのように息苦しく、そして喘《あえ》ぐような呼吸になる。

遂には知らず知らずの内に地に膝をつき、公爵の前で跪くかのような形になった。

だが、アーノルドにはいまそれを気にするだけの余裕すらない。

荒い息遣いで懸命に呼吸をしなければいますぐにでも気絶してしまう状態。息苦しさから首を手で押さえながらアーノルドは何とか耐えていた。

「気絶は免れたか。たしかに大したものだ。その歳でそれだけの精神力があればたしかに十分ではあるだろう……。だがな、理不尽とはいつ何時襲ってくるかわからん。そんなときにまだ子供だからなどという言い訳など通用せん。そこにあるのは純然たる結果だけだ。勝ったか負けたか。得たか失ったか。望む結果とは待っているだけでは得ることができん。自分から摑みにいってこそ得ることができるのだ。そしてそれを得ることができるのは強者のみ。弱者に残るものなど何もありはせん。貴様も、何も失いたくないというのならば精々足掻《あが》け。足掻き足掻いた末にこそ強者への道は存在する。それでもなお手に入らぬものならば、手に入るまで自己を研鑽《けんさん》せよ。それこそが覇道への第一歩となる。終わりのない欲望の果てにこそ真に得たいものが存在するのだ」

公爵が力を鎮めたことにより部屋の重々しい空気が元に戻り、アーノルドは普通に呼吸することができるようになった。

リリーとランをチラリと盗み見ると地面に倒れており一瞬殺されたのかと思ったが、呼吸はしているみたいでただ気絶しているだけだった。

「彼奴らは貴様の判断に任せよう。そしてそれがもたらす結果を楽しみにしておこう」

リリーとランを一瞥《いちべつ》した公爵は厳然とした表情でそう言い放った。

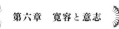

「……それで、まさか用事がこれだけというわけではありませんよね？　何用で来られたのでしょうか？」

アーノルドはあくまでも公爵に謙るつもりはなかったので、冷や汗が浮かぶ顔に笑みすら張り付け気丈に振る舞いながらそう嘯《うそぶ》いた。

「フハハハハ、あれだけやられてまだ減らず口を叩けるのか。だが、そうでなくてはな。それでこそだ。それで用事であったな。昨日の件についてだ。貴様も知っての通りあのヴィンテールの小娘はやりすぎた」

「知っての通りと言われてもよくわかりませんが」

アーノルドが当たり前のように知っている体で話が進められたので公爵の言葉を遮った。

「なんだ？　まだ聞いていなかったのか⁉　あやつが珍しく上機嫌で報告してきたもんだからそのくらいはもう聞いていたものだと思っていたが……、存外情報というものの重要性を理解しておらんのか？　まぁ是非《ぜひ》もないか。知らぬならどうでもいい。とにかく、彼奴は我が決めたルールを破った」

「それで殺したのですか？」

「いいや、まだ処分は下していない。その前に義理は果たしておかなければならんからな」

公爵は厳かな声ではっきりと言った。

だが、アーノルドは訝《いぶか》しげな表情を公爵に向けるだけである。話の趣旨《しゅし》が読めない。

「義理、ですか？」

「ああ、あの場においてそのまま貴様が続けていたのなら、貴様は貴様の望むものを得ただろう。その末に失うものがあったとはいえ、それが貴様の望みであるのならばそれもまたよい。そして、我は後継者争いに積極的に介入するつもりはない。にもかかわらず運悪くとでも言うべきか貴様の邪魔をしてしまったようだ」

公爵は少しわざとらしい口調で含み笑いすらしてそう言ってきた。明らかに運悪くなど嘘であろう。

だが別にアーノルドはそれに対して思うところはない。

「ですが、強者であるのならばそれこそ何をしようと気にする必要もないのでは？」

「然《しか》り。だが、貴様の言葉を借りるのであれば、それこそが我の信条に反するがゆえに許せんことだ」

思ってもいないことをとアーノルドは内心舌打ちをした。

「それゆえ貴様には一つの権利を与えよう。我が彼奴《あいつ》の処分をするまえに貴様の要望を一つ聞いてやる。絶対に叶えるとは言わんが、何かあるならば言うだけ言ってみるといい」

そう言われたアーノルドは訝しげな表情を浮かべながら眉を顰めた。公爵が何の目的をもってアーノルドにそれを言うのかがわからない。一体アーノルドに何を期待しているのか。

だが、それを考えたのも束の間、どうでもいいかとアーノルドはそれら全ての思考を捨てた。

そして望みというのならば言うことは決まっている。

「それではあの女を殺さないでください」

「ほう、殺せ、ではなく殺すなと申すか」

公爵はアーノルドの言葉に意外さと感嘆すら滲ませる声でそう問い返した。

だが、アーノルドにとっては何も驚くに値しない。むしろそれ以外に言うことなどあろうはずもない。

「当然です。私の敵を誰か別の者に譲るつもりはありません。それにこの程度のことで殺すなど甘すぎます。自らの力でもないくせに思いあがり他者を虐げるような奴には地獄を見せねば」

どす黒い感情を出しながらアーノルドが答えた。

「なんだ？　貴様は弱者のための強者にでもなるつもりか？」

憮然とし、冷めたような視線で公爵はそう問い掛けた。まるで興醒《きょうざ》めだとでも言わんばかりの様子だ。

その様子をヒヤヒヤと見ていたのは周りの騎士達である。先ほどの直接的な威圧に比べれば生易しいほどの圧にすぎないが、それでも感じる冷たさはいまの方が圧倒的に上だ。それは公爵が醸す不機嫌さゆえか、ただの錯覚か……。

だが当のアーノルドは飄々としていた。

「いいえ、私が我慢ならぬからするだけです。その結果弱者が助かることはあるかもしれませんが、他者のための自己犠牲など死んでもするつもりはありません。私が動くのは私のためだけです」

アーノルドは何の迷いもなく毅然《きぜん》とした態度でそう断じた。そこに嘘は一つもない。

「……そうか、まぁ貴様の好きにするといい」

公爵はどこか痛ましきものでも見るかのような視線を一瞬投げかけたが、すぐに元の厳然たる態度へと戻った。

「それとは別にもう一つ用件があったのだが、もうそれは済んだ。……精々我の言葉を忘れんことだな」

公爵はそう言うと、アーノルドに背を向けて歩き出したが、数歩進んだ後立ち止まった。

「最後に一つ助言をしてやろう。貴様の見ているものが全て真実であるとは限らんぞ。では、精々励《はげ》めよ」

公爵は今度こそ去っていった。

残されたアーノルドは一人公爵が言っていた意味を考える。だがこれといってなにか思い当たるようなことはなかった。――強《し》いて言うならば使用人の所属か、はたまたオーリのあの高慢さか。

考えても答えなど出ない。アーノルドは一旦その思考を隅へと追いやった。

ここに来た当初の目的はリリーとランの処遇を決めるため。

だが当の本人達は公爵の圧にやられて気絶している。騎士が揺さぶったことで目を覚ました二人であるがまだ恐慌状態からは抜け出せていないようである。

使用人を辞めてそれぞれの領地に帰るというのならばそれはそれでいいだろう。アーノルドがただの暴君であるわけではないと広めると同時に、屋敷で働く使用人達にもまた寛容《かんよう》さを見せることができる。

そして、二人が使用人として残った場合。

もし二人がこの屋敷に残ることを選択したのならどのような気持ちでそれを選ぶだろうか。

家への義理？　アーノルドへの返報？　いいや、そこにあるのはただただ恐怖の感情でしかないだろう。誰しも殺人鬼の側になどいたくないはずだ。

だが、人間の心はそう単純ではない。

本当に帰っていいのか、帰ると報復されるのではないか。そういった疑心暗鬼《ぎしんあんき》の末に正常に判断できなくなってしまい、恐怖の対象から離れたいと思いながらも離れることができず、見えない檻《おり》を自ら形作っていく。

恐怖による圧政。それがどこまで機能するのか。それもまた今回の件で試すには良い機会である。

だが、その効果も公爵のせいで半減してしまいそうであった。

アーノルドがもたらした恐怖の心よりも公爵が刻んだ恐怖の方が上である。だが、救いは二人が感じたのは所詮は余波にすぎぬということ。そしてすぐに気絶したであろうこと。

生半可に耐えていればそれこそ恐怖心は公爵で塗り潰されただろう。

アーノルドにとってあの二人は明確な敵ではなくなったが、だがらといって味方というわけでもない。そしてできれば手元に置いておいた方が監視しやすいとも思っていた。

だがそれを強制しないのは、自分で選択させるためである。

自分で選択するか強制的にやらされるか、この差は大きい。

後々に不満や悪感情が出てきたときに強制的にやらされている者ならば、その矛先《ほこさき》は真っ先に強制させてきた者に向かうだろう。

対して、選択を自分がした場合にはまず、なぜ自分はこの選択をしたのだろう、と自己の否定から始まる。その末に逆恨み的に選ばせた者を恨んでくる者はいるだろうが、不満の感情というものは現れやすい。特に貴族令嬢なら隠すといったこともないので気づきやすい。

とはいえ、本来貴族というのはラントンのように感情を隠すことに長《た》けた人種なのである。

だが、アーノルドがいままで見てきた貴族のイメージが悪すぎて貴族令嬢というのは感情を隠さぬ生物であると心の根底に根付いてしまっている。

アーノルドはランとリリーが運ばれていくのを見て一息ついた。

（まぁあとは奴らの選択次第だ。それよりも今は私が昨日使った黒いオーラと金色のオーラ、そして公爵の最後の言葉の真意……。わからないことが多すぎる……）

アーノルドは当然自らのオーラを使いこなせているか改めて確認するために再度使ってみようとした。

だが心に浮かんだのはぽっかりと何かが空いたような空虚感。あれほど自由自在に、そしてまるで手足のように使えていた黒いオーラによる技の数々。それら全て夢であったかのように、どうやって使っていたのか一切わからなくなっていた。

力を込めれば出てくるのは金色に光り輝くオーラのみ。そしてこれすらもパラクを倒したときほどの出力を出せるかと言われれば微妙であった。

だがあれは極限状態の最中に起こったこと。火事場の馬鹿力のような現象が起ころうと不思議ではない。

だが黒いオーラ。これについては一切が不明。発動条件も、なぜ二つのオーラの色を持つのかも、なぜ突然手足のように扱えたのかも。

しかしアーノルドは手足のように扱っていたとは言うが、その実アーノルドが自らの意識を持っていたかと問われれば微妙であった。ユリーを殺した時と同様に意識はあれど意志はない。そういった状態であったといえる。

いくら考えようとも情報がないゆえに手詰まりであった。そこであの場を見ていたマードリーに聞きに行ったのだが、色好い回答を得ることはできなかった。

だが諦めるにはあまりに惜しい力であった。それこそあの状態のアーノルドが感じたのはある種の全能感。

(はぁ、あの力を使いこなせればそれこそこの世の頂点に一歩近づけるだろう。だが……、あの男は全く本気を出すことなく私の攻撃をあしらっていた。おそらくあれがこの公爵家の超越騎士級《トラシエンデレナイト》の一人なのだろう)

騎士級《ナイト》の騎士達とは明らかに違う余裕に実力。大騎士級《マスター》の可能性もあるだろうが、纏う雰囲気を公爵のそれと同じように感じたアーノルドは、あの男は超越騎士級で間違いないと踏んでいた。

(当然であるがまだまだ遠いな……)

アーノルドは天の高さを実感した。いまのアーノルドでは想像すらしえない天の高さを。

だが、それでもアーノルドの心に迷いは微塵もない。

(私はただ自分のやれることをして、そして二度と後悔せぬ道を歩むだけだ。天から全てを見下ろすか、それとも頂に辿り着けず死ぬか。どうせそのどちらかだ)

そんなことを考えていると、二人が再びアーノルドの前へとやってくる。

アーノルドを前にした二人は少しばかり俯きながら、苦々しいとも気まずいとも取れるようななんとも言えぬ表情を浮かべていた。

いくら公爵が来たとはいえ、アーノルドの問いを前にして気絶したこと、そしてアーノルドに二度手間をかけさせる状況になってしまったことに対してだろう。そしてもしかすれば、アーノルドの機嫌が変わり自らの運命も変わるかもしれないという不安といったところか。

「さて、それでは答えを聞かせてもらおうか」

アーノルドがぞんざいにそう言うと、リリーとランは床に両膝をつき両手を胸の前にクロスさせ頭を垂れた。

両手をクロスさせるのは自らが主君に対して手を出すことは決してなく、そして自身の命をどのようにしてもかまわないという意味で頭を差し出す、騎士を除く使用人達が忠誠を誓う際に行う所作であった。

「「再度、我ら二人アーノルド様に忠誠を誓わせていただきたく存じます」」

「き、貴様ら……ッ!!」

アーノルドは思わず激昂しそうになったが、何とか踏みとどまった。

「貴様ら、それをすることの意味を本当にわかっているのだろうな?」

「「はい、気に入らぬというのならばこの首、刎《は》ねていただいて構いません」」

そうなのである。

先ほどまでならば戯言で済ませられただろう。

だが、ここでアーノルドが断るということはこの二人の首を刎ねることに等しい。

もはや帰る残るの話ではなくなった。文字通り、生きるか、死ぬか、の話になったのである。

「理由を聞かせよ。その理由いかんでは貴様らの首を刎ねるぞ」

ただ死にたくないなどのその場しのぎから出た言葉であるのならば、愚弄も愚弄。到底赦せるはずもない愚挙である。

だが、リリーとランはそう言われようとも恐れを見せない瞳でアーノルドを見据えた。

そしてリリーが頭を床につけながら声を出す。

「私達の存意は一致しております。代表して私がお話しさせていただいてもよろしいでしょうか」

「かまわん」

アーノルドは尊大な態度でそう答えた。

「ありがとう存じます」

そう言うとリリーが頭を下げたまま話し始める。

「私達に家に帰るという選択肢はございません。あの家に帰るというのならそれこそ死を選んだほうがマシでございます。私達は家の者にとってただの駒に過ぎません。逆らえば、良くてどこかの貴族に結納金目当てで売り飛ばされ、悪ければ文字通り捨て駒として使われ死ぬだけでございます。そして此度《こたび》の件において家に帰れば間違いなく殺され、その首がアーノルド様のもとに届けられるでしょう」

理解できない話ではない。貴族家が多くの子供を為すのはスペアという意味合いも大きい。特に女というのは、基本的には嫁いで行くのが自然なこと。

もちろん子供を大事にする貴族も数多くいるが、カザームスもホイマールも日和見色の強い貴族だ。娘の首一つで事が収まるならば平然とやりかねないだろう。

「だが、家に帰すと判断したのは私だぞ？」

「少なくとも私の家族にとっては関係ありません。私の父ならば、少しでもアーノルド様と敵対関係になる可能性があると判断したものは間違いなく切り捨てるでしょう。たとえそれが実の娘であったとしてもなんの躊躇《ためら》いもなく……」

そういうリリーの言葉には憎悪とでも取れる感情が滲《にじ》んでおり、手に力が入っているためか少しばかり震えていた。

だが、あえてアーノルドは続ける。

「解《げ》せんな、そも既に敵対しているだろう？　貴様らは元々ザオルグ、いやオーリの手の内の者だろう？」

「たしかに私達はオーリ様の命を受けてこのお屋敷に来させられました。ですが正確にはユリー・ワイルボード様に命が下り、私達はついて来させられただけなのです。私達のような家門の者は小心者でございます。強き者に尻尾を振って生きざるを得ないのです。だからこそ、明確な敵対はしないという意味を込めて私達の首を送るでしょう」

（全てをそのまま信じることなどできはしないが、たしかに此奴らがあのとき言葉を発したのは私が此奴らを馬鹿にしたときだけ。あとはあのバカ女に合わせてクスクスと笑っていただけであった。上位の者に合わせるというのはよくあることではあるが……）

「お前の仲間を目の前で殺した件についてはどう考えている？」

「あの者は、仲間ではございません。家の者に指示され付き従っていただけで実際には侍女《じじょ》のような扱いでした」

一瞬の躊躇いを見せたが、少しばかり棘をもった声で話していた。

幼き頃から友誼を結んでいたというので仲が良いのかと思っていたが実態はやはりただの取り巻きにすぎなかったようだ。

だが貴族の間で真の意味で友という関係は成立しない。特に爵位が異なるならばなおさら。

それでも躊躇いを見せたのは、幼き頃から知っていたがゆえだろう。本気で嫌っていたのならばその態度が節々に出ていたはずだ。それがなかったということは好いてもいないが、情を持つ程度ではあったのだろう。

「なぜ、私に忠誠を誓う？　それこそ他の道もあるであろう？」

「いいえ、ございません。私達はもはやアーノルド様のもとでしか生きる道はないのです」

二人は現状をよく理解しているようである。

もし、本気でこの二人の家門がアーノルドに阿るつもりならば、アーノルドの癇に障ったリリーとランの二人はどこに逃げようと間違いなく殺され、アーノルドのもとへ首だけで戻ってくるであろう。何も知らぬ貴族令嬢が逃げたとしても貴族家当主の追跡から逃れられるはずもない。それに敵の首、それも身内の首を送ってくれば自分達はあなたに尽くしますということを簡単に伝えることができる。

この二人が言うような、家族に対する情もないような奴らなら迷わずやるだろう。

二人がアーノルドのところ以外に行くあてがあるとしたらレイのところに行くことだが、まぁ受け入れられることはないであろう。

「貴様らが今までに言ったこと全て利己的な理由であるということはわかっているのか？」

「はい。アーノルド様に嘘を吐くよりはマシと判断し話させていただきました。もしそのまま使用人として戻ったとしても、最終的に誰かを主君とし仕えるならば……アーノルド様しかないと愚考した次第です」

アーノルドはくだらぬ言葉でも聞いたかのように鼻で笑った。

「……何をもってそう思った」

「ユリー・ワイルボードをお断りになったお姿、公爵様に対して真っ向から立ち向かわれるお姿、そして残りの候補生の可能性を考えそのように愚考いたしました」

頭は下げているので表情は見えないが、その声には真に迫るものがあった。

他の後継者と比べた上で選ぶというのは一見無礼にも思えるが、それはここがダンケルノ公爵家である限りは当たり前のこと。そして人間としても当たり前のことだ。誰しも無能よりも仕えるに相応《ふさわ》しき者に仕えたいと思うのが道理。

だがむしろアーノルドは自らの臣下になった後の方が大事であると思っていた。

「貴様らは私のために命を捨てられるか？」

「……いいえ、捨てられないでしょう。今は捨てることができると思っていても、いざその時が来るとどのように動けるのかわかりません」

本来忠誠を誓う者として正しい回答は〝捨てられる〟であろう。

だがリリーは捨てられるなどと安直なことは述べなかった。

それに対してアーノルドは薄らとその口元に笑みを浮かべた。

「まぁそうであるだろうよ。訓練を受けた者ならばともかくただの一般人が自ら死にに行くなどそうできることではない。それこそ自らが死んでもいいと思えるほどの忠義がなければな」

アーノルドはもし今の問いにリリーが、死ねる、と断言したのならばそれこそ首を刎ねただろう。今の状態で身内に獅子身中の虫になるやもしれぬ者を抱き込む余裕などない。

それならば斬ればよいだけである。どの道斬られて戻ってくるだけの首ならばいつ斬ろうとも変わりない。

「それでは最後の問いだ。本当の意味でこの公爵家の使用人になるということは貴様ら自身が力をつけなければならない。その末に貴様らは何を望む？」

リリーとランが本当の意味でアーノルドの臣下となるならばダンケルノ公爵家の使用人として相応の力をつけることになる。

「……復讐を」

少しの沈黙の後、リリーが消え入りそうなほどか細い声で呟く。

「私の人生を弄んだ全ての者に対して復讐を！」

アーノルドはその言葉に満足したかのように鼻を鳴らした。

「貴様も相違ないな？」

ランに対してそう尋ねた。

「はい、ございません！　私も復讐を望みます！」

その目はアーノルドがよく知る目であった。憎しみを伴った強固な意志が宿った瞳。

「良かろう。ただ忠誠を誓われるよりはよほどマシな理由だ。貴様らを今をもって我が臣下として迎え入れよう」

アーノルドのその言葉には喜色も懐疑も何一つ含まれていない。ただのつまらぬ報告を聞いたかのような声色だ。

「言うまでもないことであるが、裏切ればただで死ねるとは思うなよ？　だが、私は功には禄をもって報いる。貴様らが一度敵対したからといってそのことを理由に待遇を下げるということはしない。私のために働け。さすればお前達の望みも叶えてやろう」

アーノルドにとって臣下であろうとなかろうと大した違いはない。所詮他人など信じるに値しない者達だ。

アーノルドのために働くか、そうでないか。アーノルドのために働いているうちはアーノルドもそれ相応の待遇をするつもりである。

求めるのはアーノルドへの献身のみ。忠誠などと目に見えぬものなど所詮は気休め程度でしかない。アーノルドはそんなものはどうでもいい。

今回の件、アーノルドが意図した展開とは違うが、奇しくも敵対者を自らに魅了させ、それを許す器の大きさを対外的に示す結果となる。

それを甘いと断じる者もいるだろう。しかし敵を受け入れる度量の大きさこそが君主たるに相応しいと考える者もいるだろう。

どのような展開になるかなど実際に行動に移さない限り、わかることなどない。

幕間　ワイルボード侯爵の瞋恚

ここはとある男の書斎《しょさい》である。

「おい！　まだ王家からの連絡は来ないのか⁉」

焦りと怒りの表情を浮かべるその男は執事長に向かって怒鳴り立てた。

一度王家に対して戦力の支援を願い出たのだが、素気《そっけ》なく断られたこの男は再度王家に連絡を送っていた。

「申し訳ございません。まだ連絡はございません」

怒鳴られた執事長は深々と頭を下げた。

「王め、いままで私がどれほど献身《けんしん》してきたかも忘れてこの仕打ち……。たかが一貴族ごときに臆《おく》するとは。その程度の心胆で王を称するなど……ッ、恥を知れッ‼」

その男はそう言うと手元にあったグラスを床へと叩きつけた。もはや怒りが収まり切らぬといった様子。王への侮辱の言葉など即斬首でもおかしくはない暴言だ。だが、この男にはそれすらも気にならない。

「ふん、使えん奴のことを考えても意味はない。とにかくいまは私の可愛い娘を……、娘を殺した罪を償わせねばならん。奴が来るまであと一週間だぞ⁉　戦力はどうなっている⁉」

男はアーノルドから送られてきた自身の娘の首と宣戦布告受領の宣告を受け、恐怖より怒りが頭を支配していた。

男からすればまさに青天《せいてん》の霹靂《へきれき》であるが、この結果はなるべくしてなっただけだ。

この男が思うがままに娘を可愛がり、なんでも許してきた。そして選民思想《せんみんしそう》を植え付けたのもまたこの男だ。貴族とは尊く、それ以外はどう扱おうとも問題がないゴミクズだと。

そもそもこの男がしっかりと教育を施し、その上でダンケルノ公爵家《こうしやくけ》に行かせればよかったのである。もしそうでなくとも、いかに娼婦の子とはいえダンケルノの直系であるアーノルドには逆らってはダメだと教えてから送り出すべきだっただろう。最低限の努力すら怠った者の末路としては順当ともいえる。

だがこの男からすればそんなことは関係がない。どんな理由があろうとも、どれだけ自分の娘が悪かろうとも、娘を害した者を赦《ゆる》すことはないし自分が悪いなどとは微塵《みじん》も思いはしない。

そもそも今回娘のユリーをダンケルノ公爵家の使用人として送ったのも完璧に利己的な理由にすぎない。

最初、オーリの実家であるヴィンテール侯爵家《こうしやくけ》から、借金を帳消しにする代わりにオーリの手駒《てごま》として他の後継者候補の使用人として潜り込んでくれないかという打診を受けたのだ。

領内には鉱石が取れる鉱山があるためお金ならたんまり持っているはずなのだが、家族の散財癖に鉱山での事故が重なり一時期莫大な借金を背負ってしまった。

その時に頼ったのがヴィンテール侯爵家であったのだ。

慣習として貴族令嬢が婚前に他の貴族家へと行儀見習いの使用人として行くことはよくある。

例に漏れずユリーもまたちょうど行くところだった。向かう貴族家にも当然格がある。侯爵家の令嬢であるユリーが同格である他の侯爵家や格下である伯爵家《はくしやくけ》に行くことは論外である。そういう点では王家と並び、最も格が高いと言えるダンケルノ公爵家への打診を断るなど考える必要もなかった。むしろたったそれだけで莫大な借金が消えるなどということ自体に懐疑《かいぎ》の念を抱くくらいである。

だがいくら考えようともデメリットらしいデメリットなどは思い浮かばなかった。

ワイルボード侯爵家は別段ダンケルノ公爵家と敵対しているわけでもない。それに使用人とはいえ、雑事など平民にやらせておけばいい。特にダンケルノ公爵家の使用人は平民が多い。ダンケルノ公爵家の使用人は誰もが能力を要求されるとのことだが、所詮《しよせん》ユリーが結婚するまでの繋ぎにすぎない。別に上の階級にまで上がれと要求されているわけではないため、ただそこで普段通り過ごし、他の後継者の情報を横流しするだけ。それに、あわよくば公爵の妾《めかけ》に、それがダメでも公爵家の子供達の妾や貴族の騎士達の妻となれば良い暮らしができ、貴族としての格も上がる。だからこそ、既に嫁《とつ》いでいる長女を除く二人の娘にそのことについて話すとユリーが自ら立候補したのであった。だが、三女はまだ幼いので当然の結果ではあった。

この男もユリーも公爵家のことを知ってはいるが、知っているだけでその実態を全く想像できてはいなかったのである。一般的な貴族の枠に当てはめて考えるという愚を犯していた。

――ダンケルノ公爵家に愚者が手を出すな――

これは貴族の間では常識である。

だが、自分が愚者であるなどと考える愚者は存在しない。賢者ほど身の程を弁《わきま》え、愚者ほど身の程を弁えない。それが世の常である。

それに、ここ数世代にわたって貴族や教会などがダンケルノ公爵家の後継者争いの間にちょっかいをかけ、それが容認されている雰囲気が生じていた。

確かに基本的には後継者争いの間に公爵本人が出張ってくることはない。そういった障害もまた成長には欠かせないものであるからだ。

しかし、皆が知らないだけで一線を超えた者達は秘密裏に処理されている。

程度の違いはあれど、自然死、事故死など誰にもわからぬ方法でそれらは為《な》されていた。

それゆえ、最近の貴族達には弛《ゆる》みがあった。特にまだ若い貴族にそれは顕著《けんちょ》に見られた。

「現在想定される我が領の戦力は騎士が二〇〇名に魔法師が一〇〇名、領民が五〇〇名ほどです……」

執事は侯爵がどのような反応をするのかわかっているからか、少し控え目な口調で現在の戦力について告げた。

「なぜそんなにも少ないッ⁉」

案《あん》の定《じょう》とでも言うべきか、侯爵は机を思いっきり叩いた。

領地民共の数が少ないのもそうであるが、それ以前の問題がある。

「我が領には騎士が五〇〇ほどいたはずだぞ⁉　残りの三〇〇はどこへ行った‼　それに傭兵共も雇うのではなかったのか⁉」

侯爵は言った後に息切れし、息をハァハァと荒らげるほどの怒鳴り声で捲し立てた。

「……皆ダンケルノを恐れているのです。手を出せば死ぬまで追いかけるのがダンケルノと言われていますので」

「何を今更馬鹿なことを!! 私の父も今の公爵が後継者争いをしている時分に手を出していたが今でも生きておるわ!! そんなもの所詮噂にすぎん!! どいつもこいつも怖気《おじけ》づきおってッ! 参加しないと言った騎士共に、今まで払ってきた分の給与を返すように言ってこい!! 拒むのならば斬り捨てろ――いや、もはや初めから斬り捨てても構わん! いざというときに役に立たん騎士など生きているだけでも害だ! それと相手の戦力はわかったのか⁉」

「い、いえ……」

「この――役立たずがッ!!」

男は逆上したかのように声を張り上げ、書斎の机の上にあった分厚い本を執事長に向かって投げた。

執事長はそれを避ける素振りすら見せず、そのまま飛んできた本が頭へと直撃した。

「申し訳ございません」

だが、執事長は怒ることもなく深々と謝るだけであった。

「当人はたかが五歳の子供にすぎん。戦力には考えんでいいだろう。問題は大騎士級《マスター》や帝王級《ペラトーレ》以上が出てくるかどうかだ。聞いた話ではそのガキは娼婦の子だそうだな?」

「はい、その通りでございます」

「ならば、それほど付き従うような者はいないだろう」

侯爵は嘲笑《あざわら》うかのように鼻で嗤《わら》った。高貴なる者でなければ付き従う騎士など、それも有能な貴族出身の騎士などいるはずがないという考えだ。平民の騎士など所詮は紛い物。一部の例外を除き、貴族に勝るはずもなし。

「だが、あの公爵が見栄のために大騎士級を送り込んでくる可能性はあるだろう。いかに娼婦の子とはいえ、負ければその名に傷がつくことには違いないからな。いま残っている者の中で最も強い者は誰だ？」

大騎士級に勝てる者は大騎士級の者のみ。この世界の階級というものは基本的に人数で埋まるほど生易しいものではない。

もちろん大騎士級に近い騎士級《ナイト》が数名、数十名といれば仕留めることができるかもしれないが一騎討ちともなれば、その差を覆《くつがえ》すことは容易ではない。

「大騎士級の者が一名います。その他に騎士級は九〇名ほど、魔法師は聖人級《ハイリ》が二〇人ほどいます。それが現在の我が領の戦力でございます」

その言葉に侯爵は安堵《あんど》とも取れる息を吐く。

「あいつは残っていたか」

大騎士級などこの大陸ではかなり珍しい騎士階級である。侯爵が一人でも抱えていたということを称賛《しょうさん》すべきだろう。

「だが、当然である。これまでどれだけ金を渡してきたと思っている。もし戦わぬなどとほざくのなら縛り首にしていたわ。だが、大騎士級がいるのなら勝ったも同然だな」

侯爵は醜悪《しゅうあく》とも言える笑みを浮かべ忍び笑いを漏らし始めた。侯爵の頭の中ではもはや勝ちは確定だ。侯爵が知っている限り最強の男がいる。そいつが残っているのならば、もはや後はどうアーノルドを八つ裂きにするかということ。

「で、ですが、大騎士級が複数人来る可能性や超越騎士級《トランシェンデレナイト》が来る可能性すら……」

執事は当然の懸念を口にする。ダンケルノ公爵家の戦力層が厚いことなど周知の事実である。それこそ一国を凌駕《りょうが》するほどの戦力を有している。

「何をバカなことを言っておる‼　たかが娼婦《しょうふ》の子供風情《ふぜい》にそんなもの付けるわけなかろう⁉　それに後継者争いでは騎士達も主君を自ら選ぶそうではないか。なら、なおさらそのような心配をせずとも良い。少し考えればわかることであろうが？　少しは頭を働かせよ、この能なしが‼　貴様など、代々我が貴族家に仕える家の者でなければそこらにいる平民と変わらぬのだぞ⁉　所詮貴様らは私から爵位を賜《たまわ》っただけの紛《まが》い物《もの》だということを頭に刻んでおけ！　まったく……、使えんやつだ」

執事は代々このワイルボード侯爵家に仕える執事の家系の者だ。だが当然、平民を重用《ちょうよう》するはずもない代々のワイルボード侯爵は自らの側に置く者達に爵位を授けている。

この執事も男爵の爵位を侯爵より賜っているのだ。

「そもそも一〇〇すら来ん可能性すらあるのだぞ？　施政者《しせいしゃ》ならば常に最悪は想定せねばなるまいが――その最悪が大騎士級が一人いるかどうかという程度にすぎんのだぞ？　もしいたとしてもこちらの大騎士級を当てればよい。所詮娼婦の子につけられる大騎士級など使い捨て程度の者であろう」

侯爵はまたしても嘲笑《あざわら》うかのように鼻を鳴らした。

勝利に思いを馳《は》せ酔いしれているといった様子の侯爵。ただご機嫌を取りたいだけの者ならばその言葉に追従するだけだろう。

だが、執事には執事としての矜持《きょうじ》があった。

「ですが、負けぬためにつける者ならば、それなりに強い者をつけるという可能性も……」

怒鳴り声が飛んでくるかと思いきや、返ってきたのはただの沈黙であった。

「――それもそうだな。だが問題ないだろう。こちらの大騎士級を当てておけば、その者は止めておける。その間に他を殺し、忌々《いまいま》しい娼婦の子を私の前に跪《ひざまず》かせればいいだけだ」

「その後は……どうなさるおつもりですか？」

執事は恐る恐るといった様子でそう尋ねた。

「愚問を宣《のたま》うな。殺すに決まっているだろう。たかが娼婦の子ごときが私の娘を殺したのだぞ？　本来ならば、家門もその周りにいる者も全て殺さねば気が済まない――が、それができるとはさすがに思っていない。野蛮人といえど貴族は貴族だからな。だが少なくとも私の娘を殺した者だけは何としてでも殺す。その愚かさを命をもって償わせることは確定事項だ。だが、ただでは殺さん。娘が味わった苦しみの一端を味わわせてやらねば……。ダンケルノ相手であろうがそれは貴族として当然の権利だ！　そもそも教育すらまともにしない分際のくせして主張だけは一丁前だ。あれを放置する王家の気がしれない。その皺寄《しわよ》せをこちらが被っているというのに、王家は日和見を決め込むだけとは……、今こそあの公爵家に一泡吹かせられる時だというのことがなぜわからん！」

侯爵からすれば王家が動かないのが不思議でならなかった。それこそ王が臆している以外の理由が思い浮かばない。

今回の非はどう言い繕おうとも、貴族でもない紛い物の貴族を直系などと認め、その上まともな教育すら施さなかったダンケルノ公爵家にある。その上、恥知らずにも当の本人は自領に攻めてくるなどと嘯《うそぶ》いている。

ワイルボード侯爵が宣戦布告をしたような形になっているが、ユリーの言葉に何も間違いなどない。むしろ身の程を弁えなかったアーノルドの方が悪いのは明白。これほど明らかな失態だというのに、なぜここぞとばかりに責めないのか、それほどダンケルノが怖いのかと、王への憎悪とでも言えるものが芽生《めば》え始めていた。

だがそうは言っても、ダンケルノ公爵家の権威はワイルボード侯爵家ごときでは立ち向かえない。だからこそ王家の権威は必須。なんとかして引き摺り出さなければならなかった。それにもし報復に来られ、総力戦となれば勝ち目がないことはさすがにわかっている。少なくともそれまでに王家の騎士を送らせなければならない。

そのとき書斎の扉が控え目にノックされた。

「……入れ」

侯爵は不機嫌さを隠さぬ低い声で短くそう言った。

「し、失礼いたします」

ビクビクした様子のメイドが部屋に入ってくる。その顔には怯えが隠しきれてはいない。だがそれも仕方がないだろう。誰しもこの部屋に来るなど嫌なのである。ただでさえ平民を奴隷としか思っていないような侯爵が、ここ数日ずっと憤怒の形相を浮かべている。八つ当たりとばかりに殺されないとも限らない。既に逃げた者までいるのだ。殺されるよりはマシだと。

この侯爵が勝てると思っている者の方が実際少ないのである。そもそも一般人が知っているのはダンケルノ公爵家が攻めてくるということだけ。

だが、このメイドのように逃げ場所などないような者も当然いる。

「こ、こちらが先ほど届けられました。何でも緊急ということでしたので……」

そう言ってメイドが差し出したのは一通の封筒だった。その封筒の印璽《いんじ》には見覚えのない紋が刻まれていた。

一瞬この忙しいときにと怒鳴ろうとしたが、もしや、ということがあると思ってメイドからその封筒を引ったくるように奪い取った。

渡すという仕事を終えたそのメイドはこれ以上ここにいたくないとばかりに、焦った動きで
一礼だけしてそそくさと出て行った。

普段ならば叱責《しっせき》ものの行動であるが、そこにいる執事は別に呼び止めはしなかった。

その封筒を乱暴に開けた侯爵は手紙の内容を読むと固まった。徐々に険しい表情となり、怒りと悩みがごちゃ混ぜとなった表情でその手紙の言葉に何度も目を走らせていた。

「こ、侯爵様……」

執事が心配そうな声でそう呼びかけるが、侯爵はその声に応えることはなくずっと唸っており、遂には頭を抱えた。

「侯爵様！」

頭を抱えた侯爵を心配した執事が駆け寄ろうとしたが、その前に侯爵が顔を上げて言った。

「シェリーとミオを呼んでこい」

あとがき

あとがきを読んでくださっている皆様、作者の虚妄公《きよもうこう》と申します。

まずはこの『公爵家《こうしやくけ》の三男《さんなん》が征《ゆ》く己《おのれ》の正道譚《せいどうたん》』を手に取り、そして読んでくださり、ありがとうございます。

さて、本書を手に取ってくださった人の中には、Ｗｅｂで公開している『公爵家の三男に転《てん》生《せい》したので今度《こんど》こそ間違《まちが》えない　～黯然《あんぜん》の愚者《ぐしや》が征く己の正道譚～』から読んでくださっている方、また今回初めて読んでくださった方もいらっしゃると思います。

一度読んだことがある方であっても楽しんでいただけるように、Ｗｅｂ版に少し変更を加え、シーンの削除や修正などをし、再度執筆しました。

どうでしたでしょうか？　楽しんでいただけたのならば幸いです。

また初めて読んでくださった方も、期待通り、期待以上と思ってくださっていたら、とても嬉しく思います。

さて、正直なところ、このあとがきというものが一番難しいなというのが本音です。何を書いたらいいのやらと……。

ですが、せっかくこのようなスペースをいただけたので、私自身のことやこの作品のことについて少し書いていきたいと思います。

さて、私についてですが、そもそも私は読み専で、人生の中で物語を執筆するなんて想像もしていなかったというのが正直なところです。

ですがそんな私が執筆するキッカケとなったのは、とある作品に出会い、それを読んだことで私の心がとても揺さぶられたからです。そして、自分でもこんな人の心を揺さぶる物語を書いてみたいという思いが湧き上がったのが大きいです。

と言っても、実際その作品を読んだ当初は忙しいというのもありましたし、最初に筆を執るまでのハードルがやはり高いということもあり、書き始めるということもなかったのですがね。そして、結局それから二年くらいは読み専のままだったのですが、ふと空き時間が出来たため、そう言えば……と、何となく趣味で書き始めたのが私の作家としての始まりです。

特に小説の書き方というものを勉強することもなく、それこそ突発的に、これまで読んできた小説の書き方を思い浮かべながら、とりあえず書いていきました。

正直最初は難しかったです。

いまも難しいという思いに変化はないですが、やはり最初はいま以上にどう書いてよいのかがわからなかったです。

本作は私が二番目に書いた作品なのですが、元々この作品は人気が出れば良いななんてことは一切考えず、自分が異世界ものが好きだから、そしてとにかく自分の好きなように書いてやろうと。そしてそれこそ、作品を読んでくれる人なんて一〇〇人くらいでも問題ないと思い、自分のための一つの世界を作り上げようという気持ちで、書き始めたものです。実際、最初の方は自分の練習や実験も兼ねて、かなり読者を置いてけぼりにするようなことをしたり、話を書いたりしていたつもりでした。

しかし何の因果か、自分が思っていた数十倍、数百倍、読者の方に気に入ってもらえ、このように書籍化という私の人生では考えられなかった、ある種私にとって一つの偉業ともいえることを達成できました。

元々趣味として始めただけなので、書籍化なんてごく一部の殿上人《てんじょうびと》の方々の世界の話で、自分とは無縁だと思っていたため、最初に投稿サイトの運営様より投稿作品へのお知らせがあるってメールが来たとき、最初に頭をよぎったのは何かの規約に引っかかってしまったのかということでした。その内容が送られてくるまでは何か何かと戦々恐々としていました。

ですが実際お知らせの内容は書籍化についてで、思わず興奮してしまいましたね。

そして書き始めたときには想像もしてもいなかったとても貴重な経験をさせていただけました。書籍化ってこんな感じなんだなぁと、ただ他の作者様の作品を読んでいただけのときには想像もしていなかった世界を実際に経験できたのは本当に貴重な体験でした。

そして本当に編集担当の方にはご迷惑をお掛けしたなぁ……と。

と、まぁ私に関してはこんなところにしておきましょう。

次に、この作品に関してですが、かなり練りに練って作った作品……ではなく、本当に突発的に書き始めた作品というのが正直なところです。元々は、いわゆるザマァものが好きで、でもほとんどの作品のザマァはどこか物足りないなと感じることが多かったのです。

なので、法や他者との関係など煩わしいことを一切無視してやりたい放題させようと思い、寝る前にふと思い付いた設定からどんどん書き始めていったのがこの作品の始まりです。実際に好き勝手ザマァ出来ているかは別問題ですが……。

先ほども書きましたが、本作品は自分がやりたい放題するための作品として書き始め、本当に人気がどうこうなど一切考えていませんでした。というよりも、いまもＷｅｂ小説で投稿しているこの作品に関しては読者受けがどうこうなど考えて書いていないので、それを読んでくださっている読者の皆様の間でも賛否両論あるとは思いますが……、それでも出来るだけ読者の方に楽しんでいただけたらと、そして誰かにとって待ち遠しく、暇を潰せるものであれば良いなと思い、書いております。

当然ですが、本書に関しては読者の皆様のことを第一に考えて書いているのでご安心を！

そして自分で実際に物語を書いてみて、改めてこれまで私自身が読んできた作品、そして作者様は素晴らしいなと実感できましたね。

このような機会をいただき書籍化しましたけれど、正直、私自身いまだに私の本棚に並ぶ数々の名著の隣に自分の本を並べられるなんてことが信じられません。

内容に関してはあまり触れてもしかたないので、こんな感じで終わりますが、どうでしょうか。あとがきっぽくなってますかね？

それでは今後もアーノルド君の人生を見守っていただければ幸いに存じます。

ここからはこの書籍に携わってくださった方々への謝辞を述べたいと思います。

私の作品を面白いと思ってくださり、声を掛けてくださった編集のS様。声を掛けていただいてから書籍化まで約一年という、あまり書籍化について詳しくない私でもおそらく長いのだろうなと思いつつ、私の都合や好みで、期限や書き方など色々我儘を聞いていただき、本当にご迷惑をお掛けしました。右も左もわからない私をここまで導いてくださり、深く感謝申し上げます。

私の語彙力のないイメージ情報から素晴らしいイラストを付けてくださった真空《しんそら》様。私のキャラクターに息を吹き込んでいただき、そしてそのキャラクターがこの世にイラストとして残るという、これほど嬉しいことはございません。深く感謝申し上げます。

私の拙い文章を校正していただいた某氏。本当に申し訳なさと感謝の気持ちでいっぱいです。言葉というものは大事なのだなと改めて気がつかせていただきました。深く感謝申し上げます。

そしてこの書籍を発売するまでに尽力してくださった皆様方。厚く感謝申し上げます。

そして皆様に再度、心より御礼申し上げます。

最後に、Ｗｅｂ小説で応援してくださった皆様、そして本書を手に取ってくださった方に再度深く感謝を！

公爵家《こうしやくけ》の三男《さんなん》が征《ゆ》く己《おのれ》の正道譚《せいどうたん》

2023年10月30日　初版発行

著　　者　虚妄公《きよもうこう》

イラスト　真空《しんそら》

発 行 者　山下直久

発　　行　株式会社KADOKAWA

〒102-8177 東京都千代田区富士見2-13-3

電話 0570-002-301（ナビダイヤル）

編集企画　ファミ通文庫編集部

デ ザ イ ン　横山券露央（ビーワークス）

写植・製版　株式会社スタジオ205プラス

印　　刷　TOPPAN株式会社

製　　本　TOPPAN株式会社

●お問い合わせ

https://www.kadokawa.co.jp/（「お問い合わせ」へお進みください）

※内容によっては、お答えできない場合があります。

※サポートは日本国内のみとさせていただきます。

※Japanese text only

 ISBN978-4-04-737670-0 C0093　　定価はカバーに表示してあります。